Placówka

Bolesław Prus

(Aleksander Głowacki)

Placówka
Copyright © JiaHu Books 2015
First Published in Great Britain in 2015 by JiaHu Books – part of
Richardson-Prachai Solutions Ltd, 34 Egerton Gate, Milton Keynes,
MK5 7HH
ISBN: 978-1-78435-158-8
Visit us at: jiahubooks.co.uk

ROZDZIAŁ PIERWSZY

Spod pagórka nie większego od chaty wypływa źródło rzeki Białki. W opoczystym gruncie wyżłobiło ono kotlinę, gdzie woda huczy jak rój pszczół gotujących się do odlotu.

Na przestrzeni mili Białka płynie równiną. Lasy, wsie, drzewa w polu, krzyże na drogach widać jak na dłoni, zmniejszające się w miarę odległości. Okolica wygląda jak okrągły stół, w środku którego stoi człowiek niby mucha przykryta niebieskim kloszem. Wolno mu jeść, co znajdzie i czego inni nie zabiorą, byle nie chodził za daleko i zbyt wysoko nie latał.

Ale po przejściu mili w stronę południa znajdujemy inny kraj. Płaskie brzegi Białki wznoszą się i oddalają od siebie, gładkie pole nabrzmiewa pagórkami, ścieżka idzie do góry, to spada na dół, znowu idzie w górę i znowu spada coraz gwałtowniej i częściej.

Równina znikła, jesteś w wąwozie i zamiast rozległego horyzontu spotkasz na prawo i na lewo, przed sobą i za sobą wzgórza wysokie na kilka pięter, łagodne lub spadziste, nagie lub zarośnięte krzakami. Z tego wąwozu przechodzisz w drugi wąwóz, jeszcze dzikszy i ciaśniejszy, potem w trzeci, czwarty... dziesiąty... Ogarnia cię chłód i wilgoć; wdrapujesz się na pagórek i widzisz, że jest to ogromna sieć wąwozów, rozwidlających się i poplątanych.

Jeszcze paręset kroków z biegiem rzeki i znowu zmienia się krajobraz. Pagórki są coraz niższe i stoją oddzielnie, podobne do wielkich mrowisk. Blask południowego słońca uderza cię prosto w oczy; z kraju wąwozów dostałeś się w obszerną dolinę Białki.

Jeżeli cała ziemia jest stołem, na którym Opatrzność dla stworzeń przygotowała ucztę, to dolina Białki jest olbrzymim półmiskiem, mającym wydłużoną formę i mocno zadarte brzegi. Tylko w zimie półmisek ten jest biały; w każdej zaś innej porze wygląda jak majolika, ozdobiona mnóstwem barw i kształtów surowych i nieregularnych, lecz pięknych.

Na dnie owego naczynia boski garncarz umieścił łąkę i zpółnocy na południe przeciął ją wstęgą Białki, na której tle szafirowym fale z rana i wieczór połyskują czerwienią, złotem w dzień a srebrem podczas jasnych nocy.

Tak urobiwszy dno zabrał się arcymistrz do lepienia brzegów bacząc, aby każdy posiadał odrębną fizjonomię.

Brzeg zachodni wygląda dziko. Łąka dotyka wzgórz spadzistych, zasypanych wapiennym żwirem. Gdzieniegdzie rośnie krzak głogu, karłowata brzoza albo trześnia chora. Często widać płaty ziemi jakby obdartej ze skóry. Najwytrzymalsza roślina ucieka stąd, a miejsce zieloności zajmują gliny, siwe pokłady piasku albo opoka, co wyszczerza na łąkę trupie zęby.

Wschodni brzeg jest inny; tworzy jakby amfiteatr o trzech kondygnacjach, wznoszących się jedna nad drugą. Pierwsze piętro, tuż nad łąką, zbudowano z czarnoziemu; w jednym miejscu widać na nim szereg chałup otoczonych drzewami, jest to wieś. Drugie piętro ukształtowało się z ziemi gliniastej; tu stoi dwór, prawie nade wsią, z którą łączy go stara aleja lipowa. Na prawo i na lewo ciągną się dworskie łany w postaci wielkich prostokątów, zasianych pszenicą, żytem, grochem albo pod ugór zajętych. Nareszcie trzecią kondygnację tworzą grunta piaszczyste, obsiewane owsem lub żytem, a jeszcze wyżej - czerni się las sosnowy podpierający niebo.

W pomocnym krańcu doliny widać gromadkę pagórków stojących pojedynczo jak kopce. Trzy z nich (między nimi jeden najwyższy w okolicy, z sosną na szczycie) należą do gospodarza Józefa Ślimaka. Jest to posiadłość jak pustelnia; do wsi z niej daleko, a jeszcze dalej do dworu.

Obejmuje dziesięć morgów gruntu, od wschodu przytyka do rzeki Białki, od zachodu do gościńca, który z tego miejsca przecina dolinę i biegnie do wsi.

Przy drodze mieszczą się budynki Ślimaka. Jest tam chata, zwrócona jednymi drzwiami do gościńca, drugimi do podwórka, -jest stajnia z oborą i chlewkiem, nakryte jednym dachem, jest stodoła i wreszcie szopa na wozy. Wszystko ustawione wzdłuż boków kwadratowego dziedzińca.

Chłopi dolińscy żartowali ze Ślimaka, że mieszka na wygnaniu jak Sybirak. - Prawda, że do kościoła - mówili - bliżej mu niż nam; ale za to nie ma do kogo gęby otworzyć, pustka wszelako nie była tak bezludną. W jesieni, przy ciepłym dniu, można było widzieć na wzgórzu białą figurę parobka, jak w parę koni orał ziemię - albo żonę Ślimaka i dziewczynę najmitkę, obie w czerwonych spódnicach, jak kopały, kartofle. Między wzgórzami trzynastoletni Jędrek Ślimak zwykle pasł krowy wyprawiając przy tym dziwne łamańce. Lepiej zaś poszukawszy znalazłbyś jeszcze ośmioletniego Staśka, z białymi jak len włosami, który wtoczył się po wąwozach albo siedząc na pagórku pod sosną zamyślony patrzył w dolinę.

Zagroda ta, kropla w morzu ludzkich interesów, była odrębnym światem, który przechodził różne fazy i posiadał własną historię.

Był na przykład czas, że Józef Ślimak miał ledwie siedem morgów gruntu, a w chacie tylko żonę. Wkrótce jednak spotkały go dwie niespodzianki: żona powiła syna Jędrka, a gospodarstwo skutkiem układu o serwituty powiększyło się o trzy morgi gruntu.

Wypadki te wywołały dużą zmianę w życiu chłopa: dokupił krowę i wieprza i począł wynajmować komorników do robót około swej ziemi.

W kilka lat później przyszedł na świat drugi syn. Wówczas Ślimakowa zgodziła sobie do pomocy starą wyrobnicę Sobieską sposobem próby na pół roku. Próba przeciągnęła się do trzech kwartałów; po czym stęskniona za karczmą Sobieską uciekła w nocy na wieś, jej zaś miejsce zajęła "głupia Zośka", znowu na pół roku. Ślimakowej wciąż zdawało się, że po ukończeniu najpilniejszej roboty będzie mogła obejść się bez sługi.

"Głupia Zośka" przesiedziała u nich około sześciu lat, lecz choć następnie poszła na służbę do dworu, w chacie roboty nie ubyło. Przyjęła więc gospodyni piętnastoletnią sierotę Magdę, która lubo miała swoją krowę, kilka zagonów ziemi i pół chaty, wolała jednak pójść między ludzi niż siedzieć na ojcowiźnie. Mówiła, że stryj za mocno ją bijał; dalsi zaś krewni umieli tylko zachęcać ją do pokory twierdząc, że im stryj więcej kijów połamie, tym dla niej będzie lepiej.

W owej epoce Ślimak przeważnie sam pracował około roli, rzadko wynajmując robotników. Mimo to tyle jeszcze miał czasu, **że** chodził z końmi do dworu albo Żydkom mieszkającym w osadzie przywoził towary z miasta. Gdy jednak dwór coraz częściej wzywał go do roboty, więc Ślimakowi już nie wystarczali dzienni najemnicy i począł oglądać się za pomocnikiem stałym.

Pewnej jesieni, kiedy żona najmocniej suszyła mu głowę o parobka, zdarzyło się, że wracał ze szpitala Maciek Owczarz, któremu wóz wykręcił nogę. Kalece wypadła droga koło chaty Ślimaków; a że był nędzny i zmęczony, więc usiadł na kamieniu przy wrotach i miłosiernie zaczął spoglądać na sień chałupy. Tam właśnie gospodyni tarła dla trzody gotowane kartofle, takie dobre, że ich smak wraz z kłębami pary rozchodził się po całym gościńcu. Owczarza aż w dołku zakręciło od tych zapachów i już wcale nie mógł podnieść się z kamienia.

- To wy. Owczarzu? - odezwała się Ślimakowa, ledwie pozna -wszy nieboraka w łachmanach.

7

- Juści ja - odpowiedział nędzarz.

- Gadali we wsi, że was zabiło.

- Gorzej mi zrobiło - westchnął Maciek - bo mnie oddali do szpitala. Czemużem ja nie został na miejscu pod wozem? miałbym już pewny nocleg i głodu bym nie cierpiał.. -

Gospodyni zamyśliła się.

- Żeby człowiek wiedział - rzekła po chwili - że nie zamrzesz, to może byś i u nas został parobkiem?...

Biedak zerwał się z kamienia i przyszedł do chaty wlokąc za sobą nogę.

- Co mam zamrzeć? - zawołał. - Zęby przecie mam zdrowe i robić mogę za dwu, byłem się trochę odgryzł. Dajcie mi barszczu z chlebem, a ino zjem, urąbię wam bodaj furę drzewa. Potrzymajcie mnie z tydzień na próbę, a wszystkie te góry zaoram. Będę wam służył za stare odzienie i łatane buty, byłem się miał gdzie przytulić na zimę...

Tu Owczarz zamilkł, zdziwiony, że tak dużo nagadał, bo z natury był małomówny. Ślimakowa obejrzała go ze wszystkich stron, nakarmiła, a zobaczywszy, że zjadł miskę barszczu a drugą kartofli; kazała mu umyć się w rzece. Gdy zaś mąż wrócił wieczorem do domu, przedstawiła Maćka jako parobka, który już drew urąbał i nakarmił bydło.

Ślimak w milczeniu wysłuchał tego, co się stało. A że miał serce pełne litości, więc rzekł po namyśle:

- To se zostań u nas, człowieku. Nam będzie lepiej, tobie będzie lepiej; nam będzie gorzej, tobie będzie gorzej. A jak kiedy, Boże nie daj, całkiem zabraknie chleba w chałupie, to trafisz se tam, gdzie byś trafił i dzisiaj. Wypoczętego każdy prędzej weźmie do roboty.

Takim sposobem dostał się do zagrody nowy mieszkaniec. Cichy jak mrówka, wierny jak pies i choć kaleka, pracowity za dwa konie.

Od tej pory, z wyjątkiem żółtego psa Burka, nic już nie przybyło w Ślimakowym gospodarstwie: ani z dzieci, ani ze służby, ani z dobytku. Życie zagrody ułożyło się do doskonałej równowagi. Wszystkie prace, niepokoje i nadzieje, wszystkie dusze ludzkie krążyły około jednego celu - utrzymania bytu. Dla tego celu najmitka znosiła drwa na komin albo śpiewając i skacząc biegła po kartofle do lochu. Dla tego gospodyni zrywała się przede dniem do swoich krów albo piekła się przy ogniu odsuwając i przysuwając wielkie garnki. Dla tego schylony nad pługiem pocił się Owczarz albo ciągnął kulawą nogę za broną. Dla tego wreszcie celu - Ślimak szepcząc ranne pacierze chodził o świcie do dworskich stodół albo sprzedane zboże odwoził Żydkom do miasta.

Z tej samej przyczyny, odpoczywając po robocie, narzekali oni zimą, że mało leży śniegu na życie, albo troszczyli się, skąd wziąć paszy dla bydła. Z tej przyczyny w maju prosili Boga o deszcz, a w końcu czerwca o pogodę. Z tej - po żniwach zgadywali, ile ćwierci wyda kopa i jakie będą ceny. Niby pszczoły koło ula, roiły się ich myśli około wielkiej sprawy powszedniego chleba. Zboczyć z tych kierunków było im trudno, całkiem wydobyć niepodobna. Nawet mawiali z dumą, że jak pan jest po to, ażeby bawił się i rozkazywał, tak chłop jest po to, ażeby karmił innych i siebie.

ROZDZIAŁ DRUGI

Był kwiecień. Po obiedzie rodzina Ślimaka zaczęła rozchodzić się do swych zajęć. Gospodyni, ścisnąwszy czerwoną chustę na głowie, zarzuciła na siebie płachtę upranej bielizny i pobiegła do rzeki. Za nią poszedł Stasiek przypatrując się obłokom, które dziś wydawały mu się inne niż wczoraj. Magda najmitka wzięła się do mycia naczyń po strawie nucąc coraz głośniej: "Oj da! da!..." -w miarę oddalania się gospodyni od chaty. Wreszcie Jędrek popchnął Magdę, psa targnął- za ogon i przeraźliwie gwiżdżąc poleciał z motyką do sadu kopać grzędy.

Ślimak siedział pod piecem. Był to chłop średniego wzrostu z szeroką piersią i potężnymi ramionami. Miał twarz spokojną, wąsy krótko podcięte, na czole grzywkę, a z tyłu długie włosy spadające aż na kark. W zgrzebnej koszuli czerwieniła mu się pod szyją spinka szklana, oprawna w mosiądz. Łokieć lewej ręki oparł na prawej pięści i palił fajkę; gdy mu się zaś oczy przymknęły, a głowa zanadto pochyliła naprzód, poprawił się na ławie, oparł łokieć prawej ręki na lewej pięści i znowu palił fajkę.

Puszczał siwy dym i drzemał spluwając niekiedy na środek izby albo przekładając ręce. Lecz gdy cybuszek zaczął mu skwierczyć jak młody wróbel, uderzył parę razy fajką o ławę dla wysypania popiołu i przetkał ją palcem. Wreszcie podniósł się i ziewając położył fajkę nad kominem.

Spojrzał spod oka na Magdę i wzruszył ramionami. Żwawość dziewczyny wyskakującej przy myciu statków budziła w nim politowanie. On by już tak nie wyskoczył, bo on wie, jak ciężą ręce, nogi i głowa, kiedy człowiek dobrze się napracuje.

Wzuł grube buty z podkowami, wziął sztywną sukmanę, przepasał się twardym rzemieniem, na głowę włożył wysoką czapkę z barana i poczuł, że ręce, nogi i cała osoba ciążą mu jeszcze bardziej. Przyszło mu na myśl, że po ogromnej misce krupniku, a drugiej klusków z serem byłoby stosowniej lec na słomie aniżeli iść do roboty. Ale przemógł się i powoli wyszedł na podwórko. W tabaczkowej sukmanie i czarnej czapie wyglądał jak niski pień sosnowy, okopcony u wierzchu.

Wrota stodoły były otwarte i jakby na przekór, wyglądało z nich parę snopów słomy, wabiących Ślimaka do drzemki. Ale chłop odwrócił głowę i spojrzał na jedno ze swych wzgórz, gdzie tego ranka zasiał owies. Zdawało mu się, że na zagonach widzi żółte ziarna, bardzo wystraszone i daremnie usiłujące skryć się pod ziemię przed stadem wróbli, które dzióbały owies.

- Zjadły wy byście mnie do szczętu! - mruknął Ślimak. Ciężkim krokiem zbliżył się do szopy i wydobył dwie brony, jakby kraty okienne, najeżone dębowymi palcami. Potem wyprowadził ze stajni swoje kasztanki. Jeden ziewał, drugi ruszał wargą i patrzył na Ślimaka przymrużonymi oczyma, mówiąc w duchu:

"Nie wolałbyś, chłopie, sam zdrzemnąć się i nas nie wtoczyć po górach? Małoż to nabiegaliśmy się wczoraj?"

Ślimak na taką radę pokiwał głową. Zaprzągł kasztanki do jednej brony, przyczepił do niej drugą i - pojechali z wolna. Minęli zieloną łączkę za stajnią, wdrapali się na popielaty bok wzgórza, wreszcie dosięgli szczytu.

Patrząc na nich przez wierzch stajni, zdawało się, że krępy chłop i para kasztanków ze zwieszonymi łbami włóczą się po błękicie niebieskim, sto kroków tam i sto kroków na powrót. Ile razy dochodzili granicy zasianego pola, zrywało się przed nimi gniewnie świergocące stado wróbli i jak chmura leciało poza nich na kraniec przeciwny. Czasami siadało z boku, zawsze krzycząc i dziwując się, że Ślimak zasypuje ziemią tyle pięknego ziarna.

"Głupi chłop! głupi chłop!... Cóż to za głupi chłop!..." -wołały wróble.

- Aha! - mruknął Ślimak wywijając batem. - Żebym ja słuchał was, darmozjadów, to i wy zmarnielibyście pod płotem. Oni tu jeszcze będą wydziwiali, próżniaki!...

Już to wesela nie miał Ślimak przy pracy ani uznania. Nie dość, że wróble z wrzaskiem krytykowały jego robotę, że kasztanki wzgardliwie wywiały mu ogonami pod nosem, jeszcze brony, zamiast iść naprzód, opierały się z całych sił i lada kamyk, lada garstka ziemi na swój sposób stawiały mu przeszkodę. Oto co kilkanaście kroków utykają znudzone kasztanki, a gdy Ślimak krzyknie: "Wio, dzieci!" - konie wprawdzie ruszą, ale znowu brony buntują ich i w tył ciągną. Gdy zmordowane wysiłkiem puszczą brony, to znów kamienie włażą koniom pod kopyta, a jemu pod nogi albo zapychają bronom zęby, a często i łamią niejeden. Nawet ziemia stawia mu opór, niewdzięcznica.

- Od świni gorszaś! - oburzył się chłop. - Żebym tak świnię skrobał zgrzebłem, jak ciebie bronami, nie tylko spokojnie by się układła, ale jeszcze chrząknęłaby na podziękowanie. A ty wciąż się jeżysz, jakbym ci robił krzywdę!...

Za znieważoną ujęło się słońce i rzuciło ogromny snop światła na popielatą rolę, na której tu i ówdzie widniały plamy ciemne albo żółtawe.

"Oto patrz! - mówiło słońce. - Widzisz ten płat czarny? Tak czarne było wzgórze, kiedy twój ojciec siewał na nim pszenicę. A teraz spojrzyj na ten żółty płat: tu już glina wychyla się spod czarnoziemu i niedługo obsiędzie ci wszystkie grunta."

- A cóżem ja temu winien? - odparł Ślimak.

"Nie tyżeś winien? - szeptała z kolei ziemia. - Sam jadasz **trzy** razy na dobę, a mnie - jak często karmisz?... Daj Boże, **raz na** osiem lat! A dużo mi dajesz? Pies by zdechł na takim wikcie. I czego ci żal dla mnie, sieroty?... Oto - wstyd powiedzieć -skąpisz mi bydlęcej mierzwy!..."

Skruszony chłop zwiesił głowę:

"Sam sypiasz, jeżeli cię żona nie spędzi, i po dwa razy na dobę; a mnie - jaki dajesz wypoczynek? Raz na dziesięć lat i to jeszcze bydło mnie depcze. I ja mam być z twojego bronowania kontenta? Spróbuj nie dać siana, nie wyściel obory krowom, tylko je skrob szczotką, a zobaczysz, czy będziesz miał mleko? Padnie ci stworzenie, gmina przyszłe weterynarza, żeby wybił resztę dobytku, i nawet Żyd skóry z tego nie kupi."

"Oj, la Boga, la Boga!..." - wzdychał chłop uznając, że ziemia ma rację. Ale pomimo skruchy nikt go nie pożałował w strapieniu. Owszem, chwilami zrywał się wiatr zachodni i zaplątany między zeschłe badyle na miedzy, świstał mu w ucho:

"Nie bój się, dam ja ci, dam!... Sprowadzę taki deszcz, taki potop, że resztę czarnoziemu wypłucze ci na gościniec albo na dworską łąkę. Żebyś własnymi zębami bronował, i tak jeszcze z roku na rok będziesz miał coraz mniej pociechy. Wszystko wyjałowię!"

Nie na próżno wiatr groził. Za ojca nieboszczyka, za szarego Ślimaka, zbierano w tym miejscu po dziesięć korcy pszenicy z morgi. Dziś i za siedem korcy żyta trzeba dziękować Bogu; a co będzie za dwa, za trzy lata?...

- **Ot**, chłopska dola! - mruknął Ślimak. - Pracuj, pracuj, a zawsze tylko z jednej biedy wleziesz w drugą. Inaczej bym ja gospodarował, żeby tak doczekać jeszcze jednej krowiny i choćby tak tej oto łączki...

Wskazał batem na łąkę przy Białce.

"Głupi chłop. Cóż to za głupi chłop!" - świergotały wróble.

"Patrzą j, jak glina wypycha ci czarnoziem!" - pokazywało słońce.

"Głodzisz mnie, nie dajesz wypoczynku..." - stękała ziemia.

" Durny ty, durny" - warczały z gniewem zębate a leniwe brony.

"Chi! chi!..." - śmiał się wiatr w zeschłych badylach.

- Ot, dola! - szepnął Ślimak. - Żeby to dziedzic, żeby choć ekonom tak cię, człeku, posponował, jeszcze by żalu nie było. Ale nieme stworzenie i to już nie daje ci dobrego słowa...

Utopił palce we włosy, aż mu czapka zsunęła się na lewe ucho, i wstrzymał konie chcąc rozejrzeć się i smutne myśli pogubić gdzie na polach.

Między chatą i gościńcem Jędrek kopał ziemię motyką i od czasu do czasu rzucał kamieniami na ptaki albo śpiewał fałszywie:

Uch!... jak ja se urznę
Krakowiaka z nogi,
Pójdą wiechcie z butów,
A drzazgi z podłogi.

Albo pukał w okno chaty i wrzeszczał na przekór Magdzie:

Widzi Bóg, dalibóg,
Żem cię nie poznała,
Bobym ja ci. Stasiu,
Otworzyć kazała!

A ona mu z izby na tę samą nutę:

Chociaż ja uboga,
Ubogiej matusie,
Nie będę dawała
Po kątach gębusie.

Ślimak odwrócił się ku łące i zobaczył swoją kobietę, jak schylona pod mostem, w koszuli i lekkiej spódnicy, prała szmaty kijanką, aż echo rozlegało się po dolinie. Na łące był i Stasiek, ale już opuścił matkę i szedł w górę rzeki, do jarów. Niekiedy klękał nad brzegiem i oparty na rękach patrzył i patrzył w wodę.

- Ciekawość, co on tam wypatruje? - szepnął chłop z uśmiechem.

Stasiek był to jego syn ukochany, a przy tym dziecko osobliwe, które często widywało rzeczy niedostępne dla zwykłego oka.

Ślimak wywinął batem i konie ruszyły. Znowu zawarczały brony, wróble znowu furknęły nad głową, wiatr znowu świstał w badylach, ale chłopu już inne myśli zaczęły snuć się po duszy.

"Ileż ja mam gruntu? - medytował. - Dziesięć morgów, a w tym łąki ani okrucha. Gdybym obsiewał co rok tylko sześć albo siedem morgów, a resztę ugorował, z czegóż bym wykarmił moją biedotę? A parobek - on tyle zjada co i ja i choć kulawy bierze piętnaście rubli zasług. Magda mniej zje, ale i tyle robi, co pies napłakał. Całe szczęście, że mnie wołają do dworu czy jaki Żydzina zgodzi z furmanką, czy kobieta sprzeda masła i jaj albo wieprzka utuczy. I co z tego razem? Miłosierdzie boskie, jeżeli schowasz do skrzyni za cały rok pięćdziesiąt rubli. A przecie kiedyśmy się pobrali, i setce nie dziwował się człowiek...

Dajże tu ziemi nawozu, kiedy ci ledwie starczy chleba dla własnej gęby, a siano i owies musisz kupować we dworze. Niechby dworowi przyszła ochota nie sprzedać ci paszy albo nie zawołać cię do roboty, to co? Choć zdechnij z głodu, a bydło wypędź na rynek...

Przecie ja - dumał Ślimak - nie mam tyle gruntu co Grzyb albo Łukaszek, albo Sarnecki. To panowie. Jeden ze swoją babą jeździ do kościoła wózkiem, drugi chodzi w kaszkiecie jak bednarz, trzeci co roku chciałby wójta obalić i sam przyczepić się do łańcucha. A ty, człeku, bieduj na dziesięciu morgach i jeszcze ekonomowi kłaniaj się do ziemi, żeby pamiętał o tobie.

Niech tam se już idzie, jak szło do tych czasów! - zakonkludował chłop. - Łatwiej być księdzem na włóce niż dziadem na zagonie. Żebym ja miał więcej bydła i łąkę, to dworu nie prosiłbym o łaskę i koniczyny bym nawet posiał..."

Na gościńcu za rzeką podniósł się tuman pyłu. Ślimak spostrzegł go i poznał, że ktoś, jakby ode dworu, jedzie konno do mostu. Była to osobliwa jazda. Tuman kurzu posuwał się naprzód, ale niekiedy i cofał się wstecz, nawet na kilkanaście kroków. Czasem tak opadał, że chłopskie oczy mogły dojrzeć konia i jeźdźca; czasem tak powiększał się i kotłował na gościńcu, jakby zrywała się burza. Ślimak wstrzymał konie, przysłonił oczy ręką i rozmyślał:

" Osobliwości, jak on jedzie i kto to? Ni to dziedzic, ni furman, nawet chyba nie katolicka dusza, ale i nie Żyd!... Żyda rychtyk tak wykręca na szkapie jak onego; ale Żyd nie wypuszczałby znowu konia tak śmiało. Musi, że to jakiś nietutejszy albo wariat..."

Tymczasem jeździec o tyle zbliżył się do mostu, że Ślimak mógł mu się lepiej przypatrzyć. Był to pan szczupły, w jasnym odzieniu i aksamitnej dżokiejce na głowie. Miał szkła na nosie, w ustach papierosa, a pod pachą szpicrutę. Cugle trzymał w obu pięściach, które mu wciąż skakały między końską szyją i własną brodą. Wykrzywionymi nogami tak mocno obejmował siodło, że spodnie podwinęły mu się do kolan i było widać nad kamaszami bez cholewek białe płótno.

Człowiek najmniej obeznany z hipiką mógł zgadnąć, że jeździec po raz pierwszy dosiada konia, a koń po raz pierwszy dźwiga podobnego jeźdźca. Chwilami obaj w pięknej harmonii jechali kłusem; wnet jednak wyskakujący na siodle kawalerzysta tracił równowagę, szarpał lejce, a koń, czuły na każde dotknięcie, skręcał w bok albo stawał na miejscu. W takiej chwili jeździec zaczynał cmokać i kolanami gnieść siodło, a widząc, że to nie skutkuje, usiłował spod pachy wydobyć szpicrutę. Wówczas koń domyśliwszy się, o co chodzi, poczynał znowu biec kłusem, pobudzając do nadzwyczajnych ruchów ręce, nogi, głowę i tułów jeźdźca, który robił się podobnym do lalki zszytej z kilkunastu źle przypasowanych kawałków.

Niekiedy zdesperowany, choć łagodny koń zrywał się do galopa. Wtedy jeździec jakimś cudem odzyskiwał równowagę na siodle i, podniecony biegiem, puszczał wodze fantazji. Marzył, że jest kapitanem jazdy i na czele szwadronu pędzi do ataku. Ale wnet ręce, jeszcze nienawykłe do oficerskiego stopnia, wykonywały jakiś ruch zbyteczny i - koń nagle stawał, a pan uderzał go w szyję nosem i papierosem.

Wszystko to jednak nie psuło mu humoru, od dziecka bowiem wzdychał do konnej jazdy, a dziś dopiero miał okazję nacieszyć się nią do syta.

Czasem koń, gdy mu zupełnie zwolniono cugli, zamiast iść naprzód zwracał się w stronę wsi. Wówczas jeździec widział gromadę psów i dzieci, goniących go z oznakami zadowolenia, a w jego demokratyczne serce wstępowała życzliwa radość. Oprócz bowiem popędu do rycerskich ćwiczeń namiętnie kochał on lud, który znał w tym samym stopniu, co i sztukę utrzymywania nóg w strzemionach. Po chwili jednak opanowywał wybuch miłości dla ludu, znowu budził w sobie kawaleryjskie instynkty i za pomocą skomplikowanych usiłowań skręcał na powrót do mostu. Widocznie miał zamiar przejechać wszerz dolinę.

- Ehej! musi to szwagierek dziedzica, ten, co miał przyjechać z Warszawy - zawołał sam do siebie rozweselony Ślimak. - Żonkę wybrał se nasz pan galantą i nawet długo za nią nie jeździł; ale za takim szwagrem to musiał dużo świata oblecieć... W naszych stronach prędzej by spotkał niedźwiedzia niż osobę, co tak siedzi na koniu. Toż on głupszy od pastucha, choć pański szwagier... Ale zawsze pański szwagier!...

Gdy Ślimak w ten sposób taksował przyjaciela ludu, jeździec dostał się na most. Łoskot kijanki zwrócił jego uwagę, skręcił bowiem konia do poręczy i z wysokości siodła wytknął głowę nad wodę. Cieniutki tułów i zadarty daszek dżokejki robił go podobnym do żurawia.

"Czego on tam chce?" - pomyślał chłop.

Panicz widać zapytał o coś kobietę, bo powstała z klęczek i podniosła głowę do góry. Jej spódnica była wysoko podwinięta i Ślimak teraz dopiero spostrzegł, jakie ta niewiasta ma białe i piękne kolana. Aż go zimno przeszło.

- Czego on, u paralusza, chce od mojej baby? - powtarzał Ślimak. - Siedzi to na koniu jak nieborak, a kwapi się zaczepiać kobiety. Mogłaby i moja, co prawda, opuścić trochę malowanki, nie zaś uginać się tak brzydko. Zawszeć to pański szwagier.

Pański szwagier zjechał z mostu, z niemałym trudem skierował konia do wody i stanął tuż obok Ślimakowej. Chłop już nie mruczał, tylko przypatrywał się im coraz pilniej. Kolana żony wydawały mu się jeszcze bielsze.

Wtem stała się rzecz dziwna. Panicz wyciągnął rękę jakby do paciorków na szyi Ślimakowej niewiasty, ona zaś machnęła kijanką tak energicznie, że spłoszony koń wyskoczył z wody na gościniec, a jeździec kolanami objął go za szyję.

- Co ty robisz, Jagna! - wrzasnął Ślimak. - Przecież to pański szwagier, ty głupia...

Ale krzyk jego nie doleciał do Jagny, a panicz wcale nie obraził się za manewr z. kijanką. Przesłał ręką pocałunek Ślimakowej i poprawiwszy się w strzemionach spiął konia piętami. Mądry zwierz odgadł jego zamiar. Łeb wyrzucił w górę i ostrym kłusem ruszył w stronę chaty Ślimaków. Lecz szczęście znowu nie dopisało paniczowi: noga wysunęła mu się ze strzemienia, więc oburącz chwycił rumaka za grzywę i na całe gardło począł wołać:

"tpru!... stój, ty diable!..."

Jędrek usłyszał krzyk i wdrapał się na wrota; zobaczywszy zaś dziwnie ubranego panicza wybuchnął śmiechem. Wtedy koń skoczył w lewo i tak zawinął jeźdźcem, że mu spadła aksamitna dżokiejka.

- Podnieś no czapkę, kochanku!... - zawołał panicz do Jędrka i pędził dalej.

- A to se pan podnieś, kiedy gubisz... Cha! cha! - śmiał się Jędrek i klasnął w rękę, ażeby lepiej spłoszyć bieguna.

Wszystko to widział i słyszał jego ojciec. W pierwszej chwili zuchwalstwo chłopca mowę mu odjęło, ale wnet oprzytomniał i krzyknął z gniewem:

- Ty kondlu, Jędrek!... A podaj krymkę jaśnie paniczowi, kiej ci każe!

Jędrek wziął we dwa palce dżokiejkę i trzymając ją z daleka od siebie, podał jeźdźcowi, który już powściągnął konia.

- Dziękuję, bardzo dziękuję... - rzekł panicz śmiejąc się nie gorzej od Jędrka.

- Jędrek! psia wiaro, a czemu czapki nie zdejmiesz przed jaśnie paniczem?... - wołał z góry Ślimak. - Zdejmij zaraz!

- A co ja mam każdemu czapkować? - odparł zuchwały wyrostek.

- Wybornie!... bardzo dobrze!... - cieszył się panicz. -Poczekaj, dam ci za to złotówkę. Wolny obywatel nie powinien upokarzać się przed nikim.

Ślimak nie podzielał demokratycznych teoryj panicza. Rzucił lejce kasztankom i z czapką w jednej, a batem w drugiej ręce biegł ku Jędrkowi.

- Obywatelu! - zawołał panicz do Ślimaka - obywatelu, proszę cię, nie rób mu krzywdy... Nie stłumiaj niepodległości ducha... Nie...

Chciał prawić jeszcze, ale znudzony koń uniósł go w stronę mostu. W drodze jeździec minął wracającą do chaty Ślimakową i zdjąwszy zakurzoną dżokiejkę zaczął wywijać nią i wołać:

- Niech pani nie pozwala bić chłopca!...

Jędrek zniknął między budynkami, panicz przejechał most z powrotem, ale Ślimak jeszcze stał na miejscu z batem w jednej i czapką w drugiej ręce, zdumiony tym, co się stało. Jakiś cudak, który zaczepiał mu żonę i cieszył się zuchwalstwem Jędrka, ten sam jego, uczciwego chłopa, przezwał "obywatelem", a kobietę "panią"...

"Farmazon!" - mruknął. Nakrył głowę i gniewny wrócił do koni.

- Wio, dzieci!... To ci świat nastaje, nie bój się. Chłopski syn nie chce ukłonić się panu, a pan mu to chwali. Taki on i pan. Prawda, że szwagier dziedzica, ale musi coś ma zepsute w głowie, o, ma! Wio, dzieci! Niezadługo zabraknie panów, a ty, chłopie, choć zdychaj. Ha, może Jędrek, jak urośnie, da sobie inną radę, bo on chłopem nie będzie, co nie, to nie. Wio, dzieci!...

16

Zdawało mu się, że Widzi Jędrka w butach bez cholew i aksamitnej dżokiejce.

- Tfu! - splunął. - Już dopokąd ja oczu nie zamknę, ty się, kundlu, tak nie odziejesz. Wio, dzieci! Zawdy trzeba mu dziś sprawić basarunek, bo tak się znarowi, że kiedy przed samym dziedzicem nie zdejmie czapki, a ja stracę zarobek. Dopieroż bym miał! A wszystko przez babę, co wciąż buntuje chłopaka. Nic nie pomoże, trza mu porachować gnaty!...

Teraz Ślimak spostrzegł znowu pył na gościńcu, ale od strony równin, i zobaczył dwa jakby cienie: jeden wysoki, a drugi podługowaty. Podługowaty szedł za wysokim i kiwał głową.

"Ktoś krowę wiedzie - pomyślał chłop - ale przecie nie na targ?... Trza zbić chłopaka i święty Boże nie pomoże... Co to za krowa?... Wio, dzieci! Oj, żebym ja tak miał jeszcze jedną krowinę i choć-ten oto kęs łąki!..."

Zjechał ze szczytu wzgórza i począł bronować jego spadek, zwrócony do Białki. Nad rzeką zobaczył Staśka, ale za to stracił z oczu swoją zagrodę i tajemniczego chłopa z krową. Ręce opadały mu, nogi ledwie wlokły się ze zmęczenia, ale najbardziej ciężyła mu niepewność, jaką miał w duszy, że on nigdy dobrze nie odpocznie. Skończy swoją robotę, musi iść do miasteczka, bo i z czego by żył?

"Żeby też człowiek mógł się kiedy dobrze wyleżeć! - pomyślał. - Ba! żebym miał więcej gruntu albo choć jeszcze jedną krowinę i tę łąkę, to bym leżał..."

Już z pół godziny chodził po nowym miejscu za bronami, cmokając na konie albo marząc o wyleżeniu się, gdy nagle usłyszał:

- Józef! Józef!...

I zobaczył na wzgórzu swoją kobietę.

- No, a co tam? - spytał chłop.

- Wiesz ty, co się stało?... - rzekła zadyszana gospodyni.

- Skądże mam wiedzieć? - odparł chłop zaniepokojony. "Czy-by nowy podatek?" - przemknęło mu się przez głowę.

- "Przyszedł do nas stryj Magdy, wiesz, ten Grochowski, Wojciech...

- Może chce zabrać dziewuchę? to niech ją bierze.

- Ale, jemu tam akurat dziewucha w głowie. Przyszedł z krową i chce ją sprzedać Grzybowi za trzydzieści pięć rubli papierkami i srebrnego rubla za postronek. Śliczności krowa, mówię ci.

- Niech ją sprzedaje, cóż mnie do-nie j?

- To ci do niej, że my ją kupimy - rzekła Ślimakowa stanowczym tonem.

Chłop spuścił bat ku ziemi i przychyliwszy głowę spoglądał na żonę.

Jakkolwiek dawno wzdychał do trzeciej krowy, przecie wydatek kilkudziesięciu rubli i tak nagła zmiana w gospodarstwie wydały mu się rzeczą potworną.

- Złe w ciebie wstąpiło czy co?... - zapytał. Baba ujęła się pod boki.

- Co we mnie miało złe wstąpić? - mówiła podnosząc głos. -Cóż to, mnie już nie stać na krowę? To Grzyb swojej babie kupił wózek, a ty mi bydlęcia żałujesz!... Są przecie dwie krowy w oborze, a boli cię o nich głowa?... A miałbyś ty całą koszulę, żeby nie te stworzenia?

- O la Boga! - jęknął chłop, któremu szybka wymowa małżonki poczęła mieszać myśli. - A czymże ty ją wykarmisz; bo mi przecie ze dworu więcej paszy nie sprzedadzą. No, czym?...-pytał.

- Weź od dziedzica w arendę tę oto łąkę, a będziesz miał paszę - odpowiedziała żona wskazując na płat trawy między gruntami Ślimaka i Białka.

Bliskie urzeczywistnienie najśmielszych marzeń przeraziło chłopa.

- Bój się Boga, Jagna, co ty gadasz? Jakże ja wezmę łąkę w arendę? - spytał.

- Pójdź do dworu, poproś pana, zapłać czynsz **za** rok, i tyle.

- Zwariowała baba, jak mi Bóg miły! Przecie dziś nasze bydlę z tej samej łąki szczypie trawę darmo; a jak zapłacę czynsz, to co?-.. To już nie będzie darmo.

- Jak zapłacisz czynsz, to będziesz miał trzecią krowę.

- Choroba mi po niej, kiedy i za nią, i za łąkę trzeba płacić. Nie pójdę do dziedzica...

Żona przysunęła się i zajrzała mu w oczy.

- Nie pójdziesz? - spytała.

- Nie pójdę.

- No, to ja i w domu zdybię paszy, a wtedy pójdziesz do samego diabla, nie tylko do dziedzica, jak ci zbraknie dla koni. A tej krowy z chałupy nie wypuszczę i kupię ją...

- To se kupuj.

- Kupię, ale ty stargujesz, bo ja nie mam czasu namawiać Grochowskiego i nie będę z nim piła wódki.

- Pij! namawiaj! kiedy ci się zachciało krowy! - wołał Ślimak.

Żwawa kobieta wyciągnęła rękę i grożąc nią wołała:

- Józek, ty mi się nie buntuj, kiedy sam nie masz dobrego zastanowienia. Ty mnie słuchaj. Frasujesz się co dzień, że ci nie starczy nawozu, klekoczesz mi głowę, że ci trzeba bydlęcia, a kiedy przyszedł czas, kupić go nie chcesz. Przecie te krowy, co już są, nic cię nie kosztują i jeszcze dają pieniądze z nabiału: więc i tamta pieniądze ci przyniesie, ino się słuchaj. Mówię ci, słuchaj się!... Kończ robotę, przychodź do izby i krowę mi wytarguj, bo inaczej znać cię nie chcę...

To powiedziawszy odeszła, a chłop porwał się za głowę.

- A dolaż moja z tą babą! - lamentował. - Gdzie ja nieszczęśliwy potrafię wziąć łąkę w arendę?... Toż dziedzic nawet gadać ze mną o tym nie zechce... I trawę do tych pór mieliśmy darmo, ile jej bydlątko uszczypnęło, a teraz co?... Uparła się baba mieć krowę, zacięła się, a ty choć bij łbem o ścianę... Po cóżem ja się, nieszczęśliwy, urodził, po com na ten świat przyszedł, żeby ino z każdej strony mieć zmartwienie!... Wio, dzieci!..,

Machnął batem, targnął lejce i bronował dalej. Zdawało mu się, że kamienie i grudy ziemi znowu warczą:"durny ty, durny!..."- a wiatr śmieje się w badylach i szepce:

"Zapłacisz trzydzieści pięć rubli papierkami i jeszcze rubla srebrnego za postronek. Coś odłożył dzień po dniu, tydzień po tygodniu, przez dziewięć miesięcy, to dziś wydasz od razu, jak orzech zgryzł. Grochowskiemu nowiuteńkimi pieniędzmi napęcznieje kieszeń, ale twój kapciuch schudnie. Musisz jeszcze zrobić bydlęciu żłób i drabinę, z niepewnością i strachem schylać się do nóg dziedzicowi, zapłacić za łąkę i godzinami czekać na ekonoma, żeby wydał kwit na arendę..."

- O ja nieszczęśliwy, o ja nieszczęśliwy! - mruczał chłop. -Wio, dzieci!... Ile to groszy człek zbiera na złotówkę, ile złotówek na rubla, ile to się nachodzi, nim wydostanie nowy papierek! Wio, dzieci!... A tu jeszcze pewnie dziedzic nie zechce oddać łąki...

"Nie gadaj, nie gadaj, bo wiesz, **że** ci ją odda" - świergotały wróble.

- Jużci odda - odparł Ślimak z goryczą - ale każe se płacić czynsz. A przecie i bez tego nieraz bydlę uszczypnęło trawy po sąsiedzku, grosza nie wydawszy. Boże miłosierny, cóż ja mam za zmartwienie dnia dzisiejszego, co ja wydam gotowizny!... Wolałbym najcięższe boleści aniżeli taki straszny pieniądz marnować na głupstwo.

Słońce już chyliło się ku zachodowi, kiedy Ślimak przeniósł brony na ostatnie poletko, tuż przy gościńcu. W tej chwili krowa, którą miał kupić, ryknęła; glos jej podobał się chłopu i nawet trochę pogłaskał go po sercu.

" Jużci co trzy krowy, to nie dwie - pomyślał. - Po tylim dobytku to i ludzie inaczej uszanowaliby człowieka. Tylko najgorzej z pieniędzmi i z łąką. Ha, samem sobie winien..."

Przyszło mu na myśl, ile on razy, układłszy się na ławie, zamiast spać, wymyślał różne projekty i opowiadał o nich żonie! Ile razy mówił, jako musi zaprowadzić sześć pól i siać koniczynę! A ile razy chwalił się, jak to mu ludzie radzą, żeby zimą robił wozy i gospodarskie statki, do czego miał tyle zgrabności?... Wreszcie, nie onże sam wzdychał do trzeciej krowy; nie on chciał brać łąkę w arendę?...

Żona słuchała cierpliwie rok, dwa, trzy lata, aż nareszcie dzisiaj - każe mu kupić bydlę i wynająć łąkę zaraz, natychmiast. Jezu miłosierny, jaka to twarda kobieta! Ona jeszcze napędzi go kiedy do siania koniczyny albo do robienia wozów...

Dziwny był chłop ten Ślimak. Na wszystkim się rozumiał, nawet na żniwiarce; wszystko zrobił, nawet naprawił młocarnię we dworze; wszystko sobie w głowie ułożył, nawet przejście do płodozmianu na swoich gruntach, ale - niczego sam nie ośmielił się wykonać, dopóki go kto gwałtem nie napędził. Jego duszy brakło tej cienkiej nitki, co łączy projekt z wykonaniem, ale za to istniał bardzo gruby nerw posłuszeństwa. Dziedzic, proboszcz, wójt, żona - wszyscy oni zesłani byli od Boga po to, ażeby Ślimakowi wydawać dyspozycje, których sam sobie wydać nie umiał. Był on rozsądny i nawet przemyślny, ale samodzielności bał się gorzej niż psa wściekłego. Miał nawet przysłowie, że " chłopska rzecz - robić, a pańska - bawić się i rozkazywać innym".

Słońce dotknęło czubów gór otaczających dolinę. Ślimak docierał już bronami do gościńca i rozmyślał nad tym, jak będzie targować się z Grochowskim, gdy nagle usłyszał za sobą gruby głos:

- Hej! hej!

Na gościńcu stało dwu ludzi. Jeden siwy, ogolony, w granatowej kapocie z krótkim stanem i w niemieckiej czapce z zawiniętymi brzegami - drugi młodszy, wyprostowany, z jasną brodą, w paltocie i kaszkiecie. Za nimi w pewnej odległości stał parokonny wózek, którym powoził człowiek ubrany w kaszkiet i granatową kapotę.

- To pole jest twoje? - pytał Ślimaka brodaty szorstkim tonem.

- Czekaj no, Fryc - przerwał mu starzec.

- Dlaczego ja mam czekać? - oburzył się brodaty -

- Zaczekaj. Czy to wasze grunta, gospodarzu? - zapytał stary nierównie łagodniejszym tonem.

- Jużci moje, czyje ma być? - odparł chłop. W tej chwili przybiegł z łąki Stasiek i patrzył na obcych z nieufnością i podziwem.

- A ta łąka jest twoja? - pytał brodaty.
- Zaczekaj, Fryc. Czy to wasza łąka, gospodarzu? - poprawił go stary.
- Nie moja, dworska,
- A czyja ta góra z sosną?...
- Zaczekaj, Fryc...
- Ach, ojciec lubi tak dużo gadać...
- Zaczekaj, Fryc - mówił starzec. - Ta góra z sosną to wasza?...
- Przecie moja, nie czyja.
- Oto widzisz, Fryc - rzekł stary po niemiecku - tu dopiero można by postawić wiatrak dla Wilhelma... I wskazał ręką na górę.
- Wilhelm nie dlatego nie buduje wiatraka, że góry są za niskie, ale dlatego, że próżniak - odparł gniewnie nazywany Frycem.
- Proszę cię, Fryc, bądź cierpliwy. A te pola za gościńcem i tamie jary to już nie wasze? - pytał znowu starzec chłopa.
- Skądże by moje, kiedy to dworskie.
- No, tak - przerwał niecierpliwie brodaty - wszyscy wiedzą, że on siedzi na środku dworskich pól jak dziura w moście. Diabła wart cały ten interes.
- Zaczekaj, Fryc - uspokajał go stary. - Was, gospodarzu, dworskie pola ze wszystkich stron otaczają?
- Jużci tak.
- No, dosyć tego! - mruknął brodaty i pociągnął ojca do wózka.
- Bóg wam zapłać, gospodarzu - rzekł stary dotykając ręką czapki.
- Och, jak ojciec lubi dużo gadać! - przerwał brodaty, gwałtem prowadząc go do wózka. - Z Wilhelma nic nie będzie, choćbyśmy mu dziesięć takich gór wynaleźli.
- Czego oni chcą, tatulu? - odezwał się nagle Stasiek.
- Jużci prawda - ocknął się chłop i zawołał: - Panowie! hej tam...
Starzec odwrócił głowę.
- Po co wy się wypytujecie o to wszystko?
- Bo nam się tak podoba - odparł brodaty, gwałtem sadzając ojca na wózek.
- Bywajcie zdrowi, do widzenia! - zawołał stary do Ślimaka.
Brodacz wzruszył ramionami i kazał jechać. Wózek potoczył się w stronę mostu.
- Co się też tu ludzi przewinęło dziś przez gościniec - rzekł Ślimak do siebie. - Czysty jarmark albo odpust...
- A co to za ludzie, tatulu? - zapytał Stasiek.
- Ci, co odjechali wózkiem? Musi Niemce z Wólki, o trzy mile stąd.
- Czego oni tak wypytywali się o grunta?

- Albo to się jeden pyta, moje dziecko - odparł chłop. - Innym tak się ten kraj podobał, że leźli het aż na górę, pod sosnę. Potem zleźli i tyle ich widziałem.

Ślimak skończył robotę i zawrócił konie do domu. O Niemcach już zapomniał, całą bowiem uwagę zaprzątnęła mu krowa i łąka. A gdyby też naprawdę jedną kupić, a drugą wydzierżawić?... Ciarki przeszły mu po plecach na myśl, że może spełni się to, o czym od tylu lat medytował.

Jeszcze jedna krowa i dwa morgi łąk - toż to ze trzydzieści rubli zysku na rok. Można by ziemię lepiej wynawozić, zboża więcej sprzedawać, a na zimę sprowadzić dziada do domu, ażeby chłopców czytać uczył... A co by powiedzieli inni gospodarze na taki przybytek? Z pewnością ustępowaliby mu więcej miejsca w kościele i w karczmie niż dzisiaj. A jak by to można odpoczywać sobie przy takim majątku?...

Ach, odpoczywać! Ślimak nie znał głodu ani chłodu, w domu wszystko mu się wiodło, miał przyjaźń ludzką i sporo gotówki, i byłby zupełnie szczęśliwy, gdyby go tak nie bolały kości z pracy, gdyby mógł wyleżeć się i wysiedzieć, ile dusza zapragnie.

ROZDZIAŁ TRZECI

Wróciwszy na dziedziniec Ślimak oddał brony parobkowi, a sam zaczął oglądać krowę, przywiązaną do płotu. Mimo zapadającego zmroku poznał, że bydlątko jest piękne; ma na białym tle czarne łaty, niedużą głowę, krótkie nogi i wielkie wymiona. Przypatrzył się dobrze i przyznał w duchu, że żadna z jego krów nie umywała się do tej oto.

Pomyślał, że nieźle byłoby przeprowadzić ją po podwórku, ale czuł, że sił mu już nie staje. Zdawało się, że ręce wyjdą mu ze stawów i nogi chyba odpadną, gdyby ruszył z miejsca. Człowiek może harować do zachodu słońca, ale po zachodzie - musi odpocząć, to darmo. Więc, zamiast oprowadzać bydlątko, pogłaskał je. Gdy zaś ono, niby przeczuwając nowego pana, zwróciło ku niemu łeb i mokrym pyskiem dotknęło mu ręki. Ślimaka ogarnęła taka rzewność, że o mało nie objął za szyję i nie ucałował krowy jak człowieka.

- Musi, że ją kupię - mruknął zapominając o znużeniu. We drzwiach ukazała się gospodyni z cebrem pomyj dla stworzenia.

- Maciek! - zawołała do parobka - a jak się krowa napije, zaprowadź ją do obory. Sołtys u nas zanocują, to przecie i bydlątka nie można zostawić na dworze.

- No, i co z tego? - zapytał Ślimak żony.

- A co ma być? - odparła. - Chce trzydzieści pięć rubli papierami i rubla srebrnego za postronek.

Ale co prawda, to prawda - rzekła po chwili - że krowa tego warta. Wydoiłam ją przed wieczorem i mówię ci, choć przyszła z drogi, dała więcej mleka niż Łysa...

Chłop znowu uczuł ból w rękach i nogach. Boże mój, ile się to trzeba nachodzić, namoknąć, nie dospać, nim człowiek zbierze trzydzieści pięć rubli papierami i jeszcze rubla srebrnego! Żeby Grochowski choć coś niecoś odstąpił...

- Nie pytałaś go się - rzekł Ślimak - nie spuści, co?

- Ale-hale!... Dobrze, żeby chciał sprzedać. On wciąż gada, jako Grzybowi już dawno obiecał krowę. Ślimak począł targać sobie włosy.

- A czy go nieszczęście dziś nasłało! - mówił - a cóżem ja zrobił, że mnie Pan Bóg tak ciężko karze!... Nie wiem, czy łąkę dziedzic mi odda, a tu jeszcze muszę tyle płacić za krowę...

- Józek, nie bądź głupi, miej rozum - reflektowała go żona. -Przecież o łąkę nieraz cię sami we dworze zaczepiali, zaś o krowę spróbuj się potargować. Spuści - nie spuści, a ty zawdy z nim wypij wódki i przyjmij go uczciwie; może mu Pan Jezus miłosierny da upamiętanie. Ino się nie rozgaduj i na mnie często spoglądaj, a zobaczysz, że będzie dobrze.

W tej chwili przywlókł się parobek i począł odwiązywać krowę od płotu.

- Cóż, Maćku - rzekła gospodyni - prawda, że piękne bydlę?

- Oho! ho!... - odparł kulawy trzęsąc ręką w górze.

- Ale pieniądz za nią okrutny, co? - spytał gospodarz.

- Oho! ho!...

- Zawdy tyle warta, prawda, Maciek? - spiesznie wtrąciła Ślimakowa.

- Oho! ho!...

Tyle powiedziawszy Owczarz zaprowadził do obory krowę, która oglądając się, tak jakoś serdecznie na obie strony wywijała ogonem, że Ślimak nie mógł opanować wzruszenia.

-Wola boska - szepnął. - Spróbuję ją stargować... I szedł ku drzwiom chaty.

- Józek - zatrzymała go żona - ino się nie rozgaduj i głowy sobie nowinami nie zaprzątaj. Myśl o tym, żeby co najwięcej utargować, a jak język zanadto ci się rozmajta, spoglądaj na mnie. Bo to twardy chłop, choć i ten Wojciech; sam sobie rady z nim nie dasz.

Ślimak w progu zdjął czapkę, przeżegnał się i wszedł do sieni. Ale serce trzęsło się w nim z żalu za pieniędzmi i z niepewności, czy chociaż aby rubla wytarguje.

Gość przy świetle kominowego ognia siedział w pierwszej izbie na ławie i ojcowskimi słowy upominał Magdę, ażeby była uczciwa, pracowita i słuchała swoich gospodarzy.

- Każą ci iść we wodę - mówił - idź we wodę; każą ci w ogień skoczyć, skacz w ogień. A jeżeli cię gospodyni potrąci albo nawet dobrze zbije, to jeszcze pocałuj ją w rękę i podziękuj, bo mówię ci: święta ręka, co bije...

Mówiąc tak, przy czerwonym blasku ognia, z ręką podniesioną do góry i twarzą uroczystą. Grochowski wyglądał jak kaznodzieja. Magdzie uwidziało się, że jego słowom przytakują nawet cienie drgające na ścianach i że mrok wieczorny, co zagląda przez okienka izby, powtarza za stryjem:

"Święta ręka, co bije!"

Zanosiła się od płaczu. Zdawało się jej, że słucha najpiękniejszego kazania, to znowu, że po każdym wyrazie opiekuna występują jej sine pręgi na plecach. Pomimo to nie czuła strachu ani żalu; raczej wdzięczność pomieszaną ze wspomnieniami niedawnego, a przecie odległego dzieciństwa.

Drzwi izby skrzypnęły i w całej ich szerokości ukazał się Ślimak.

- Niech będzie pochwalony - rzekł do gościa.

- Na wieki wieków - odparł Grochowski, I podniósłszy się z ławy, jak był wysoki, prawie głową dotknął sufitu.

- Bóg wam zapłać, sołtysie, żeście zaszli do nas w gościnę -mówił Ślimak podając mu rękę.

- To wam Bóg zapłać, że nas tak uczciwie przyjmujecie -odparł Grochowski.

- A może wam tu jaka niewygoda, zaraz gadajcie.

- Ehej! w domu mi tak nie jest, i nie tylko mnie, ale nawet krowie, co ją zaraz wasza kobieta wzięła w opiekę.

- Chwała Bogu, żeście kontenci.

- W dubelt jestem kontent, bo tu widzę i Magdzie u was lepiej niż na całym świecie.

- Magda! - zwrócił się Grochowski do dziewuchy - a upadnij do nóg gospodarzowi, bo rodzony ojciec nie byłby ci szczerszy od niego. A wy, kumie, nie skąpcie jej rzemienia, proszę was.

- Niezgorsza z niej dziewucha - odparł Ślimak. Dziewczyna wciąż szlochając upadła do nóg najprzód stryjowi, potem gospodarzowi i

- uciekła do sieni. Tam płacz jeszcze raz ścisnął ją za piersi, ale oczy już obeschły. Powoli uspokoiła się i dla usprawiedliwienia swej ucieczki z izby poczęła niby wołać na świnie tonem przeciągłym i żałosnym:

- Mal... mal... malu! malu!... maluśki!...

Ale świnie już spały. Zamiast nich wynurzył się ze zmroku pies Burek, a później Jędrek i Stasiek. Jędrek chciał dziewczynę przewrócić, lecz dostawszy pięścią w oko schwycił ją za rękę, Stasiek za drugą i polecieli we czworo na gościniec. Byli tak splątani ze sobą, że w ciemności nikt by nie odróżnił, które z nich pies, a które dziecko, tym bardziej że wszyscy zaczęli wyć i szczekać na wyścigi z Burkiem. Wreszcie rozpłynęli się we mgle wiszącej nad łąkami.

W izbie usiadłszy naprzeciw komina rozmawiali gospodarze.

- *Cóż* wam wypadło - pytał gościa Ślimak - że się krowy pozbywacie?

- Widzicie, jest tak - odparł Grochowski kładąc mu rękę na kolanie. - To krowa nie moja, ino Magdy, a kobieta dawno mi głowę suszyła, że cudzej krowy trzymać nie chce, bo i swoim już w oborze za ciasno. Ja tam na babskie gadanie nie zważałem, ale teraz trafia się taka rzecz, że sprzedają grunta po Komarze, co to rozpił się i umarł. Grunt Komara przytyka do gruntu Magdy, więc ja myślę: trzeba sprzedać krowę, a kupić za to dziewusze morgę ziemi. Co ziemia, to ziemia.

- Oj, prawda - westchnął Ślimak.

- A juści. Jak zaś przyjdą nowe łaski i nadania, to i dziewczyna więcej dostanie, niżby dostała teraz.

- Jakże to? - spytał zaciekawiony Ślimak.

- Będą tyle dodawać, ile kto już ma. Ja na ten przykład mam dwadzieścia i pięć morgów, to dostanę dwadzieścia pięć. Wy ile macie?

- Dziesięć.

- To dostaniecie dziesięć. A Magda, jak będzie teraz miała dwa morgi i pół morga, to znowu dostanie dwa i pół.

- I pewne to jest z tym nadaniem?

- Kto ich tam wie - odparł Grochowski. - Jedni mówią, że pewne, a drudzy się śmieją. Ale ja sobie myślę: dodadzą czy nie dodadzą, a zawsze lepiej dokupić dziewczynie morgę, kiedy jest okazja. Tym bardziej że moja baba nie chce tego.

- Ale jeżeli mają darmo dawać ziemię, to szkoda pieniędzy na kupno - zauważył Ślimak.

- Co prawda, nie moje pieniądze, to mnie ręka o nich nie swędzi. Wreszcie, nie kupuję ode dworu, ino od chłopa. Ode dworu nie śpieszyłbym się z kupnem, bo w takich sprawach czekać nie wadzi.

- Ma się wiedzieć - odparł Ślimak. - Głupi śpieszy się, mądry czeka.

- I wszystko robi z rozmysłem.

- I robi z rozmysłem - potwierdził Ślimak.

W tej chwili ukazała się gospodyni z kulawym Maćkiem. Poszli oboje do alkierza i wysunęli na środek stół malowany na wiśniowo. Obok niego Maciek postawił dwa drewniane krzesła, gospodyni zapaliła naftianą lampę bez kominka i nakryła stół obrusem.

- Chodźcie tu, sołtysie - odezwała się gospodyni. - Józek, prowadźże ich. Tu wam ładniej będzie wieczerzać.

Uśmiechnięty Maciek niezgrabnie cofnął się za komin, a dwaj gospodarze przeszli do alkierza.

- Piękna izba - rzekł Grochowski oglądając się. - Świętych pańskich sporo na ścianach; łóżko malowane, jest podłoga i badylki na oknie. Pewnie to wasza sprawa, kumo?

- A czy jaz by?- odparła zadowolona kobieta. - On wciąż kręci się koło dworu albo przy mieście, a o dom nie dba. Ledwiem go napędziła, że choć w alkierzu ułożył podłogę. Siadajcie, kumie, o tu, bliżej pieca, jakeście łaskawi. Zaraz podam wieczerzę.

Zwróciwszy się do komina nalała dwie miski jaglanego krupniku ze skwarkami. Mniejszą podała parobkowi, większą postawiła na nakrytym stole przed gościem.

- Jedzcie z Bogiem - rzekła do Grochowskiego - a jak czego zabraknie, to mówcie.

- A wy nie siądziecie? - spytał gość.

- Ja zjem na ostatku, z dziećmi. Maćku - zwróciła się do parobka - weźże se miskę.

Uśmiechnięty Maciek wziął swoją porcję i usiadł na ławie naprzeciw alkierza, aby widzieć sołtysa i przysłuchać się ludzkiej rozmowie, do której tęsknił. Postawił miskę na kolanach i spoza kłębów pary patrzył z zadowoleniem na wiśniowy stół, przy którym siedzieli gospodarze, na biały obrus i blaszane łyżki, którymi jedli. Dymiący kaganek wydał mu się jednym z najpiękniejszych rodzajów oświetlenia, a stołki z poręczą najwygodniejszym sprzętem. Widok sołtysa napełniał serce Maćka czcią i dumą. Wszakże to Grochowski woził go kiedyś do losowania i stał przy drzwiach w samej kancelarii, podczas gdy rekruci mokli na deszczu za oknem. Wszakże to on kazał go odwieźć do szpitala i zapewnił go, że będzie zdrów, gdy stamtąd wyjdzie. A kto zbiera podatki, kto w czasie procesji nosi największą chorągiew, kto intonuje w kościele na nieszporach: "Zacznijcie, wargi nasze, chwalić Pannę świętą"? Przecie ten sam Grochowski, z którym dzisiaj on, zwyczajny Maciek Owczarz, siedzi pod jednym dachem.

A jaką on ma wspaniałą postawę, jak rozpiera się na stołku! Wyciągnął nogi, lewą rękę oparł na biodrze, prawą na stole, a głowę w tył przechylił. Jak mu dobrze musi być na takim krześle z poręczą...

Aż Maciek spróbował wyprostować się, ale odepchnęła go zgorszona ściana przypominając, że on przecie nie sołtys, tylko nędzny parobek. Więc choć go grzbiet bolał z pracy, zgiął się jeszcze pokorniej i zawstydzony schował pod ławę swoje nogi, z których jedna była wykręcona, a obie w podartych butach. Zresztą, po co miał się rozpierać, jeżeli stąd o parę kroków już rozpiera się sołtys i gospodarz? Ich zadowolenie wystarczało Maćkowi; więc zaczął półgębkiem jeść krupnik, a rozmowy słuchać obu uszami.

- Po prawdzie mówiąc - rzekła gospodyni - po co wam, sołtysie, ciągnąć krowę aż na wieś do Grzyba?

- Bo on chce kupić - odparł Grochowski.

- Może byśmy i my kupili.

- Nawet by tak wypadało - wtrącił Ślimak. - Jest u nas dziewucha, niechby więc była i jej krowa.

- Prawda, Maćku, że tak by właśnie wypadało? - powtórzyła za mężem gospodyni zwracając się do parobka.

- Oho! ho!... - roześmiał się Maciek, aż mu gorący krupnik spłynął z łyżki po brodzie.

- Co racja, to racja - westchnął Grochowski. - Sam nawet Grzyb miałby chyba wyrozumienie, że krowa nade wszystko powinna iść tam, gdzie jest dziewucha.

- To ją noma sprzedajcie - podchwycił Ślimak. Grochowski opuścił łyżkę na stół, a głowę na piersi. Chwilę podumał, wreszcie rzekł tonem rezygnacji:

- Ha, trudno! Jak się uprzecie, to muszę wam krowę sprzedać, nic nie pomoże. U kogo dziewucha, u tego i krowa, to darmo.

- Ale nam coś opuścicie - prędko dodała gospodyni przymilając się do Grochowskiego.

Sołtys powtórnie zadumał się.

- Widzicie, tak - rzekł. - Żeby to moje bydlę, to bym opuścił. Ale to

przecie dobytek biednej sieroty, co ją ojciec i matka odumarli.
Jakże ja ją mogę krzywdzić?... Zatem - dajcie trzydzieści pięć rubli
papierkami i rubla srebrnego za postronek i -niech krowa zostanie
u was.

- Niezmierny to grosz - westchnął Ślimak.
- Ale krowa śliczności - odparł sołtys.
- Pieniądz siedzi w skrzyni i jeść nie woła.
- Ale mleka nie daje.
- Dla tej krowy musiałbym wziąć ode dworu łąkę w arendę.
- To przecie wam lepiej wyniesie aniżeli kupować paszę.

Zapanowało dłuższe milczenie, po którym nagle odezwał się.
Ślimak:

- No, kumie sołtysie - powiedzcie ostatnie słowo...
- Mówię wam: dajcie trzydzieści pięć rubli papierkami i rubla
srebrnego za postronek, a krowę ostawię. Grzyb będzie zły na
mnie, ja wiem; ale dla was muszę to zrobić. Macie dziewuchę,
miejcie i krowę.

Gospodyni sprzątnęła miskę ze stołu, a następnie weszła do
komory. Po niedługiej chwili wyniosła stamtąd flaszkę wódki i
dwa kielichy, a na talerzu wędzoną kiełbasę i widelec z
wyłamanym zębem.

- Do was, kumie - rzekł Ślimak nalewając wódkę.
- Pijcie z Bogiem.

Wypili i w milczeniu zaczęli gryźć suchą kiełbasę położywszy na
talerzu widelec. Na widok wódki zrobiło się Maćkowi tak
przyjemnie, że aż westchnął. Następnie włożył obie ręce za
pazuchę i nieco wysunął nogi spod ławy. Potem przyszło mu na
myśl, że sołtys i gospodarz muszą być w tej chwili bardzo
szczęśliwi, więc - i on czuł się szczęśliwym.

- Już nie wiem, co robić - mówił Ślimak - czy brać krowę, czy nie?
Tyleście, sołtysie, zacenili, że mnie i ochota odchodzi. Grochowski
niespokojnie poruszył się na stołku.

- Mój kumie - rzekł - moi złoci, co ja pocznę, kiedy to sierocy
interes? Ja Magdzi muszę grunt kupić choćby dlatego, że się to
mojej babie nie podoba.

- Za morgę nie dacie trzydziestu pięciu rubli, teraz ziemia tania.
- Ale zdrożeje, bo ma być w naszej gminie jakaś nowa droga i
Niemcy skupują grunta.

- Niemcy? - powtórzył Ślimak. - Przecie oni już kupili Wólkę.
- **To** ją sprzedadzą innym Niemcom, a sami przybliżą się do nas.
- Byli tu dziś u mnie na polu dwa Niemce i dużo się wypytywali,

alem nie zrozumiał, czego chcą - rzekł Ślimak.

- A widzicie. Chcą tu wleźć. Jak zaś osiądzie jeden, to zara za nim ciągną inni jak mrówki do miodu i ziemia drożeje.

- **Czy** oni aby umieją chodzić około roli?

- Jeszcze i jak! Nawet więcej mają prefitu aniżeli chłop, co się tu urodził - odparł Grochowski.

- Osobliwość!...

- Ho, ho! Niemcy to mądre. Mają dużo bydła, sieją koniczynę, a w zimie robią rzemiosło. Chłop przy nich nie wytrzyma.

- Ciekawość, jakiej oni wiary, bo gadają między sobą jak Żydy?

- Wiara ich lepsza jest od żydowskiej - odparł sołtys po namyśle - ale co nie katolicka, to nie. Wiem, że mają kościół jak i my, z ławkami i z organami. Ale ksiądz u nich jest żonaty i chodzi w surducie, a w wielkim ołtarzu, gdzie powinien być Bóg Ojciec, to u nich stoi tylko Pan Jezus ukrzyżowany jak u nas w kruchcie.

- To gorsza wiara od naszej.

- Gorsza - potwierdził Grochowski - bo nawet i nie modlą się do Matki Przenajświętszej.

- Ach, Matko Przenajświętsza! - szepnęła gospodyni. Ślimak i Grochowski westchnęli pobożnie, a Maciek przeżegnał się.

- Że też takim Pan Bóg miłosierny błogosławi - zauważył Ślimak. - Pijcie, kumie.

- Za wasze zdrowie. Co im Pan Bóg nie ma błogosławić, kiedy bydła mają dużo? To jest fundament!

Ślimak zamyślił się i nagle uderzył ręką w stół.

- Kumie sołtysie! - zawołał podniesionym głosem - sprzedajcie mi krowę.

- Sprzedam! - odparł Grochowski i równie uderzył o stół ręką.

- Dam wam... trzydzieści i jeden rubli... jak was kocham. Grochowski uścisnął go.

- Dajcie, bracie, trzydzieści... trzydzieści - no - i cztery ruble papierkami i rubla srebrnego za postronek.

Do izby ostrożnie wsunęły się zmęczone dzieci. Gospodyni nalała \m krupniku i zaprowadziła do najdalszego kąta zalecając spokój. Istotnie przez cały czas było bardzo spokojnie, wyjąwszy chwilę, w której Stasiek spadł z ławki, a Jędrek dostał od matki szturchańca. Za to Magda sprawowała się jak trusia, a Maciek drzemał marząc, że siedzi w alkierzu na stołku z poręczą i pije wódkę. Czuł, że trunek coraz mocniej uderza mu do głowy, że pod jego wpływem on, Maciek, rozpiera się nie gorzej od Ślimaka i że gwałtem chce pocałować sołtysa!... Wtedy drgnął i obudził się zawstydzony.

Z alkierza do izby płynął zapach wódki i swąd dopalającego się kaganka. Ślimak i Grochowski siedzieli tuż przy sobie.

- Kumie... sołtysie... - mówił Ślimak wybijając pięścią. -Dam ci, ile sam zechcesz, zatem... powiedz ostatnie słowo. Twoje słowo warte u mnie więcej niż pieniądz, boś ty mądry... Ty jesteś najmądrzejszy w całej gminie. Wójt to świnia... U mnie ty jesteś wójt, a nawet lepszy od samego komisarza, boś ty mądry... Najmądrzejszy w całej gminie, żeby mnie paralusz tknął!

Opletli się ramionami, a Grochowski - zapłakał.

- Józek!... bracie!... - mówił - nie nazywaj mnie sołtysem, ino bratem, bom ja twój brat, a tyś mój brat-..

- Wojciechu... sołtysie... Gadaj, ile chcesz za krowę?... Dam ci, żebym miał sobie z wnątrza wypruć.

- Trzydzieści i pięć rubli papierkami i rubla srebrnego za postronek.

- O la Boga! - odezwała się gospodyni. - A przecie dopiero co dawaliście krowinę za trzydzieści i trzy ruble?

Grochowski podniósł zalane łzami oczy najprzód na nią, potem na Ślimaka.

- Oddawałem? - spytał - Józek, bracie... czy oddawałem ci krowę za trzydzieści trzy ruble?... Dobrze!... oddaję... bierzcie.. Niech zmarnieje sierota, byłeś ty, mój bracie, miał porządną krowę, jak się patrzy.

Ślimak jeszcze mocniej uderzył pięścią w stół.

- Ja mam zarabiać na sierocie?... Nie chcę!... Dam trzydzieści pięć rubli i rubla za postronek.

- Co ty gadasz, głupi?... - reflektowała go żona.

- Nie bądź głupi!... - poparł ją Grochowski. - Takeś mnie ugościł, takeś mnie przyjął, że ci oddam krowę za trzydzieści i trzy ruble. Amen, to moje słowo.

- Nie chcę!... - wrzeszczał Ślimak. - Ja nie Żyd, żebym brał za gościnność.

- Józek!... - mówiła żona.

- Poszła, baba! - krzyknął, z trudnością podnosząc się ze stołka. - Dam ja ci mieszać się do moich interesów... Nagle wpadł w objęcia płaczącemu Grochowskiemu.

- Trzydzieści i pięć rubli papierkami i rubla srebrnego za postronek!... - zawołał.

- Żebym z piekła nie wyjrzał, nie chcę... Trzydzieści i trzy... -szlochał Grochowski.

- Józek! - znowu odezwała się żona. - Przecie uszanuj gościa... Przecie on starszy od ciebie, on sołtys, jego tu wola, nie twoja... Maćku - zwróciła się do parobka - a pomóż mi odprowadzić ich do stodoły.

- Sam pójdę!... - ryknął Ślimak.

- Trzydzieści trzy ruble!... - jęczał Grochowski. - Zabij mnie... porąb na drobne kawałki, ale grosza więcej nie wezmę... Ja pies, ja Judasz, ja cię chciałem oszwabić i dlategom mówił, że do Grzyba krowę prowadzę... Alem ją prowadził do ciebie, boś ty mój brat...

Wzięli się obydwaj pod ręce i wyszli z alkierza zmierzając zrazu do okna. Lecz gdy Maciek otworzył im drzwi do sieni, po kilku mniej pomyślnych próbach wydostali się na dziedziniec.

Gospodyni zapaliwszy latarnię wzięła z komory płachtę i poduszkę, ażeby posłać Grochowskiemu w stodole. Otóż idąc przez podwórko zobaczyła dziwną scenę. Ślimak leżał na kupie gnoju i zachęcał Grochowskiego do spania, a sołtys klęczał przy nim i ocierając łzy sukmaną mówił pacierz. Nad obydwoma stał zakłopotany parobek.

- Musieliście im coś mocnego zadać - rzekł do gospodyni.

- Wypili flaszkę okowity.

- Oho! ho!...

- Wstawaj, ty pijaku! -zawołała kobieta do męża.

- Nie wstanę! - odparł z gniewem - a ty, babo, uciekaj, pókiś cała. Skończyły się babskie rządy!... Kupiłem krowę i wezmę od jaśnie pana łąkę... Tera nastąpią moje rządy.

- Józek, podnieś się - mówiła gospodyni - bo ci wody na łeb naleję.

- Ja ci naleję, jak wezmę do garści biczysko!... - odparł Ślimak.

Grochowski upadł mu na piersi i zaczął go całować.

- Wstań, bracie - błagał go - nie rób piekła w domu, żeby nas obu nie spotkało zmartwienie.

Parobek nie mógł wydziwić się widząc, jak wódka zmienia ludzi. Sołtys, w całej gminie znany z twardego charakteru, płakał jak dziecko, a znowu Ślimak nie chciał się podnieść z gnoju, krzyczał jak ekonom i jeszcze groził kobiecie, że teraz nastały jego rządy!...

- Chodźcie, sołtysie, do stodoły - rzekła Ślimakowa ujmując **za** rękę Grochowskiego.

Olbrzym podniósł się cichy jak owieczka i prowadzony pod jedno ramię przez Maćka, pod drugie przez Ślimakową szedł, gdzie kazano. Gospodyni na największej kupie siana urządziła mu piękne spanie; ale tymczasem zmorzony sołtys runął na klepisko i tam został, skąd żadną miarą nie można go było podźwignąć.

- Ty, Maćku, idź se na swoje posłanie - rzekła do parobka Ślimakowa - a ten pijak - dodała wskazując na męża - niechaj śpi w gnoju, kiedy zrobił taki bunt.

Posłuszny parobek za chwilę zniknął we wnętrzu stajni. Gdy zaś na dziedzińcu wszystko ucichło, począł wyobrażać sobie dla rozrywki, że on sam jest pijany.

- Tu będę spał! - mruczał udając Ślimaka. - Tera moje rządy nastają...

Potem przedstawił siebie, że jest sołtysem, ukląkł przy nędznej pościeli i zaczął przemawiać do niej tkliwym głosem, zupełnie jak sołtys do Ślimaka:

- Wstań, bracie, nie rób piekła w domu, bo nas obu spotka zmartwienie...

Ażeby jeszcze lepiej udać Grochowskiego, usiłował przymusić się do płaczu. Z początku nie szło mu, ale gdy przypomniał sobie wykręconą nogę - i to, że jest najnędzniejszym stworzeniem na świecie - i to, że mu gospodyni nawet kieliszka wódki nie dała, prawdziwe łzy popłynęły mu z oczu. I tak zasnął w barłogu, spłakany jak dziecko na kolanach matki.

Około północka Ślimak ocknął się. Poczuł, że mu cięży głowa i że jest mokro. Otworzył oczy -ciemno; wytężył słuch, wyciągnął rękę i poznał, że deszcz pada; spróbował usiąść i przekonał się, że ma nogi wyżej niż głowę.

Stopniowo zaczęła mu wracać pamięć. Przypomniał sobie sołtysa, krowę w czarne łaty, jaglany krupnik i wielką flaszkę wódki. Co się stało z wódką? - tego nie był pewny, ale widział, że jest mu jakoś niezdrowo i że niezawodnie zaszkodził mu krupnik, który był bardzo gorący.

- A zawdy gadam, żeby na noc jagłów nie gotować, bo najdłużej zatrzymują w sobie gorącość - mruknął i podniósł się z trudnością.

W tej chwili już nie wątpił, że znajduje się na podwórku, przy kupie gnoju.

- To ci mnie rzuciło!... - stęknął. - I nie dziwota. Najgorsza rzecz na świecie, kiedy wódka pomiesza się z upałem. Przecie jagły to czysty ogień...

Noc była tak ciemna, że ledwie dojrzał scianę chaty. Zbliżył się do niej powoli, jakby wahał się, i przez chwilę usiadł w progu opierając na dłoniach ciężką głowę. Ale deszcz stawał się coraz nieznośniejszy, więc Ślimak zdecydował się wejść.

Przystanął w sieni i usłyszał chrapanie Magdy. Potem ostrożnie otworzył drzwi izby, które nie tylko skrzypnęły, ale zaryczały jak krowa. W tej samej chwili owionął go taki zaduch i gorąco, że uczuł się jeszcze bardziej sennym i bądź co bądź, zapragnął dostać się do posłania.

W pierwszej izbie, na ławie pod oknem, dyszał Stasiek, ale w alkierzu było cicho. Ślimak poznał, że żona nie śpi, i po omacku dostał się do łóżka.

- Posuń się, Jagna - rzekł wysilając się na głos surowy, choć go strach ogarniał. Milczenie.

- No... posuńże się trochę...

- Pójdziesz ty, pijaku, pókim dobra...

- Gdzież mam pójść?

- Idź na gnojowisko albo do chlewa, bo tam twoje właściwe miejsce - odparła rozgniewana kobieta. - Zachciało ci się rządów, to se rządź, ale ode mnie wara ci, ty opoju!... Wygrażałeś mi biczyskiem, poczekaj, nie daruję ja ci tego...

- O! co tam dużo gadać, kiedy ci się nic nie stało - przerwał chłop.

- Nic się nie stało?... A kto uparł się płacić za krowę trzydzieści i pięć rubli i jeszcze rubla za postronek, kiedy sam Grochowski byłby ją oddał za trzydzieści?... Ledwiem u niego wymolestowała, że weźmie tylko trzydzieści i trzy... To u ciebie trzy ruble nic nie znaczą?...

Ślimak już nie słuchał. Choć było ciemno, złapał się za głowę zmartwiony i cofnął się aż do izby, gdzie spał Stasiek. Tam upadł na ławę i akurat przygniótł nogi chłopcu.

- To wy, tatulu? - spytał obudzony chłopak.

- Jużci ja.

- A co wy tu robicie?

- Tak se usiadłem, bo mnie cosik trapi na wnątrzu. Chłopak podniósł się i objął go rękami za szyję.

- Dobrze, żeście usiedli - rzekł - bo wciąż po mnie chodzą te Niemce.

- Jakie?

- A te dwa, co byli u nas w polu: stary i z brodą. Nic do mnie nie gadają, czego chcą, ino mnie depczą.

- Śpij, dziecko, tu nie ma nijakich Niemców. Stasiek jeszcze mocniej przytulił się do ojca, a że i Ślimaka sen zmorzył, więc obaj upadli na ławę i chłopak znowu zaczął gawędzić.

- Prawda, tatulu - spytał ojca półgłosem - że woda widzi?

- Co ma widzieć?

- Wszystko, wszystko. -. Niebo, nasze góry i was także widziała, jakeście chodzili za bronami...

- Śpij, dziecko, nie gadaj od rzeczy - uspokajał go Ślimak.

- Widzi, widzi, tatulu, sam przecie patrzyłem - wyszeptał i zasnął.

Ślimakowi było w izbie za gorąco. Rozmarzony, wywlókł się z chaty i jakby nie na swoich nogach zatoczył się do stodoły. Tu potknął się o Grochowskiego i po kilku próbach trafił do sterty słomy, gdzie utonął tak głęboko, że mu nie było widać nawet butów.

- Ale com krowę kupił, tom kupił - mruknął sobie na dobranoc.

ROZDZIAŁ CZWARTY

Na drugi dzień obudziło Ślimaka w stodole wołanie żony:

- Długo się ta będziesz wylegiwał?

- Albo co? - zapytał spod słomy.

- Pora iść do dworu.

- Wołali me?

- Co cię mieli wołać. Sam przecie musisz do nich iść o tę łąkę. Chłop stęknął, ale podniósł się i wyszedł na klepisko. Twarz miał nabrzękłą, wejrzenie zawstydzone i sporo słomy we włosach.

- O! widzisz, jak to wygląda - mówiła zgryźliwa żona. -Sukmanę ma zawalaną i przemokłą, bucisków całą noc nie zdejmował i patrzy na człowieka, jak ten zbój. W konopiach ci stać, nie gadać z dziedzicem. Ogamiże się, nim pójdziesz.

Po tych słowach zawróciła do obory, a Ślimakowi ciężar spadł z serca, że się na tym skończyło. Myślał, że będzie natrząsać się z niego do południa.

Wyjrzał na dziedziniec. Słońce stało wysoko i ziemia po nocnym deszczu wyschła. Od jarów pociągał wiatr niosący śpiewy ptaków i jakiś zapach wilgotny i wesoły. Przez tę noc pola gęściej zazieleniły się, z drzew powyskakiwały listki, niebo było odświeżone i zdawało się chłopu, że ściany jego chaty są bielsze.

- Śliczności dzień - mruknął czując otuchę i poszedł do izby ubierać się. Wyrzucił słomę z włosów, wdział świeżą koszulę i nowe buty. Ponieważ jednak widziały-mu się nie dosyć czarne, więc wziął w palce kawałek sadła i wytarł nim najprzód włosy, a później buty od cholew do obcasów. Stanął wreszcie przed lusterkiem i patrząc kolejno to na nogi, to na odbicie swojej fizjonomii w zwierciadle, uśmiechnął się, kontent, że taki blask bije mu od głowy i obuwia. W dodatku coś mu szeptało, że wobec tak wypomadowanego chłopa dziedzic nie wytrzyma i - wypuści mu łąkę w arendę.

W tej chwili weszła żona, a obrzuciwszy go pogardliwym spojrzeniem rzekła:

- Cóżeś się wyświechtał, że śmierdzi od ciebie sadło jak powietrze. Nie wolałbyś się umyć i uczesać?

Uznawszy słuszność tej uwagi Ślimak wyjął spoza lusterka gęsty grzebień i przygładził nim włosy, że świeciły nie gorzej od najjaśniejszego szkła. Potem starannie umył się mydłem, aż od zatłuszczonych palców zostały mu ciemne smugi na szyi.

- A gdzie Grochowski? - zapytał weselszym tonem żony, bo zimna woda dodała mu humoru.

- Poszedł.

- A jakże z pieniędzmi?

- Zapłaciłam mu. Ale nie chciał wziąć trzydziestu trzech rubli, tylko trzydzieści dwa: bo mówił, że kiedy Chrystus Pan trzydzieści i trzy lata żył na świecie, więc za krowę nie wypada brać tyle.

- Jużci prawda - potwierdził Ślimak chcąc teologiczną erudycją zaimponować kobiecie.

Ale ona odwróciła się do komina i wydobywszy stamtąd garnczek jęczmiennego krupniku z mlekiem podała go niedbale mężowi mówiąc:

- No, no... nie gadaj, ino podjedz se i idź do dworu. A targuj się tak jak wczoraj ze sołtysem, to ci cos powiem!... - dodała ironicznie.

Upokorzony chłop wziął się do jedzenia, a tymczasem żona wydobyła ze skrzyni pieniądze.

- Naści dziesięć rubli - mówiła. - To panu daj do garści, a resztę odnieś mu jutro. Uważaj zaś, ile ci powie za łąkę, i zaraz pocałuj go w rękę, obejmij za nogi i proś, żeby choć ze trzy ruble opuścił. Nie odstąpi trzech rubli, to choć wytarguj z rubla; ale poty ich obejmuj, i jego, i jaśnie panią, aż coś opuszczą. Będziesz pamiętał?

- Co nie mam pamiętać! - odparł. I widocznie powtórzył sobie w myśli przestrogi żony, bo nagle przestał jeść i począł z lekka wybijać do taktu łyżką.

- No, nie medytuj, ino wdziewaj sukmanę - odezwała się znowu kobieta. - A chłopców weź ze sobą.

- Oni tam po co?

- Po to, żeby prosili razem z tobą, i po to, żeby mi Jędrek powiedział, jakeś się targował... Teraz wiesz po co?

- Choroba z tymi babami - mruknął Ślimak widząc, że żona wszystko z góry ułożyła. A w duchu dodał: "Psiakość, jaki to u niej rozum i rozkazanie! Zaraz znać, że ojciec był włodarzem."

Z niemałym trudem wciągnął nowiuteńką sukmanę, przy

kołnierzach i kieszeniach wyszytą kolorowymi sznurkami, i opasał się pięknym rzemiennym pasem, szerokim bez mała na dwie dłonie. Następnie zawiązał dziesięć rubli w szmatkę i włożył ją za pazuchę; że zaś chłopcy byli od dawna gotowi, więc opuścili dom we trójkę, idąc gościńcem do dworu.

W chwilę po ich wyjściu Ślimakowej zrobiło się smutno; wybiegła zatem przed wrota jeszcze trochę popatrzyć na swoich. I widziała, jak środkiem drogi, zasadziwszy ręce w kieszenie, z głową do góry zadartą, sunie mąż, za nim po lewej stronie Stasiek, a po prawej Jędrek. Potem zdawało się jej, że Jędrek dał jakby w łeb Staśkowi, skutkiem czego sam znalazł się po lewej ręce ojca, a Stasiek po prawej. Później tak się coś zakotłowało, jakby Ślimak dał w łeb Jędrkowi, po czym Stasiek szedł znowu po lewej ręce ojca, a Jędrek także po lewej, ale już rowem, skąd pięścią wygrażał małemu bratu.

- Widzisz ich, jaką se zabawę znaleźli - szepnęła uśmiechając się kobieta i wróciła do izby nastawiać obiad.

Ułagodziwszy pięścią nieporozumienie między synami. Ślimak począł sobie nucić, a nawet zaśpiewał półgłosem:
Nie masz ci to, nie masz,
Jako dworakowi:
Siędzie na konika,
Jedzie ku dworowi.

Chwilę pomyślał i znowu zaśpiewał, ale na przeciąglejszą nutę:
O dejdydy, dejdydy,
Wsadzili mię do biedy,
A do biedy, do jakiej?...

Tu urwał i westchnął czując, że nie ma chyba piosenki, która by zakrzyczała jego niepokój: co będzie z łąką? czy mu ją pan wypuści, czy nie wypuści w arendę?

Właśnie teraz przechodzili koło niej. Ślimak spojrzał i aż się zląkł, taka dziś wydawała się piękna i niedostępna. Odżyły mu w pamięci wszystkie kary, jakie zapłacił za swoje bydło, które parobcy dworscy zajmowali na tej łące, wszystkie napomnienia i pogróżki dziedzica. Tajemniczy głos szeptał w nim czy poza nim, że gdyby ów szmat ziemi leżał gdzieś dalej i zamiast siana rodził piasek albo tatarak, to może łatwiej oddano by go w dzierżawę. Ale łąka zbyt wiele przedstawia wygód, ażeby nie miała budzić w nim pesymistycznych wątpliwości.

- Iii... co tam! - mruknął spluwając z wielką fantazją - przecie mnie sami nieraz namawiali, ażebym ją wziął. Nawet mówili, że i mnie, i im będzie lepiej.

Tak jest, ale kiedyż to zachęcali go do dzierżawy? - wówczas gdy o nią nie prosił. Dzisiaj, gdy łąka jemu jest potrzebna, mogą targować się albo wcale jej nie oddać.

Dlaczego?... Kto ich tam wie. Dlatego, **że** chłop panu, a pan chłopu zawsze musi robić na przekór. Już takie urządzenie świata.

Przyszło mu na myśl, ile on razy drożył się z robotą albo wspólnie z innymi gospodarzami nie chciał godzić się z dworem o skalowanie leśnych służebności - i poczuł skruchę. Mój Boże, jak to pięknie mawiał do nich dziedzic:

"Żyjmy teraz zgodnie, po sąsiedzku, oddawajmy sobie usługi..."

Wówczas oni odpowiadali: "Co my tam za sąsiedzi. Jaśnie pan to pan, a chłopi to chłopi... Jaśnie panu patrzyłby się inny szlachcic, a nam inny chłop za sąsiada..."

Na to dziedzic: "Pamiętajcie, chłopy, że jeszcze przyjdzie koza do woza..."

Na to Grzyb odpalił mu w imieniu gromady:

"A już przychodziła koza, jaśnie panie, kiedy pan chciał swój las uwolnić od chłopskiego dozoru."

Szlachcic milczał, ale wąsy mu się strasznie ruszały, więc pewnie tego słowa nie zapomni.

- Zawsze mówiłem Grzybowi - westchnął Ślimak - żeby tak nie pyskował. Teraz pewniakiem ja zapłacę za jego hardość.

W tej chwili Jędrek rzucił kamieniem na jakiegoś ptaka. Ślimak obejrzał się i smutne dumania nagle zmieniły kierunek.

"Co nie -ma łąki wypuścić? - myślał. - Przecie on wie, że mu się nieraz robi szkodę **i że** jej nie upilnuje, choćby miał drugie tyle parobków. Z niego szlachcic mądry, oho! jeszcze jaki... I nawet dobry pan: prędzej sam straci, niżby kogo miał skrzywdzić... Niczego pan!"

Wnet jednak nowa fala powątpiewań zalała mu duszę.

"Ale zawdy - myślał - on to rozumie, że będzie mi lepiej z łąką niż bez łąki. Zaś żadnemu panu nie jest miło, kiedy chłop ma się lepiej, bo przez to dworowi ubywa robotnika."

Nowa zmiana w medytacji, bo oto Ślimak przypomniał sobie, że za dzierżawę może nie płacić gotówką, ale robotą.

- Jużci, że tak! - mruknął, rozweselony. - Przecie mogę mu rzec: "Czy to ja u jaśnie pana nie robię albo czy kiedy robić przestanę?..." Inni gospodarze nie chodzą do dworu, tylko ja, więc czego miałbym mi żałować kęsa łąki? Mało on wreszcie ma tych łąk, jak i każdego innego gruntu?... Ja zawdy będę chłopem i najemnikiem, a on panem, choćby mi nawet darował te dwa morgi, nie tylko wypuścił w arendę.

I znowu zanucił:

Zakukały kukaweczki
Na gruszy, na gruszy;
Powiadały sąsiadeczki,
Że ja najgłupszy, najgłupszy!

Ostatni wiersz wymruczał całkiem niewyraźnie, ażeby nie osłabić własnej powagi wobec dzieci.

Nagle zwrócił się do Staśka z zapytaniem:

- Cóż ty się tak wleczesz, jakby cię na stójkę pędzili, i nic nie gadasz?

- Ja? - ocknął się Stasiek. - Ja sobie myślę, po co my idziemy do dworu?...

- A może nie chciałbyś tam iść?

- Nie, bo czegoś strach...

- Czego ma być strach? Przecie we dworze ładnie! - ofuknął go Ślimak, ale i sam otrząsnął się, jakby go zimno owiało. Wszelako opanował niepokój i zaczął wyjaśniać synowi:

- Widzisz, dziecko, jest tak. Wczoraj kupiliśmy od sołtysa krowę za trzydzieści i dwa ruble (chciał, para, trzydzieści pięć i srebrnego rubla za postronek! - ale jakiem go wziął na rozum, tak opuścił). Zatem widzisz, synku, dla nowej krowy potrzeba siana i z takiej racji musimy prosić dziedzica, ażeby nam łąkę wypuścił w arendę. Teraz wszystko rozumiesz?

Stasiek pokiwał głową.

- To rozumiem - odparł - ino jeszcze nie wiem: co sobie myśli trawa, jak ją bydlę zagarnie jęzorem i weźmie na zęby?...

- Co ma myśleć, nic nie myśli.

- Ale!... - mówił dalej Stasiek - tak nie może być, żeby ona nic nie myślała. Kiedy ludzie we święto stoją na cmentarzu, a patrzyć na nich z daleka, to widzi się, że wyglądają jak trawa albo krzaki: bo są między nimi i zielone, i czerwone, żółte i różne, jak między ziołami w polu. Więc żeby wtedy jaki straszny bydlak po cmentarzu przejechał jęzorem, to może by nic nie myśleli?...

- Ludzie by krzyczeli, a trawa przecie nic nie mówi, jak ją ścinać - odparł Ślimak.

- Jakże nie mówi? Kiedy łamać nawet suchy kij, to on trzeszczy - a jak giąć świeżą gałąź, to się ona drze i nie daje - a jak rwać trawę, to piszczy i nogami trzyma się ziemi.

- O, kiedy bo tobie zawsze dziwności chodzą po głowie! -przerwał

Ślimak. - Żeby tak człowiek z każdym gadał: czy on chce, czy nie chce iść pod kosę? - to by sam nie zjadł i bydlęcia by nie nakarmił, i wszystko by zmarniało.

- A ty, Jędrek, możeś nierad, **że** idziesz do dworu? - zapytał drugiego chłopaka.

- Albo to ja idę? Wy idziecie - odparł Jędrek wzruszając ramionami. - Ja bym ta nie chodził.

- A cóż byś zrobił? Listu byś przecie nie napisał, boś panu nierówny i pisać nie umiesz.

- Skosiłbym se trawę i zwióźłbym na podwórek. Niechby on szedł do mnie, nie ja do niego.

- A jakżebyś ty śmiał kosić pańską trawę?

- Jaka ona pańska! Czy to dziedzic ją posiał albo czy łąka jest przy jego chałupie?...

- A widzisz, żeś głupi, bo łąka jest pańska, tak jak i wszystkie pola. Wskazał ręką na horyzont.

- J uzd niby jego - odparł Jędrek - dopóki mu kto nie zabierze. Przecie ja wiem, że i wasze dzisiejsze grunta, i chałupa były pańskie, a dziś są wasze. Tak samo z łąką. Co on lepszego, że chociaż nic nie robi, ma ziemi za stu chłopów?

- Ma, bo ma.

- A dlaczegoż wy tyle nie macie albo Grzyb, albo inny?

- Bo on jest pan.

- Dużo z tego! Żebyście wy, tatulu, ubrali się w surdut i nogawice wyciągnęli na buty, to by z was był także pan. Ale gruntu tyle, co on; nie macie.

- Mówię ci, żeś głupi! - oburzył się Ślimak.

- Ja jeszcze głupi, to prawda, bom się nie uczył. Ale Jasiek Grzyb przecie mądry, bo nawet pisał przy kancelarii. A co on gada? Gada, że musi być równość, a będzie wtedy, jak chłopi panom grunta zabiorą i każdy będzie miał swoje.

- I Jasiek głupi, bo jakby wszyscy mieli swoje, to by nikt u innego nie chciał robić. Jasiek świata nie poprawi. Niech lepiej patrzy, żeby ojcu pieniędzy ze skrzyni nie wykradał i po mieście nie latał od szynku do szynku. Mądry on dysponować cudzym. Moje oddałby Owczarzowi, pańskie wziąłby sam, ale swego nie wypuściłby z garści. Już niech se będzie, jak Pan Bóg miłosierny stworzył, a Kościół święty naucza, a nie jak chcą Grzybowie, stary i młody.

- Albo dziedzicowi dał grunta Pan Bóg? - bąknął Jędrek.

- Pan Bóg taki rząd postanowił na świecie, żeby nie było równości.

Dlatego jest niebo wyżej, ziemia niżej - sosna wielka, a leszczyna mała, a trawa jeszcze mniejsza. Dlatego i między ludźmi jeden jest stary, drugi młody - jeden ojciec, drugi syn -jeden gospodarz, drugi parobek - jeden pan, drugi chłop.

Odetchnął zmęczony i ciągnął dalej:

- Ty se patrzał, jak jest nawet między mądrymi psami, gdzie ich dużo chodzi po podwórku. Wyniosą z kuchni ceber pomyjów i zara do nich przyjdzie jeden najpierwszy, co jest najmocniejszy, i ten żre, a inne czekają oblizujący się, choć widzą, że on wyjada część najlepszą. Dopiero kiedy tamten podjadł sobie, aż napęczniał, idą drudzy. Każdy wsadza łeb ze swojej strony i żre, ile na niego przypadnie, nie swarząc się. Ale gdzie psy głupie, to zara wszyćkie lecą do cebra, drą się między sobą i więcej mają podartych pysków niż jedzenia. Bo albo ceber wywrócą i strawę rozleją, albo zawdy zdybie się jeden najmocniejszy, co ich odpędzi. On sam na takim gospodarstwie ma niedużo, a inni wcale nic.

Tak byłoby i ludziom, gdyby każdy ino patrzył drugiemu w gębę i wołał: "Oddawaj, boś zjadł więcej!..." Najmocniejszy rozpędziłby innych, a słabszy umarłby z głodu. Dlatego jest postanowienie boskie, żeby każdy pilnował swoich gruntów, a cudzych nie zabierał.

- A przede już raz chłopom ziemię rozdawali.

- Rozdawali nie raz, ino dwa razy i jeszcze może rozdadzą, ale po trochu i z uwagą, żeby każdy dostał to, co mu się należy, nie zaś żeby lada jaki chwytał, co mu się podoba. Tak postanowił Pan Bóg miłosierny, **że** na świecie musi być kolej i porządek.

- Jaki tam porządek, kiedy Grzyb dostał od razu trzydzieści morgów, a wy ledwie siedem! - rzekł Jędrek.

Ślimak przystanął aa drodze chcąc trochę wypocząć. Poprawił czapki, lewą ręką ujął się pod bok, a prawą wskazał na wzgórza i mówił:

- Widzisz ty te góry tam nade dworem? Z nich przede ciągle stacza się ziemia na dół. Może nieprawda?

- Jużci prawda.

- A prawda. Ale ta ziemia, co się stoczy, na czyje grunta spadnie najpierwej, hę?...

- Jużci na dworskie.

- A na dworskie. Zaś ta ziemia, co stoczy się z dworskiego łanu, to na czyj grunt najpierwej spadnie: na mój czy na Grzyba?

- Jużci na Grzyba, bo Grzyb siedzi na skłonie pode dworem, a wy z drugiej strony doliny.

- Oto widzisz - ciągnął Ślimak. - Żebym ja tam siedział, gdzie Grzyb, to bym więcej z dworskich gruntów korzystał, a że mi wypadło siedzieć za wodą, mniej korzystam.

- I jeszcze z waszych gór spada ziemia na dworskie łąki -odpowiedział Jędrek.

- Wola boska! - rzekł chłop uchylając, czapki. - W tym ja najgorszy jestem między naszymi chłopami, że mam gruntu niedużo; ale w tym lepszy od samego pana, że z mojej chudoby ziemia zlatuje na jego łąki i majątku mu przysparza.

Chłopak słysząc takie rozumowanie kręcił głową.

- Co kręcisz łbem? - zapytał go ojciec.

- Bo mi się nie widzi to wszystko, co gadacie.

- Nie widzi ci się, boś młodszy ode mnie i głupszy.

- To i wy, tatulu, głupsi jesteście od Grzyba, boście młodsi, a on przecie gada wcale inaczej. Chłopa aż kolnęło w serce.

- Jak ja ci dam w mordę - wykrzyknął - to zaraz pomiarkujesz se, ty kondlu, kto mądrzejszy!...

Wobec tak silnego argumentu Jędrek zamilkł i odtąd szli nie rozmawiając ze sobą. Stasiek marzył nie wiadomo o czym, a Ślimak na przemian albo frasował się czy mu wypuszczą łąkę?, albo dziwił, że jego starszy syn wygłasza tak przewrotne teorie.

- Ha! - mruknął - zapatruje się hołociuch na innych. Hardy, para, nikomu nie ustąpi, i łaska boża, że jeszcze nie kradnie. Ho! ho!... on już nie będzie chłopem.

W tym miejscu gościniec łączył się z drogą dworską, która łagodnie wznosiła się pod górę. Ślimak szedł coraz wolniej, Stasiek patrzył przed siebie coraz lękliwiej i tylko Jędrek robił się śmielszy. Stopniowo spoza wzgórza ukazywały się im czarne gałęzie lip przydrożnych zasypane pączkami, dworskie kominy i dachy budynków.

Nagle rozległy się dwa strzały.

- Strzelają! - krzyknął Jędrek i pobiegł naprzód, podczas gdy Stasiek schwycił ojca za kieszeń sukmany.

- Gdzie lecisz? wróć się! - zawołał Ślimak.

Jędrek zachmurzył się, ale zwolnił kroku.

Weszli na taras, gdzie już rozciągały się tylko pola dworskie. Za nimi, niżej, leżała wieś; jeszcze niżej łąka i rzeka; przed nimi -- stał dwór otoczony sztachetami, budynki, a dalej ogród.

- O, widzisz dwór? - rzekł Ślimak do Staśka.

- Który to?

- Ten z gankiem, na słupach.

- A to co za chałupa?

- Na lewo? **To** przecie nie chałupa, ino oficyna, a to niskie -kuchnia. A przypatrz się, że w oficynie jedne izby są na dole, drugie na górze...

- Jakby na strychu?

- To nie strych, ino piętro. Strych jest jeszcze wyżej, pod dachem, jak u nas.

- Ale zawsze oni tam włażą po drabinie - wtrącił Jędrek.

- Nie po drabinie, ino po schodach - odparł surowo ojciec. -Pan akurat poniewierałby się po szczeblach, kiedy on lubi wygodę. Toteż mu kradną siano znad stajni!

- A ono na prawo, tatulu, co takie szybiaste? - spytał Stasiek.

- Tam pewnie samo państwo wysiaduje i grzeje się na słońcu -odparł Jędrek.

- Nie gadaj, kiedy dobrze nie wiesz - zgromił go Ślimak. -Tam jest cała ściana ze szkła, bo to oranżeria. Tam są wszystkie kwiaty, jakie ino świat widział, i kwitną se nawet w zimie, kiedy na polu śnieg leży po kolana.

- Musi z papieru kwiaty, jak w kościele - wtrącił Jędrek.

- Właśnie że prawdziwe. Kwitną zaś, bo im przez zimę ogrodnik pali w piecu.

- A jabłka tu są w zimie? - spytał Jędrek.

- Jabłek nie ma, ino pomarańcze.

- Pewnie ze sto razy lepsze od jabłek?... - spytał Jędrek, a oczy mu się zaiskrzyły.

Chłop pogardliwie machnął ręką.

- Iii... Skosztowałem ci ja jedno takie. Małe jak kartofel, zielone, a paskudne - żeby pies wypluł...

- I oni takie jedzą?

- Co nie mają jeść.

- A to oni są głupie - rzekł Jędrek.

- Tyś to głupi, bo się nie znasz - odparł chłop. - Tobie dobrze, kiedy ci przy krupniku jest słono? a panu dobrze, jak przy innym jedzeniu jest mu w gębie paskudnie. Kużdy na tym świecie ma swój smak: wół lubi trawę, a świnia pokrzywy.

- Patrzcie ino, tatulu!.... - wrzasnął Jędrek wskazując ku dworowi - lecz nim skończył, rozległy się znowu dwa strzały. Gdy zaś dym opadł, ujrzeli przy bramie młodego człowieka w żółtych kamaszach po kolana, w siwej kurtce z zielonymi wyłogami, z ładownicą na brzuchu, torbą na boku i z dubeltówką w rękach.

- To ten sam, co jechał na koniu i czapka mu ze łba zleciała -dodał

Jędrek.

Chłop pochylił głowę w jedną stronę, potem w drugą, przypatrzył się.

- Jużci, że on, pokraka!... - rzekł z niechęcią. I dodał szeptem:

- Zły znak!... Pewnie mi łąki nie wypuszczą, kiedy nam drogę zastąpił ten farmazon.

- Ale fuzję ma porządną! - mówił Jędrek. - Do czego on tu strzylo, bo ino wróble latają?... Iii... może do niczego?... Ja żebym miał fuzję, to bym se strzelał cały dzień, choćby w górę, a prochu psiakość tyle bym sypał, żeby na samej plebanii huczało.

- Do nas on nie strzeli? - cicho zapytał Stasiek wahając się, czy iść dalej.

- Co ma do nas strzelać? - odparł ojciec. - Przecież do ludzi strzelać nie wolno, za to jest kryminał. Chociaż... kto go wie, na co by się nie porwał taki zaprzaniec!...

- Oj! oj! - pochwycił Jędrek - niech no by spróbował...

- A cóże byś mu ty zrobił?

- Złapałbym mu fuzję i odniósł do wójta. Jeszcze bym se parę razy strzelił po drodze.

Tymczasem myśliwy nabijając swoją lankastrówkę zbliżył się do chłopów. Na troku u jego torby wisiały zakrwawione szczątki wróbla.

- Niech będzie pochwalony - rzekł Ślimak zdejmując czapkę.

- Dzień dobry, obywatelu! - odparł strzelec uchylając aksamitnej dżokiejki.

- Śliczności fuzja - westchnął Jędrek.

Panicz poprawił binokle i z uwagą spojrzał na chłopca.

- Podobała ci się? - spytał. - Hę?... Czy to nie ty podałeś mi wtedy czapkę?...

- Jużci ja, ino pan jechał na koniu i bez fuzji.

- Więc ja jestem twoim dłużnikiem! - zawołał panicz wydobywając z kieszeni portmonetkę. - Masz tu - rzekł i dał mu srebrną czterdziestówkę. - A to twój ojciec?... ten, co cię wczoraj chciał batem obić?...

Chłop ukłonił się do ziemi.

- Obywatelu! - rzekł panicz tonem obrażonego. - Jeżeli chcesz, ażebyśmy byli ze sobą w przyjaźni, nie kłaniaj mi się tak nisko i nakryj głowę. Czas zapomnieć o resztkach niewoli, które nam i wam ujmę przynoszą. Nakryj głowę, obywatelu, proszę cię...

Zdumiony i zakłopotany Ślimak chciał spełnić rozkaz, ale ręka odmówiła mu posłuszeństwa.

- Przecie to wstyd stać przy panu w czapce - szepnął.

- Dajże spokój dzieciństwom! - ofuknął panicz. Wyrwał mu czapkę z ręki i gwałtem wsadził na głowę, a następnie to samo zrobił wylęknionemu Staśkowi.

"Choroba i..." - pomyślał chłop nie mogąc zdać sobie sprawy z demokratycznych intencyj panicza.

- Cóż to, idziecie do dworu? - spytał go myśliwiec zawieszając fuzję na ramieniu.

- Jużci, jaśnie paniczu.

- Macie interes do mego szwagra? Chłop znowu chciał ukłonić się do nóg, ale został powstrzymany.

- Cóż to za interes?

- Chcieliśmy prosić łaski jaśnie pana, żeby nam wypuścił w arendę ten kawałek łąki, co jest między rzeką i moją chudobą.

- Na cóż to wam?

- Stargowaliśmy wczoraj z moją kobietą krowinę i boimy się, że paszy będzie za mało, więc dopraszamy się łaski...

- A dużo macie bydła?

- Ma tam Pan Jezus pięć ogonów: niby dwa konie i trzy krowy, i jeszcze parę świń.

- Ziemi macie dużo?

- Bogać tam dużo, jaśnie panie, ledwo dziesięć morgów, i to z roku na rok jałowieje - westchnął chłop.

- Bo mię umiecie gospodarować - rzekł panicz. - Dziesięć morgów ziemi, mój człowieku, to kolosalny majątek! Za granicą na takim kawałku żyje wygodnie kilka rodzin, a u nas jednej nie wystarcza. Ale cóż, kiedy siejecie tylko żyto...

- Cóż siać, jaśnie panie, jeżeli pszenica nie plonuje?

- Ogrodowizny, mój przyjacielu, to jest interes! Ogrodnicy pod Warszawą płacą po kilkadziesiąt rubli dzierżawy z morgi i mimo to mają się doskonale...

Ślimak smutnie zwiesił głowę, lecz serce burzyło mu się; słuchając bowiem wywodów panicza doszedł do wniosku, że dwór albo mu nie wypuści łąki w dzierżawę, jako już posiadającemu dziesięć morgów, albo - każe zapłacić kilkadziesiąt rubli czynszu. Bo i po co by panicz opowiadał takie dziwne rzeczy, jeżeli nie w celu wmówienia w niego, że za dużo ma gruntu i że powinien drogo płacić arendę?

Zbliżyli się do bramy.

- Widzę w ogrodzie siostrę - rzekł panicz - pewno tam będzie i szwagier. Pójdę do niego i poproszę, żeby załatwił wasz interes. Do widzenia.

Chłop ukłonił się do ziemi, ale jednocześnie pomyślał:

"Żeby cię choroba zatłukła, kiedyś się tak zawziął na mnie! Babę mi zaczepiał, chłopca zbuntował, a dziś niby to kłamać się nie każe, ale gada, żeby płacić takie straszne pieniądze z morgi! Wiedziałem, że mi sprowadzi nieszczęście." Ode dworu doleciały ich dźwięki organów.

- Tatulu, grają!... Gdzie to grają?... - zawołał Stasiek.

- Pewnie dziedzic gra,

Istotnie dziedzic grał na amerykańskim organie. Chłopi z uwagą przysłuchiwali się niezrozumiałej dla nich, ale pięknej melodii. Śląskowi poczerwieniała twarz i drżał ze wzruszenia. Jędrek spoważniał, a Ślimak zdjął czapkę i począł mówić pacierz, ażeby Bóg miłosierny zasłonił go od nienawiści panicza, któremu przecież on - nic złego nie zrobił.

Organy umilkły, a jednocześnie panicz spotkał się w ogrodzie z siostrą i z ożywieniem począł jej coś przedstawiać.

- To ci instyguje na mnie! - mruknął chłop.

- Widzicie, tatulu - zaczął Jędrek - że pani to podobna do bąka. Żółta w czarne cętki, cienka w pasie, a gruba na końcu. Ale piękna pani!

- Gorszy od bąka ten podlec na żółtych nogach, chociaż cienki jak patyk! - odparł chłop.

- Co on ma być gorszy, kiedy mi dał czterdziestkę? Głupi to on musi że jest, ale dobry pan.

- Odbiorą oni sobie tę czterdziestkę, nie bój się. Tymczasem panicz opowiedziawszy siostrze interes Ślimaka począł robić jej wymówki.

- Zdumiony jestem - prawił - cechami niewolnictwa, jakie spotykam wśród ludu. Ten biedak nie jest w stanie rozmawiać w czapce na głowie, a przy tym tak był zmieszany, tak zalękniony, że mnie litość brała patrząc na niego. Na cały dzień zepsuł mi humor.

- Ale cóżem ja temu winna i co mam robić? - pytała pani.

- Zbliżyć się do nich, ośmielać...

- Wyborny jesteś! - odparła wzruszając ramionami. - Kiedym zeszłej jesieni urządziła zabawę dzieciom naszych parobków, właśnie ażeby je ośmielić do siebie, to zaraz na drugi dzień połamały mi brzoskwinie. A zbliżać się do nich?... I to robiłam. Weszłam raz do chaty, gdzie leżało chore dziecko, i w ciągu godziny nasiąkłam takimi zapachami, że musiałam nową suknię oddać pannie służącej. Dziękuję za podobne apostolstwo...

Tak rozmawiając po francusku, zbliżyli się do sztachet, za którymi stali chłopi.

- Przynajmniej dla tego musisz co zrobić - rzekł panicz - bo dziwnie mi się podobał.

Pani przyłożyła szkła do oczu.

- Ach, to jest Ślimak! - zawołała. - Limacon... wyobraź sobie, co za komiczne nazwisko!

- Poczciwy człowieku - zwróciła się do chłopa - brat mój chce, żebym co dla ciebie zrobiła, no i ja sama rada bym. Czy masz córkę?

- Nie mam, jaśnie pani - odpowiedział chłop całując przez kratę kraj jej sukni.

- Szkoda. Mogłabym dziewczynę nauczyć roboty koronek. Poprzednio umywszy ją - dodała po francusku. "A o łące ani wspomni!" - pomyślał chłop.

- To są twoi chłopcy? - pytała dalej Ślimaka.

- Nasi, jaśnie pani.

- Więc przysyłaj mi ich, to będą uczyli się czytać.

- Albo oni mają czas, jaśnie pani? Starszy ciągle w domu potrzebny.

- Więc przysyłaj młodszego.

- I ten już chodzi za świńmi... Pani wzniosła oczy do nieba.

- No, i zróbże co dla nich! - rzekła po francusku do brata. "Coś oni okrutnie zmawiają się na naszą krzywdę!" - pomyślał chłop, mocno zaniepokojony francuską konwersacją państwa.

Ode dworu ukazał się dziedzic, a spostrzegłszy żonę i szwagra przyśpieszył kroku i za chwilę znalazł się obok nich. Ślimak znowu zaczął się kłaniać. Śląskowi ze wzruszenia łzy nabiegły do oczu, a nawet Jędrek stracił zwykłą śmiałość wobec pana. Tymczasem uzbrojony w fuzję demokrata opowiedział szwagrowi interes chłopa i poparł go bardzo gorąco.

- Ależ niech bierze w dzierżawę ten kawałek łąki! - zawołał dziedzic. - Przynajmniej nie będę miał z nim awantur o szkody w sianie, a zresztą jest to naj uczciwszy chłop we wsi.

Panowie wciąż rozmawiali po francusku, więc Ślimaka aż mrowie przechodziło na myśl: co oni układają przeciw niemu?... Już gotów był wracać do domu z niczym, byle prędzej zejść im z oczu.

Dziedzic wysłuchawszy relacji szwagra zwrócił się do chłopa.

- Więc chcesz - spytał go - ażebym te dwa morgi łąk nad rzeką wypuścił ci w dzierżawę?

- Jeżeli łaska jaśnie pana - odparł chłop.

- I żeby nam jaśnie pan choć ze trzy ruble opuścił - dodał szybko Jędrek.

Ślimakowi krew uciekła do serca, a państwo spojrzeli po sobie.

- Cóż to znaczy? - spytał pan. - Z czego ja mam opuścić trzy ruble? Chłop machinalnie sięgnął ręką do rzemienia, ale opamiętawszy się, że w takiej chwili nie może zbić Jędrka, wpadł w desperację i postanowił od razu powiedzieć całą prawdę.

- A, jaśnie panie! - zawołał - niech jaśnie pan tego hycla nie słucha! Było, panie, tak, że mi baba okrutnie głowę suszyła, jako nie umiem się targować, i nakazywała mi, żebym choć ze trzy ruble wytargował na łące. No, a teraz ten kundel taką mi rzecz zrobił, że aż wstyd!...

- Przecie matula powiedzieli, żebym was pilnował i żebyśmy oboje jaśnie państwa w nogi całowali, to coś opuszczą - tłumaczył się Jędrek.

Wobec tego Ślimak całkiem zapomniał języka, ale państwo zanosili się ze śmiechu.

- Oto masz - mówił znowu po francusku dziedzic do swego szwagra - oto masz chłopa. Tobie ze swoją żoną rozmawiać nie pozwoli bojąc się, żebyś jej nie zbałamucił, ale sam bez niej kroku zrobić nie może. Żebyś mu zaproponował najświetniejszy interes, nie wykona go bez sankcji żony czy też nie zrozumie bez jej wyjaśnień.

- Bardzo dobrze! Tak być powinno! - potakiwała pani zasłaniając twarz batystową chusteczką. - Wyborni są ci chłopi... Gdybyś ty mnie słuchał, dawno już sprzedalibyśmy tę nudną wieś i uciekli do Warszawy!

- Mój drogi, nie róbże chłopów idiotami - zaprotestował szwagier.

- Nie potrzebuję robić, oni już są idiotami. Nasz chłop składa się z żołądka i muskułów, bo rozumu i woli zrzekł się na benefis swej żony. Ślimak należy do najsprytniejszych chłopów we wsi, a przecież w tej chwili słyszałeś dowód jego głupoty.

- Ależ...

- Żadnego a l e, mój chłopomanie. Jeżeli chcesz, mogę cię jeszcze raz przekonać, że to są osły.

- Ależ, mój drogi..-

- Przepraszam cię - przerwał dziedzic - za chwilę sam zobaczysz, gdzie chłop ma rozum.

I zwrócił się do Ślimaka, który z najwyższym niepokojem oczekiwał skutków wesołej, a tak niepojętej dla niego sprzeczki.

- Więc, mój Józefie, to żona kazała ci, ażebyś wziął ode mnie łąkę w dzierżawę?

- Jużci tak, jaśnie panie.
- i żebyś się dobrze targował?
- Jużci tak. Co prawda, to prawda.
- Wiesz, ile Łukasiak płaci mi rocznie za morgę łąki?
- Gadał, że dziesięć rubli.
- Więc ty powinieneś płacić dwadzieścia rubli za dwie morgi

Chłop zamyślił się i rzekł po chwili:

- Zawsze się ta jaśnie pan zmiłuje...
- I choć ze trzy ruble opuści?... - pochwycił dziedzic. Ślimak umilkł zawstydzony.
- Dobrze - rzekł dziedzic - opuszczę ci trzy ruble i będziesz płacił tylko siedemnaście rubli rocznie. Czy jesteś kontent?

Chłop schylił się do ziemi, a nie mogąc dosięgnąć nóg dziedzica uścisnął sztachety; lecz na jego twarzy zamiast zadowolenia malowała się niepewność.

"Coś jest - myślał Ślimak - że on się nie targuje! Już ja widzę, że ten szwagierek cosik zmajstrował!..."

Głośno zaś dodał:

- To niech jaśnie pan jeszcze uczyni łaskę i weźmie ode mnie zadatek. Właśnie dała mi moja dziesięć rubli, a resztę, powiedziała, żebym odniósł jutro.

Wydobył zza sukmany węzełek, z niego dziesięć rubli -i wręczył dziedzicowi.

- Za pozwoleniem - przerwał dziedzic - pieniądze wezmę później, a teraz zrobię ci propozycję. Czy pamiętasz, ile mi za morgę łąki zapłacił w zeszłym roku Grzyb?
- Osiemdziesiąt rubli.
- I oprócz tego zapłacił rejenta i jeometrę, czy tak?
- Święta prawda.
- Otóż słuchaj. Ja te dwie morgi łąki, które chcesz dzierżawić, sprzedam ci po sześćdziesiąt rubli, więc o dwadzieścia rubli taniej aniżeli Grzybowi. Jeszcze zrobię lepiej, bo - nic nie wydasz ani na jeometrę, ani na rejenta. Ale wiesz pod jakim warunkiem?

Chłop pokornie wzruszył ramionami.

- Pod tym warunkiem, żebyś zdecydował się sam, zaraz, nie pytając żony. Uważaj więc: zapłacisz sto dwadzieścia rubli za łąkę, która jest warta więcej niż sto sześćdziesiąt, zyskasz na czysto czterdzieści rubli, ale... decyduj się natychmiast. Jutro, a nawet dziś wieczorem, kiedy naradzisz się z żoną, już na tych warunkach nie sprzedam.

Ślimakowi błysnęły oczy. Zdawało mu się, że teraz dopiero odkrył naturę zmowy wymierzonej przeciwko niemu.

- Dziwny kaprys tracić czterdzieści rubli za nic! - odezwała się pani po francusku.

- Bądź spokojna - odparł mąż. - Znam ja ich...

- No i cóż - zwrócił się do Ślimaka - kupujesz łąkę bez poradzenia się żony?

- Kiej to nieładnie - odpowiedział chłop z obłudnym uśmiechem. - Przecie jaśnie pan, a i to naradza się z jaśnie panią i jaśnie paniczem, nie dopiero ja.

- A widzisz?... - rzekł dziedzic do szwagra. - Czy on nie jest skończonym idiotą?...

Panicz przez sztachety poklepał po ramieniu Ślimaka.

- No, mój przyjacielu, zgódźże się natychmiast, a zrobisz panu grubego figla.

- On już kupił - rzekł do szwagra.

- Kupujesz, Józefie? Dajesz rękę na zgodę? - spytał dziedzic. "Albo ja głupi!" - pomyślał chłop, głośno zaś dodał:

- Kiej kupować przez żony, jaśnie panie, to nieładnie...

- I nie namyślisz się?

- Kiej bardzo nieładnie - powtarzał chłop, kontent, że pan nastręczył mu tak doskonałą wymówkę.

Chłop udawał zasmuconego, ale uparł się i ani myślał kupować łąki.

- No, więc w takim razie wypuszczam ci łąkę w dzierżawę. Daj mi swój zadatek, a jutro przyjdź po kwit.

- Masz chłopa, panie demokrato! - rzekł do szwagra, który tymczasem gryzł paznogcie.

Ślimak zapłacił dziesięć rubli, państwo pożegnali się z nim i odeszli. Widząc, że już nie patrzą, chłop obrzucił ich ognistym spojrzeniem i wzburzony począł szeptać do siebie:

- Ehej! chcieliśta chłopa oszwabić, ale ma on swój rozum, ma!... Pewniakiem już w tym roku, jak mówił Grochowski, będą nam dodawali gruntów i dlatego pilno im sprzedać!... Sto dwadzieścia rubli za taką łąkę, co warta ze dwieście... Głupiemu gadać, nie mnie... Ale dobre i sto dwadzieścia, kiedy przyjdzie oddać darmo.

- Cosik szlachta tego kręciła, niech ich tam!... - zauważył Jędrek.

- Cicho bądź - zgromił go ojciec, a w duchu dodał:

"Nawet hołociuch, a i to poznał się, że kręcą..." Nagle nasunęła mu się inna uwaga:

- A może teraz nie będą rozdawali gruntów, tylko państwu taka fantazja strzeliła, żeby mi tanio sprzedać?...

Zrobiło mu się gorąco. W tej chwili chciał wołać za państwem, rzucić się im do nóg i błagać, ażeby mu choć za sto trzydzieści rubli oddali łąkę. Ale państwo byli już w połowie ogrodu. Wtem odłączył się od nich panicz i znów przybiegł do chłopa.

- Kupujże tę łąkę! - mówił zadyszany. - Szwagier jeszcze się zgodzi, tylko go proś.

Na widok niemiłego panicza w Ślimaku zbudziła się poprzednia nieufność.

- Kiej bez żony kupować nieładnie - odparł uśmiechając się.

- Bydlę! - mruknął panicz i zawrócił się do dworu. Łąka przepadła.

- Czego jeszcze stoicie, tatulu? - nagle zapytał Jędrek, widząc, że Ślimak oparł się o sztachety i duma.

- Bo nie wiem, czy dobrze zrobiłem, żem nie kupił za sto dwadzieścia rubli one j łąki? - mruknął chłop.

- Coście mieli źle robić, kiedy za siedemnaście rubli macie to samo?

- Ale zawdy łąka nie moja.

- Jak rozdadzą grunta, to będzie wasza.

Ślimaka ucieszyły te wyrazy: "Jużci - myślał - musi być prawda z tym rozdawaniem, kiedy nawet hołota o nim gada."

- Chodźta, chłopcy, do dom! - rzekł głośno. Wracali w milczeniu. Jędrek spoglądając ukosem na ojca żywił w sercu jakieś złe przeczucia, a Ślimaka trapił niepokój.

- Psie wiary, szlachta! - szeptał chłop zaciskając pięści - człek nigdy nie zmiarkuje, kiedy oni łgą, a kiedy mówią prawdę... Rychtyk jak z Żydami.

W połowie drogi chłopcy wyrwali się naprzód, bo byli głodni. Gdy zaś Ślimak wszedł do chaty, zapytała go żona:

- Co tu gada Jędrek, że chcieli sprzedać ci łąkę za sto dwadzieścia rubli?

- Jużci chcieli, ale przez to, że boją się nowego rozdawania gruntów - odpowiedział nieco strapiony.

- Ja też zaraz powiedziałam Jędrkowi, że albo szczeka, abo jest w tym jakieś szachrajstwo. Kto by zaś oddawał za sto dwadzieścia rubli taką rzecz, co warta ze dwieście?

Chłop rozebrawszy się zasiadł do obiadu i jedząc opowiadał żonie, co go spotkało.

- Ho! ho!... mądrzy oni we dworze. Nie wiem nawet, skąd dowiedzieli się, że idziemy za łąką, i nasamprzód zasadzili na mnie swego szwagierka.

- Tego ślepaka? co mnie zaczepiał u wody?... - wtrąciła Ślimakowa.

- Jużci jego. Ten ci choroba zabiegł nam drogę, Jędrkowi dal czterdziestkę, mnie czapkę wbił na łeb, żeby mi lepiej oczy zamydlić, i zara począł z góry:

"Na co ci łąka? Albo już i tak nie masz okrutnego majątku? Wiesz ty, że dziesięć morgów to niezmierna fortuna?..."

- Ale, fortuna!... - przerwała Ślimakowa - jego szwagier ma przecie z tysiąc morgów i jeszcze narzeka!

- Tak ci mnie, para, tumanił. A kiedy zobaczył, że ja - nic, doprowadził mnie do samej pani. Ona znowu wzięła mnie zagadywać, żebym jej chłopaków posyłał do uczenia, a pan przez ten czas wygrywał se na organach...

- Cóż on chce zostać organistą, jak mu ziemię zabiorą? -spytała gospodyni.

- On se tak wciąż przygrywa; nic nie robi, ino przygrywa. Więc potem - prawił chłop - wyszedł i pan, a oni zaraz zaczęli mu świargotać po frajcusku, że chłop (niby ja) jest strasznie twardy, że podejść go (niby mnie) nie można, zatem - żeby mi co prędzej sprzedał łąkę, nim się opamiętam.

- Toś ty zmiarkował, co oni gadają?

- Com nie miał zmiarkować! Przecie ja i po żydowsku jestem wyrozumiały.

- I nie kupiłeś łąki? Dobrześ zrobił, bo w tym jest nieczysty interes - zakończyła kobieta.

Ale chłop nie ucieszył się z żoninej pochwały, znowu bowiem opanowała go wątpliwość co do zamiarów państwa.

"A może oni szczerze chcieli sprzedać łąkę tak tanio?" -myślał.

Przestał jeść i wałęsał się z kąta w kąt po chacie. Ogarniał go coraz większy niepokój, że może źle zrobił opuściwszy taką okazję, ale - dodawał sobie otuchy mrucząc:

- Nie mnie okpić! Znam ja się na rzeczy!...

Nareszcie wzburzenie Ślimaka dosięgło zenitu. Siadł na ławie, potem zerwał się z niej, pochwycił się za głowę i przez chwilę już nie wiedział, co ma robić z ciężkiej niepewności. Nagle spojrzał na Jędrka i - błysnęła mu myśl szczęśliwa.

- Chodź ino tu, Jędrek - rzekł do chłopca zdejmując rzemyk z bioder.

- Oj, tatulu, nie bijcie mnie! - wrzasnął chłopak, któremu zresztą już od paru godzin zdawało się, że bicie go nie minie.

- Nic nie pomoże! - mówił Ślimak. - Hardy jesteś, naśmiewałeś się z panicza, pyskowałeś przed samym jaśnie panem... Ligaj na ławie!

- Oj, tatulu, niechajcie mnie! - prosił Jędrek, Stasiek objął ojca za nogi i z płaczem całował mu kolana, a Magda wybiegła do gospodyni na dziedziniec.

- Mówię, ci: ligaj na ławie! pókim dobry... -wołał Ślimak. -Jak ty dziś dostaniesz swoje, to nie będziesz się, kondlu, wdawał z tym hyclem Jaśkiem... Ligaj mi zaraz!...

Wtem Ślimakowa gwałtownie zapukała do okna.

- A chodź prędko, Józek - mówiła - bo cosik się stało nowej krowie. Tak się tarza...

Chłop puścił Jędrka i pędem pobiegł do obory. Tu jednak zobaczył, że wszystkie krowy stoją przy żłobach i spokojnie jedzą.

- Widać już ją odeszło - mówiła kobieta - ale tak się tarzała, powiadam ci, jak ty wczoraj.

Ślimak obejrzał krowę uważnie, dotknął jej grzbietu i pokręcił głową. Domyślił się, że żona chciała go tym figlem odciągnąć od Jędrka. Ponieważ jednak chłopiec wymknął się już z chaty, a i ojca złość odeszła, więc skończyło się na niczym, jak zwykle w podobnych wypadkach.

ROZDZIAŁ PIĄTY

Był lipiec. Dziedzic z dziedziczką od dawna wyjechali za granicę; we wsi o nich zapomniano i nawet nowa wełna zaczęła porastać na ostrzyżonych owcach.

Słońce tak grzało, że chmury uciekły z nieba gdzieś do lasów, a ziemia zasłaniała się od gorąca, czym mogła: na gościńcach kurzem; na łąkach potrawem, na polach gęstym urodzajem.

Dla ludzi był to początek największej pracy. We dworze już skosili koniczynę i rzepik, przy chatach gospodynie i dziewuchy obsypywały buraki i kartofle, a stare kobiety zbierały ślaz na poty, kwiat lipowy na gorączkę i włosy P. Marii na boleści. Proboszcz z wikarym całymi dniami śledzili i chwytali pszczelne roje, a Josel karczmarz fabrykował ocet. W lesie rozlegały się nawoływania dzieci zbierających jagody.

Tymczasem dochodziły zboża i Ślimak nazajutrz po Matce Boskiej Szkaplerznej wziął się do zżęcia żyta. Krótka była to robota, na trzy albo i na dwa dni; lecz chłop śpieszył się, raz dlatego, aby nie wykruszyło się zbyt suche ziarno, a po drugie, aby mógł wyjść na żniwo do dworu.

Zwykle pracowali we trzech: Ślimak, Owczarz i Jędrek, na przemian żnąc i wiążąc snopki; gospodyni zaś i Magda pomagały im z rana i po obiedzie.

Pierwszego dnia, w czasie południowej roboty, kiedy w pięcioro (bo tym razem były i kobiety) żnąc dosięgli szczytu wzgórza, Magda spostrzegła pod lasem kilka ludzkich sylwetek i powiedziała o tym gospodyni. "Wszyscy obejrzeli się w tamtą stronę i poczęli robić uwagi.

- To jakieś chłopy - rzekł Owczarz - bo białe.

- Jest tam jeden między nimi słomiany - dodała Ślimakowa -a chłopy tak nie chodzą.

- I musi, że do kolan mają buty - wtrącił Ślimak.

- Przypatrzcie się - zawołał Jędrek - a dyć oni noszą tyki w garści i ciągną jakby sznur za sobą!

- To chyba omentry?... Cóż by to było?... - zastanowił się Ślimak.

- Pewnie nowe pomiary!... - odpowiedziała Ślimakowa. -Widzisz, jak dobrze, żeś wtedy nie kupił łąki od pana?

Wzięli się znowu do roboty, ale szła im niesporo, każde bowiem spoglądało ukradkiem na owych ludzi spod lasu, którzy stawali się coraz wyraźniejsi. Nie byli to chłopi, bo zamiast przepasanych koszul mieli białe albo żółtawe kurtki, a na kapeluszach czarne wstążki. Szli od zachodu na wschód i widocznie mierzyli pole.

Zjawienie się ich tak zaciekawiło Ślimaka, że zamiast przodować w robocie, wlókł się na końcu obok Magdy. Wreszcie zawołał:

- Jędrek! ciśnij sierp i skocz do onych, co tam na polu bonują. Spenetruj, co za jedni, i wymiarkuj: czy mierżą na rozdanie gruntów, czy na co innego?

Chłopak pobiegł cwałem.

- A obchodź ich ostrożnie! - wołała matka - żeby cię który nie przetrącił...

Jędrek w kilka pacierzy dognał mierników, wszedł między nich i chwilę porozmawiał, ale - ani myślał o powrocie. Owszem, wziął się nawet do tyki i łańcucha.

- Słyszeliśta! - dziwiła się Ślimakowa - a dyć on już do nich całkiem przystał. Patrzaj ino, Józek, jak wyrywa z tym sznurzyskiem?... Tamci przecie musieli się uczyć nie bez jedną zimę i żaden go nie wyścignie. A on, para, co ino za szybą u Żyda widział lamentarz, tak se śmika między nimi jak zając... To ci chłopak!... Szkoda, żem mu nie kazała wzuć butów, bo jeszcze pomyślą, że on jaki sierota, nie gospodarski syn.

Ujęła się pod boki i zadowolona patrzyła na Jędrka, który z wielką śmiałością przenosił tyki i ciągnął łańcuch od punktu do punktu.

Wkrótce oddział inżynierski zeszedł w nizinę i ukrył się przed oczyma chłopów.

- Cosik z tego będzie - rzekł zadumany Ślimak - albo dobre, albo złe.

- Co ma być źle, jak dodadzą gruntów? - wtrąciła Ślimakowa. - A ty co myślisz, Maćku?

Parobek, zakłopotany pytaniem, otarł pot z czoła i odparł po namyśle:

- Co ta być może dobrego? Pamiętam, kiedym służył u pana w Krzeszowie (będzie temu sześć roków), a rychtyk tacy sami przeszli przez pola z tykami, to zara na jesień wójt zrobił w kasie deces i cała gmina musiała się za niego składać. Każda nowa rzecz jest niepewna - zakonkludował.

Słońce schylało się ku zachodowi, kiedy nadbiegł zadyszany Jędrek wołając na matkę, ażeby wyniosła mleka z lochu, bo idzie tu dwóch panów, wielkich panów, którzy mu za noszenie łańcucha dali dwa złote.

- Oddaj to zaraz matce! - krzyknął Ślimak. - Oni d zapłacili dwa złote nie za łańcuch, ale za mleko, co u nas zjedzą. Jędrek o mało się nie rozpłakał.

- Co mam oddawać moje pieniądze? - mówił. Przecie oni za to, co zjedzą, osobliwie zapłacą i jeszcze za inne *rzeczy, co* wezmą!... Nawet pytali się, czy w chałupie są kurczęta i masło...

- To oni kupcy, że dowiaduje się o masło i kurczęta? - spytał Ślimak.

- Nie kupcy, ino wielkie państwo, co jeżdżą z szałasem i z kucharzem, a on im w polu jeść gotuje.

- Cygany czy co? - mruknął Ślimak.

Nie czekając na zakończenie rozmowy gospodyni zbiegła do chaty, a niebawem ukazali się i dwaj panowie. Byli spoceni, opalem i kurzem okryci, ale mieli takie wspaniałe miny, że na ich widok Ślimak i Owczarz zdjęli kapelusze jak na komendę.

Powitawszy chłopów starszy pan z długą czarną brodą zapytał:

- Który to gospodarz?
- Ja - rzekł Ślimak.
- Dawno tu mieszkasz?
- Od dziecka.
- I widziałeś, jak ta rzeka wylewa?
- Albo raz!...
- A nie pamiętasz, jak wysoko podnosi się woda?
- Czasami, jaśnie panie, wyleje nad łąkę tak, że chłop by się utopił.
- Wiesz to z pewnością?

- Wszyscy wiedzą, bo przecie i te wyrwy, co są z boku góry, to woda wyżarła.

- Trzeba będzie postawić most dziesięciosążniowy - odezwał się młodszy pan.

- Zapewne - odparł starszy. Rozejrzał się po łące i znowu zwrócił się do Ślimaka:

- A mleka u was dostaniemy?

- Już moja zeszła na dół, niech panowie pozwolą.

Panowie skierowali się do chaty, a za nimi Ślimak, Owczarz i nawet Magda. Jedzenie mleka przez podobnych gości było tak wielkim wypadkiem w gospodarstwie Ślimaka, że godziło się opuścić żniwo.

Nie mniejsza niespodzianka czekała ich na podwórzu. Ślimakowa z Jędrkiem wynieśli przed chatę stołki z poręczami i wiśniowy stół, nakryli go obrusem, położyli talerze, blaszane łyżki, osełkę masła, bułkę sitnego chleba i cały ser z kminkiem. Na progu chaty stała w pogotowiu dzieża zsiadłego mleka, a o kilkanaście kroków z boku trzy kury z gromadą kurcząt dziobały kaszę krzycząc i rozpychając się.

Panowie spojrzeli po sobie zdziwieni.

- No, no - szepnął młodszy - szlachcic lepiej by nas nie przyjął.

Siedli przy stole, zjedli pół dzieżki mleka, pochwalili ser i masło, wreszcie starszy zapytał Ślimakowej, co się należy?

- Niech panom będzie na zdrowie - odpowiedziała kobieta.

Zdziwili się jeszcze więcej.

- Darmo przecie objadać was nie możemy - rzekł starszy pan.

- My nie weźmiemy pieniędzy za gościnność. Wreszcie mój chłopiec tyle u państwa zarobił, jakby za cały dzień żniwa.

- A co?... - szepnął młodszy pan do starszego. - Tacy są polscy chłopi!,..

Wydawali się obaj bardzo zadowolonymi, a starszy pan odezwał się do Ślimaka:

- Za takie przyjęcie wybudujemy wam tu niedaleko stację. Ślimak ukłonił się.

- Kiej nie wiem, jaśnie panie, na co to jest i co panowie chcą u nas zrobić?

- Przeprowadzimy wam tędy kolej żelazną.

- Drogę żelazną - powtórzył młodszy pan. Ślimak pokręcił głową.

- Kto u nas będzie jeździł po takiej?... Najtwardszy koń zdarłby kopyta!

- Toteż wozów nie będą ciągnąć konie, tylko lokomotywa. Chłop podrapał się w głowę.

- O czymże tak rozmyślasz? - zapytał go starszy pan.

- Musi, że nam na złe wyjdzie taka droga - rzekł chłop - bo furmanką już nic człowiek nie zarobi.

Obaj panowie roześmieli się, a starszy począł mówić:

- Nie bój się, mój kochany, taka droga to dla was szczęście, a szczególnie dla ciebie, który będziesz mieszkał najbliżej stacji. Będziesz woził towary podróżnych, będziesz sprzedawał masło, jaja, kury, kapustę i wszystko, co ci się urodzi. A my dobrze płacimy... Na próbę może nam sprzedasz te kurczęta. Ile ich tu jest?

- Dwadzieścioro i dwoje - odezwała się Ślimakowa.

- Po czemu chcecie?

- Ile łaska panów.

- Oddacie po dwa złote?

Ślimakowa przelotnie spojrzała na męża. Dotychczas płacono im najwyżej po złotówce za kurczę.

- Niech panowie wezmą.

- Hukaj Żyd - mruknął młodszy - sprzedaje nam po pół rubla.

- A masła młodego dużo macie? - pytał starszy pan Ślimakowej.

- Znajdzie się ze dwa garnce.

- Po czemu?

- Ile łaska.

- Weźmiesz po pięć złotych kwartę? Gospodyni tylko ukłoniła się. Żyd płacił jej po pół rubla. W ten sposób panowie zamówili jeszcze kilka serów, dwie kopy raków, kopę ogórków, kilka bulek sitnego chleba i kazali to przywieźć pod las, gdzie stały dwa namioty. Młodszy wciąż dziwił się, że jest tanio, a starszy chwalił się, że on zawsze robi takie sprawunki. Przed odejściem zaś, wypłacając gospodyni szesnaście rubli papierami i pół rubla srebrem, zapytał:

- Cóż, nie macie krzywdy?

- Bogać tam krzywdy! - odparła Ślimakowa. - Żebyśmy ci dzień tak sprzedawali...

- Będziecie sprzedawać, jak wybudujemy kolej.

- Niechże jaśnie panom Pan Bóg dopomaga i Matka Przenajświętsza! - błogosławiła ich kobieta. Milczący Owczarz kłaniał się do ziemi, a Ślimak, z kapeluszem w ręku, odprowadził ich aż do jarów.

Gdy wrócił stamtąd, począł z gorączkowym pośpiechem wydawać dyspozycje:

- Zbierz, Jagna, masło, ty, Magda, narwij najpiękniejszych ogórków kopę i dziesięć sztuk, a ty, Maćku, weź worek j biegaj z Jędrkiem do wody po raki... Jezus, Panno Mario! jeszcześmy też nigdy tyle nie utargowali... Trzeba, żebyś w niedzielę kupiła sobie fular, a Jędrkowi nową kamizelkę na tę intencję!...

- Szczęście weszło do naszego domu - rzekła nie mniej wzruszona kobieta. - A fular kupić trzeba, bo inaczej nie uwierzą we wsi, że zarobiliśmy takie wielkie pieniądze.

- Trochę nie podoba mi się, że po nowej drodze wozy będą jeździć bez koni - dodał Ślimak. - Ale nie mój to grzech.

Ku wieczorowi odwiózł inżynierom kupione przez nich zapasy i otrzymał nowe obstalunki; przy wytykaniu bowiem linii pracowało kilkunastu panów, którzy mianowali Ślimaka jeneralnym dostawcą. Więc sprzedawał im drób i nabiał, pieczywo i jarzyny po cenie oznaczonej przez inżynierów, sam skupując produkta we wsiach okolicznych i zarabiając grosz na groszu. Chłop podziwiał hojność nowych znajomych, a oni taniość produktów.

W tydzień oddział inżynierski przeniósł się dalej, a Ślimak po obrachunku z żoną przekonał się, że ma około dwudziestu pięciu rubli pieniędzy, które spadły nie wiadomo skąd, nie licząc zarobku za furmanki i zapłaty za dnie stracone.

"Czy oni omylili się, czybym ja im czego nie odwiózł?..." -myślał chłop i wstyd mu się zrobiło tych pieniędzy.

- Wiesz, Jagna - rzekł raz do kobiety - może by pojechać za panami i oddać im ten grosz?

- O głupi! - krzyknęła kobieta - a przecie każdy tak zarabia, kto handluje. Jeszcześ im łaskę wyświadczył, że sprzedawałeś kuraki po dwa złote, kiedy Żydom płaciliby po pół rubla...

- Ale kupowałem u ludzi po złotemu.

- A Żyd po czemu kupuje?

- Żyd nie jest rolnikiem i wreszcie on niechrzczony.

- Za to on zarabia po dwa złote i po dziesiątce na każdym kuraku, a ty po złotówce. Wreszcie złotówka to nawet nie zarobek, ino podarunek, co panowie dali ci za fatygę.

Wyraz "za fatygę" uspokoił chłopa. Jużci on się sfatygował, a panowie mogą mu tyle ofiarować, ile im się podoba. Państwo z Warszawy dobrze widać płacą za fatygę, kiedy nawet szwagierek dziedzica za podniesienie czapki dał Jędrkowi srebrną czterdziestkę.

Kiedy gospodarstwo zajęli się dostawą dla inżynierów, całe żniwo spadło na Maćka Owczarza. Co dawniej robili we troje albo w pięcioro, to dzisiaj on musiał odrabiać sam jeden. Wychodził na wzgórza przede dniem, schodził późno w nocy i żął, snopki wiązał, mendle układał a rozmyślał: "Jaka to może być droga żelazna, po której jeżdżą bez koni?"

Widząc, że mimo pilności parobka robota ciągnie się dłużej niż zwykle. Ślimak wynajął do pomocy starą Sobieską. Baba przyszła o szóstej z niedużą butelką lekarstwa na ranę w nodze i do południa żęła za dwie osoby, wyśpiewując grubym głosem piosenki, których nawet Maćkowi wstyd było. Ale kiedy po obiedzie zażyła lekarstwo mocno pachnące okowitą, kuracja tak ją rozebrała, że babie wypadł sierp z ręki.

- Ty, gospodarzu - poczęła wykrzykiwać - ty, gospodarzu, zbijaj grosze, a ty, najmito - żnij!... Ty, gospodarzu, kupuj żonie fulary, a ty, najmito, łaź na czworakach po polu i nosem się podpieraj...

Kiedy pan bogacieje, Ze sługi pot się leje!

Żnij Maćku!... Żnij, stara Sobieską!... a ja bez ten czas będę chodził pod boki z inżynierami, będę instygował na całą wieś i chował ruble do skrzyni!... Zobaczyła, że on jeszcze nazwie się panem Ślimaczyńskim!... Ma, para, szczęście, widać diabeł go urodził z parszywej suki... Żywych i umarłych... amen...

To wyszeptawszy upadła Sobieską w bruzdę i nie ocuciła się do zachodu słońca. Mimo to wypłacono jej za cały dzień żniwa, bo chora niewiasta miała ostry język, i kiedy Ślimak chciał potargować się z nią za czas przespany - odparła całując go w rękę:

- Co się tam macie ze mną swarzyć, panie gospodarzu?...

Sprzedacie jedno kurczątko więcej i wyrówna się wam bez mojej krzywdy!...

"Zawsze najlepiej takiemu, co potrafi się przymówić!..." -pomyślał Owczarz.

Kiedy zaś w niedzielę wszyscy z chaty wybierali się do kościoła, on usiadł na przyzbie i zaczął ciężko wzdychać.

- A ty, Maćku, nie idziesz do kościoła? - zapytał go Ślimak zmiarkowawszy, że parobkowi coś dolega.

- Gdzie mnie do kościoła! - westchnął Owczarz. - Ino wstydu bym wam narobił...

- Cóż ci brak?

- Nie brakuje mi nic, ale obuwie mam takie, że co stąpnę, to noga idzie naprzód, a but psiakość zostaje na drodze.

- Sameś winien - rzekł Ślimak - bo czemu nie mówisz? Przecie należą ci się zasługi i dam ci zara sześć rubli.

Po chwili wyniósł z izby pieniądze, a Owczarz objął go za nogi.

- Kup se buty - mówił Ślimak - ale do karczmy nie wstępuj, bo masz miętkie serce i wszystko przepijesz.

Wkrótce poszli do kościoła: Ślimak z żoną, Magda z chłopcami, a Owczarz z daleka na końcu. Idąc marzył sobie, że jak wybudują drogę z żelaza, to Ślimak zostanie szlachcicem, a on, Owczarz, będzie u niego służył na swoim stole i ożeni się...

Nagle przeżegnał się, aby odpędzić złego ducha, który widocznie zabiegł mu drogę i podszeptywał głupie zachcenia. Gdzież takiemu jak on nędzarzowi myśleć o żonie! Nawet Zośka by go nie chciała, choć już ma dwuletnie dziecko i w głowie coś popsutego.

Pamiętna to była niedziela dla obojga Ślimaków. Ona kupiła w straganie fular, dała dziadom po cztery grosze jałmużny, a w kościele usiadła w ławce przed ołtarzem, gdzie Grzybina i Łukasiakowa zaraz jej miejsca ustąpiły. Jego zaś ciągle ktoś zaczepiał. Arendarz robił mu wymówki, że psuje ceny Żydkom sprzedając wszystko taniej; organista przypomniał, że warto by zakupić mszę śpiewaną za dusze w czyśćcu będące; sam strażnik z nim się przywitał, a nawet ksiądz wikary zaczął z nim rozmowę zachęcając Ślimaka do hodowli pszczół.

- O, teraz - mówił wikary - kiedy masz pieniądze i czas wolny, mógłbyś przychodzić na probostwo i zobaczyć, jak pielęgnuje się owad. Później kupiłbyś parę ułów, miałbyś miód dla siebie albo na sprzedaż, a wosk do kościoła. Bo nawet i przy dużym majątku, moje dziecko, nie zawadzi pamiętać o Bogu i hodować pszczół...

Po odejściu wikarego zbliżył się do Ślimaka Grzyb. Staremu chłopu błyszczały oczy, gdy paskudnie uśmiechając się zagadnął:

- Pewno, Ślimaku, postawicie dziś dla całej wsi traktament, kiedy wam się udał taki interes?

- Nie traktowaliście wy mnie przy waszych interesach, to i ja was nie potraktuję przy moim - odparł szorstko Ślimak.

- Nie dziwota, bo ja nie zarabiam nawet na krowach tyle, co wy na kurach.

- Za to wy na ludziach zarabiacie nawięcy.

- Ma rację! - poparł Ślimaka Wiśniewski i zaraz począł go obchodzić o pożyczenie stu złotych do Nowego Roku. Gdy mu zaś odmówiono, skrył się między zebranych pod kościołem gospodarzy narzekając na hardość Ślimaka.

- Już z niego wielki pan, a niezadługo nie zechce gadać z chłopami!...

- We dworze nie był u żniwa, choć go wzywali - wtrącił karbowy.

- Jego kobieta zasiadła w najpierwszej ławce przed ołtarzem

-dodał Wojtasiuk.

- Zawdy pieniądz przewraca ludziom w głowie - zakończył Orzechowski. Po czym weszli do kościoła.

Owczarzowi nie przyniosły szczęścia dane mu na buty pieniądze. Gdy pokorny, jak zawsze, stanął w babińcu, aby nie świecić w oczy Panu Bogu swoją wytartą sukmaną, dziady z ogromnym krzykiem zaczęli mu wypominać, że nigdy nie wspiera ubogich. Poszedł tedy do karczmy zmienić trzy ruble, a tam znowu zaczepił go szynkarz:

- Jakże będzie, panie Macieju, z moimi pieniądzmi?

- Z jakimi pieniądzmi?

- Jużeście zapomnieli?... Przecie od Bożego Narodzenia winniście mi siedem złotych.

- Słyszeliśta!... - oburzył się Owczarz. - Niechże ludzie z całej wsi powiedzą, że mi nigdy nie borgujecie, a kiedy piję, to muszę płacić gotówką.

- To jest prawda - odparł szynkarz. - Ale na Boże Narodzenie, jakeś się, Maćku, upił, toś mnie tak ściskał, tak całował, że musiałem ci dać na kredyt wódki i piwa, i araku, i jeszcze obwarzanków.

- A świadków masz? - krzyknął ostro Maciek. - Bo ja ci mówię, że mnie chcesz okpić....

Szynkarz chwilę pomyślał.

- Świadków - rzekł - to ja nie mam i dlategom ciebie do tej pory nie zaczepiał o pieniądze. Ale jak mi przysięgniesz tu, w oczy, przy ludziach, żeś mnie wtedy nie całował i nie prosił o kredyt, to - ja tobie daruję moje siedem złotych. Wstyd - dodał szynkarz spluwając - żeby parobek od takiego porządnego gospodarza zarywał biednych Żydków!... Ja wam. Owczarzu, daruję, ale od tej pory nigdy nie wstępujcie do mojej karczmy, bo ja muszę wstydzić się za was.

Parobek zachwiał się. A może on naprawdę winien siedem złotych?...

- No - rzekł - kiedy tak gadacie, to ja wam oddam. Ino bójcie się, żeby was Pan Bóg nie pokarał za moją krzywdę.

W duszy jednak wątpił, czy Pan Bóg za takiego jak on biedaka zechce karać taką wielką osobę jak szynkarz.

Już miał wychodzić, zgryziony, kiedy weszło do karczmy kilku galicyjskich bandosów. Zasiedli do stołu i poczęli rozmawiać o tym, że przy budowie kolei żelaznej będą wielkie zarobki.

Maciek przysunął się, a widząc, że są jak i on sam obdarci, odezwał się:

- Czy to prawda, żeby gdzie na świecie były drogi żelazne? Przecie na taki interes to by ze wszystkich sklepów nie starczyło żelaza. Nawet chyba nie miałby tyle sam rząd...

Bandosy wyśmieli go. Ale najroślejszy z nich, który odznaczał się wojskową czapką i bardzo wypukłą krtanią, rzekł:

- Czego się tu śmiać, że taki prostak nie wie, co jest kolej żelazna? Siądź se tu, bracie, przy mnie, ja ci wszystko, jak należy, opowiem, ale - postaw butelkę gorzałki.

Nim Maciek zdecydował się, wódka już była na stole. Podał ją szynkarz mówiąc:

- Dlaczego on nie ma wódki postawić? On już postawił!... To dobry chłop...

Co się działo później, Owczarz nie pamięta. Ktoś opowiadał mu, jak prędko jeździ luftmaszyna, a ktoś inny krzyczał, że powinien kupić buty, nie zaś przepijać pieniądze. Później ktoś jeszcze inny wziął go za ręce i nogi i z szynku wyniósł do stajni. Ale kto? Owczarz nie wiedział. Jedno było pewne, że wrócił późno do domu nie mając ani grosza.

Gospodyni patrzyć na niego nie chciała, a Ślimak kiwał głową i mówił:

- Oj i ty, ty!... Nigdy się nie dorobisz, bo diabeł w tobie siedzi i pcha cię do lada jakiej kompanii.

Tym sposobem Owczarz nie kupił sobie nowych butów; natomiast w kilka tygodni później zyskał dobytek, o jakim nigdy mu się nie śniło.

Był słotny wieczór wrześniowy. W miarę jak gasnął dzień, niebo pokrywało się nowymi warstwami obłoków, coraz niżej sięgającymi, coraz więcej poszarpanymi i posępnymi. Lasy, wzgórza, wieś, nawet płoty przy domu stopniowo rozpływały się w szarej oponie, ziejącej deszczem gęstym i drobnym, tak drobnym, że wszystko przenikał. Było go pełno w ziemi, która rozmiękła jak rozczynione ciasto; pełno na drodze, gdzie spłynął brudnożółtymi strumykami, pełno na podwórku, gdzie tworzył ciemne kałuże. Nasiąkały nim dachy i ściany chałup, sierść zwierząt, odzienia, nawet dusze ludzkie.

W chacie Ślimaka myślano o kolacji, ale nikt nie miał humoru. Gospodarz ziewał, gospodyni była gniewna, chłopcy senni i nawet Magda ruszała się leniwiej niż zwykle. Spoglądano na komin, gdzie powoli dogotowywały się kartofle, to na drzwi, którymi miał wejść Owczarz, to na okno, za którym słychać było plusk kropli deszczu, które spadały z chmur wyższych, niższych i najniższych, ze wszystkich budynków, ze wszystkich więdnących liści, ze strzechy, ze ścian i z szyb. Niekiedy kolejne te odgłosy zlewały się w jeden i wówczas zdawało się, że ktoś idzie.

Wtem skrzypnęły drzwi do sieni.

- Maciek - mruknął gospodarz.

Maciek jednak nie wchodził. Natomiast usłyszano szelest ręki posuwającej się po ścianie, jakby ktoś nie mógł trafić do izby.

- Oślepł czy co? - rzekła gospodyni i niecierpliwym ruchem otworzyła.

W sieni coś stało, ale nie Maciek; coś niewysokiego, grubego, owiniętego w przemokłą płachtę. Gospodyni cofnęła się, a wtedy do sieni wpadł blask ognia i w górnym otworze płachty ukazała się twarz ludzka, barwy miedzianej, niby okopconej, z krótkim nieforemnym nosem i skośnymi oczyma, które ledwie znać było spod nabrzmiałych powiek.

- Niech będzie pochwalony - odezwał się spod płachty głos chrapliwy.

- To ty, Zośka? - spytała zdziwiona gospodyni.

-Jo.

- Wchodźże prędzej, bo zimno najdzie do izby. Szczególna osoba weszła, ale zatrzymała się u progu milcząc. Teraz można było spostrzec, że ma na ręku dziecko, bledsze od kości, ze zsiniałymi ustami; spod płachty wysuwała się jego ręka cienka jak patyk.

- Co ty robisz na taki czas? - zapytał Ślimak.

- Idę za służbą - odparła. Obejrzała się po izbie szukając stołka, lecz nie znalazłszy go cofnęła się do drzwi i kucnęła przy ścianie u progu.

- Po wsi gadają - mówiła głosem chrapliwym i jednostajnym -że macie teraz wielkie pieniądze. Myślałam, że potrzebujecie dziewki, i ot jestem.

- Nam dziewki nie trzeba - rzekła gospodyni. - Jest wreszcie Magda, a i ta niewiele co robi.

- Cóżeś ty zmalowała, że nie masz obowiązku? - spytał Ślimak.

- W lecie byłam u żniw, a teraz nikt mnie przyjąć nie chce z dzieckiem. Samą prędzej by przygarnęli.

W tej chwili wszedł Owczarz i wstrząsnął się zdumiony zobaczywszy Zośkę.

- Skądeś ty się tu wzięła?... - spytał.

- Idę za służbą. Gadają, że Ślimak teraz bogacz, więc wstąpi-łam, może by mnie wziął za dziewkę. Ale z dzieckiem i Ślimak nie chce mnie wziąć.

- O la Boga! la Boga!... - szepnął parobek na widok nędzy gorszej niż jego własna.

- Coś, Maćku, tak nad nią lamentujesz, jakby cię sumienie gryzło - cierpko odezwała się gospodyni.

- Jużci każdemu żal widzieć tyle nieszczęścia - mruknął Ślimak.

- A najwięcej musi temu, co winien - wtrąciła Ślimakowa.

- Ja nie winien - rzekł Maciek wzruszając ramionami. - Ale zawdy żal mi jej i dziecka.

- To go weź, kiedy ci żal - odparła gniewna gospodyni. -Prawda, Zośka, żebyś oddała dziecko Owczarzowi?... Co ono jest: chłopiec czy dziewczyna?

- Dziewczyna - szepnęła Zośka, patrząc na Owczarza - ma już dwa roki. - I dodała:

- Jak chcesz, to se ją weź...

- Dużo mi po niej - odpowiedział parobek - ale zawdy szkoda.

- Jak chcesz, to ją weź... Weź ją, weź, kiedy chcesz... Ślimak teraz bogacz i tyś bogacz...

- Jużci z Owczarza bogacz. Po sześć rubli przepija w jedną niedzielę - drwiła Ślimakowa.

- Kiedyś taki bogacz, że po sześć rubli przepijasz w jedną niedzielę, to ją weź - mówiła Zośka tonem coraz gwałtowniejszym. Wydobyła z płachty dziecko i położyła je na wilgotnej ziemi. Zdawało się, że w tej chwili jest jeszcze bledsze, lecz nie wydało głosu.

- Głupie twoje żarty, Jagna! - mruknął Ślimak do żony. Zośka przeciągnęła się i powstała na równe nogi.

- Oto mi letko, choć raz w życiu!... - mówiła podniesionym głosem, a oczy dziko jej błyszczały. - Nieraz myślałam se, że nie wytrzymam i cisnę ją gdzie na drodze albo we wodę... Ale kiedy chcesz, to ją weź!... Weź ją, ino mi jej dobrze pilnuj, bo jak kiedy wrócę, a jej nie zdybię, to ci ślepie wybiorę...

- Co ty gadasz, opętana?... - reflektował ją Ślimak. - Przeżegnaj Się...

- Niech się ten żegna, co idzie na śmierć, a ja pójdę na służbę... Gadali, żeście tera bogacz... Myślałam, że potrzebujecie dziewki i wstąpiłam tu... Nie potrzebujecie, to nie, to pójdę dalej...

- Co masz z głupią gadać!... Siadajcie do wieczerzy - odezwała się gospodyni i z gniewem pochwyciła garnczek z ognia.

Skutkiem gwałtownego ruchu głownie rozsypały się po całym kominie, a jedna upadła na ziemię, aż do bosych nóg Zośki.

- Pali się!... pali się!... pali się!... - krzyknęła Zośka odskakując do drzwi. - Spali się chałupa, spali się stodoła, wszystko!... Ale Zośka ucieknie w jednej koszuli i... będzie w jednej chodziła do samej śmierci...

Jak pijana rzuciła się do drzwi, zatoczyła do sieni, potem na podwórko, powtarzając: "pali się!... pali się!..." Krzyk jej słychać było za oknem, potem w ogródku, potem na gościńcu. Wreszcie umilkł, zagłuszony szelestem deszczu. W chacie na ziemi zostało dziecko, chude i ciche.

- Gończe ją! - krzyknęła z pasją Ślimakowa. - Biegaj, Maćku...

Ale Maciek nie ruszył się z miejsca, natomiast odezwał się Ślimak:

- Co ty gadasz, kto opętaną będzie gonił po nocy? Chyba, żeby mu diabeł łeb urwał?

- Udaje opętaną, żeby dzieci podrzucać - warknęła gospodyni.

- Co ma udawać? Sama przecie pamiętasz, jaka była u nas, że się jej w głowie psowało za każdą odmianą księżyca. Teraz jest jeszcze głupszą od czasu, jak się paliło u Skrzypa.

- A ona ogień podłożyła. Ślimak machnął ręką.

- Kto to widział! Ludzie wszystko składają na głupich, a bez ten czas źli broją.

- No, a co zrobisz z bachorem?... - wybuchnęła gospodyni. -Cóż myślisz, że ja może będę karmić taką znajdę?

- Przecie nie wyrzucisz jej za płot. Wreszcie nie bój się. Zośka przyjdzie po nią nie dziś, to jutro.

- Jak nie przyjdzie, to znajdę odwieziesz do gminy. Ale ja nie chcę w izbie takiego dziecka, nawet na jedną noc - mówiła z gniewem gospodyni.

- Więc co poczniesz? - oburzył się Ślimak.

- Ja ją wezmę do stajni - szepnął Owczarz.

Zbliżył się do progu, niezgrabnie podniósł dziecko z ziemi i, usiadłszy z nim w kącie na ławie, począł je okrywać i huśtać. W izbie zrobiło się cicho; potem z ciemniejszej jej połowy wynurzyła się Magda, Jędrek i Stasiek i otoczyli Owczarza przypatrując się maleństwu.

- Takie suche jak wiór - szeptała Magda.

- Ani się ruszy, ino patrzy - dodał Jędrek.

- Musicie ją, Maćku, karmić z gałganka - rzekła znowu Magda. - Ja wam wynajdę czysty.

- Siadajcie do wieczerzy - odezwała się gospodyni już mniej gniewnym głosem.

Spojrzała na dziecko najprzód z daleka, potem schyliła się nad nim, naresszcie dotknęła palcami jego żółtej i pomarszczonej twarzy.

- Suka, nie matka! - mruknęła. - Magda - dodała głośniej -nalej krzynkę mleka w skorupkę i nakarm znajdę, a ty, Maćku, siadaj do wieczerzy.

- Niech Magda teraz je, ja sam pokarmię sierotę - rzekł parobek.

- Ale, on pokarmi!... Nawet jej trzymać dobrze nie umie!... -oburzyła się dziewczyna chcąc mu odebrać dziecko.

- Niechaj jej! - mruknął Owczarz.

- Oddajcie ją!... - zawołała Magda.

- No, tam, nie szarp jej, Magda - rzekła gospodyni. - Nalej mleka i zwiń czysty gałganek, a Maciek niech ja karmi, kiedy tak chce.

Po chwili trzymał Owczarz w ręku gałganek w formie smoczka i karmił nim dziecko, ku niezadowoleniu Magdy, która zamiast jeść kolację ciągle robiła jakieś uwagi:

- O, patrzcie! całą jej gębę zawalał... O, jak to rozlewa po ziemi... Po co wy jej w nos wtykacie gałgan? - jeszcze się dziewczyna udusi!...

Parobek czuł, że jest złą niańką, lecz dziecka z rąk nie wypuścił. Sam spiesznie zjadł trochę zacierek, resztę zostawił w misce, zasłonił sierotę sukmaną i wymknął się na nocleg do stajni.

Gdy tam wszedł, jeden z koni zarżał, drugi w ciemności odwrócił głowę i zaczął obwąchiwać dziecko.

- Przywitaj się, przywitaj! - rzekł Owczarz. - Nastał do was nowy fornal, co nawet bata utrzymać nie potrafi. Cha!... cha!...

Na dworze deszcz wciąż padał. Drzwi stajni przymknęły się i wszystko ucichło. A gdy po niejakim czasie wyszedł z izby Ślimak zobaczyć, czy się nie wypogadza, zdawało mu się, że w stajni słyszy chrapanie Maćka.

- Już śpią - mruknął gospodarz. Popatrzył na niebo i wrócił do sieni.

- Cóż, ciepło tam znajdzie? - spytała męża gospodyni.

- Już śpią - odparł.

We drzwiach zgrzytnęła zasuwa, w kominie dotlewał się ogień, wreszcie zgasł. Było już późno. Koguty wyśpiewały pomoc, pies odszczeknął im i wcisnął się pod wóz przed słotą, w chacie zasnęli wszyscy.

Wtedy cicho skrzypnęły wrota stajni i wymknął się z nich jakiś cień; posunął się wzdłuż ściany budynku i ostrożnie zakradł się do obory. Był to Maciek. Wydobył spod sukmany szlochające dziecko i przystawił je do wymienia krowy.

- Ssij bydlę - szepnął - kiedy cię własna matka porzuciła. Ssij...

Po chwili w oborze rozległo się ciche mlaskanie. Deszcz wciąż padał.

ROZDZIAŁ SZÓSTY

Kolej miano budować na wiosnę, a sama zapowiedź tego wypadku wywołała ruch we wsi. Zimą, zamiast bajek przy kądzieli, opowiadano o nieznanych ludziach, którzy chcieli od gospodarzy nabywać grunta - to o biednym chłopie, co sprzedał górkę żwiru, a kupił za nią dziesięć morgów najlepszej ziemi - to o nowych Żydkach, którzy sprowadzili się do miasteczka, do karczmy i do pachciarza.

W grudniu powrócili dziedzice z letniej przejażdżki i zaraz rozeszła się wieść, że chcą sprzedać majątek. Wprawdzie sam pan grywał po dawnemu na organie i tylko uśmiechał się, gdy dworscy ludzie pytali go nieśmiało: czy prawda, że pozbywa się ojcowizny? Ale pani każdego wieczoru opowiadała pokojówce, jak wesoło będzie im w Warszawie, dokąd się przeniosą. W godzinę później pokojówka szeptała te nowiny pisarzowi, który miał się z nią żenić; pisarz na drugi dzień rano powtarzał je pod sekretem rządcy i karbowemu, a już w południe w czworniakach, oborach, stajniach i owczarniach mówili o nich wszyscy, rozumie się, pod największym sekretem.

Wreszcie ku wieczorowi wieść dochodziła do karczmy, z karczmy rozlewała się po chatach i ostatecznie płynęła do miasteczka.

Ślimak, często pracując we dworze, także słyszał ową pogłoskę i widział jej skutki. Widział i dziwił się potędze jednego słowa -"sprzedaż".

Istotnie robiło ono cuda. Przez nie parobcy zaniedbywali się w robocie, przez nie rządca od Nowego Roku podziękował za miejsce. Przez nie chudły ciche i pracowite bydlątka, przez nie snopy ginęły ze stodół, a ziarno ze spichrza. Ono pożerało zapasowe koła i uprząż, urywało kłódki i skoble od budynków, wyjmowało deski z parkanów i sztachety z płotów. Ono każdego wieczora wypędzało dworską służbę do karczmy, a byle ciemniejsza noc - zaprzepaszczało gdzieś to sztukę drobiu, to owcę, to mniejszą świnkę.

Wielkie słowo, głośne słowo! Rozlegało się po całym folwarku, po wsi, po miasteczku, skąd kupcy co dzień przynosili do dworu kredytowe kwitki. Było wypisane na twarzy każdego człowieka, w smutnych oczach każdego bydlątka, na wszystkich drzwiach, we wszystkich oknach wybitych i zaklejonych papierem. Dźwięku jego nie słyszało tylko dwoje ludzi: pan, który wciąż grał na organach, i pani, która marzyła o wyjeździe do Warszawy. Gdy zaś kto z sąsiadów zapytał ich: czy prawda, że sprzedają majątek? - on tylko uśmiechał się i wzruszał ramionami, a ona odpowiadała z westchnieniem:

- Chcielibyśmy sprzedać, bo na wsi straszne nudy. Ale i cóż, kiedy papo jeszcze nie znalazł kupca!...

Ślimak, który niekiedy spotykał dziedzica i pilnie mu się przypatrywał, nie wierzył w ową sprzedaż.

"Jaki on jest, taki jest - myślał chłop o dziedzicu - ale przecie martwiłby się tym nieszczęściem. Toż oni tu siedzą z dziada pradziada, tu wyrośli, a ojcowie ich zajmują połowę tutejszego cmentarza. Kamień gryzłby się, nie tylko człowiek, żeby go z tak dawnego miejsca ruszyli. Wreszcie, czy on bankrut jak inni? Pieniądze ma, to wiadomo."

Tak sobie myślał chłop, bo mierzył pana swoją miarą, a już wcale nie rozumiał tego, co znaczy młoda żona, która nudzi się na wsi.

I kiedy tak myślał, zaufany w spokojną twarz dziedzica -w karczmie pod przewodnictwem szynkarza Josela odbywały się między gospodarzami doniosłe narady.

Pewnego ranka, w połowie stycznia, wpadła do chaty Ślimaków stara Sobieska. Słońce zimowe jeszcze nie zdążyło rozejrzeć się po świecie, ale babie już płonęły ogniem policzki i krwią nabiegły oczy. Wpadła do izby w starym jak sama kożuchu, z rozdartą na chudych piersiach koszulą.

- No, postawcie wódki - zawołała utykając na progu - to wam cosik powiem...

Ślimak wybierał się do młocki, ale zagadnięty w ten sposób, usiadł pod piecem i kazał podać babie wódkę wiedząc, że starucha nie rzuca słów na żarty.

Wypiła duży kielich, tupnęła nogą i krzyknęła: "u-ha!..." Potem obtarłszy usta rzekła:

- A wiecie wy, że dziedzic sprzedaje cale mienie: lasy, pola, wszystko?... Co najwyżej zostawi sobie dwór i ogród...

Ślimakowi przyszła na myśl łąka i zimno go przejęło. Ale krótko odparł:

- Bajki!

- Bajki?... - powtórzyła baba usiłując zapanować nad czkawką. - Bajki?... No, zatem wam powiem, że to jest święta prawda... I jeszcze wam powiem, że bogatsze chłopy naradzają się z Joselem i Grzybem, żeby kupić całą wieś od dziedzica... Całą wieś, żebym tak sczezła!...

- Jakże oni mogą naradzać się bez nas? - zapytała gniewnie Ślimakowa.

- Bo oni was chcą wyłączyć. Mówią, że i tak będziecie siedzieli przy samej kolei i że już na niej wiele zarobiliście z krzywdą ludzką...

Wypiła drugi kieliszek i chciała mówić dalej, ale uderzyło jej do głowy. Więc tylko krzyknęła: "u-ha!...", porwała Ślimaka do tańca i - siły ją opadły. Jak podcięty kwiat zawisła na ręku chłopa, który wyniósł ją do sieni i położył w kącie na barłogu tak zmorzoną, że natychmiast zaczęła chrapać.

Przez następne pół dnia naradzali się po cichu Ślimakowie: co robić w tym wypadku? Nad wieczorem chłop ubrał się w nową sukmanę, podbitą kożuchem, i poszedł do karczmy na zwiady.

Nim doszedł, na dworze zrobiło się ciemno, a w szynku zapalili światło. Gdy otworzył drzwi, zobaczył siedzących za stołem Grzyba i Łukasiaka. Przy blasku łojówki wyglądali w grubej odzieży jak ogromne kamienie, co gdzieniegdzie drzemią na polach pilnując granic. Za szynkwasem stał Josel w brudnym wełnianym kaftaniku w czarne pasy. Miał spiczasty nos, spiczastą brodę, spiczaste pejsy, spiczaste łokcie i spiczastą jarmułkę, a w wejrzeniu także coś kłującego.

- Pochwalony! - rzekł Ślimak.

- Na wieki - odparł niedbale Josel. Grzyb i Łukasiak tylko kiwnęli głowami, szeroko rozparłszy na stole łokcie.

- Co to piją gospodarze? - spytał Ślimak.

- Herbatę - odpowiedział szynkarz.

- Dajcie i mnie. Ino czarnej jak smoła i dużo araku.

- Przyszliście do nas na herbatę? - drwiąco rzekł Josel.

- Nie na herbatę, ino dowiedzieć się...

- O tym, co wam Sobieska mówiła - mruknął szynkarz. Ślimak usiadł obok Grzyba i zwrócił się do niego:

- Cóż to, chceta kupić wieś od dziedzica? Chłopi spojrzeli na Josela, który uśmiechał się. Po chwili odparł Łukasiak:

- I... tak se gadamy z braku roboty!... Kto by zaś zebrał we wsi pieniądze na taki interes?

- We dwu moglibyście kupić, wy z Grzybem - wtrącił Ślimak.

- Może i moglibyśmy - pochwycił Grzyb - ale dla siebie i dla tych, co we wsi mieszkają.

- No, a ja co? - zapytał Ślimak.

- Nie braliście wy nas do swoich interesów, to nie wściubiajcie nosa do naszych.

- Nie wasz to interes, ino gromadzki.

- Właśnie, że mój! - zawołał rozgniewany Grzyb.

- Taki, jak i mój.

- Właśnie, że nie taki... - upierał się wybijając pięścią. - Kto mi się nie spodoba, tego nie dopuszczę do kupna, i basta!...

Szynkarz uśmiechał się.

Łukasiak widząc, że Ślimak bladnie, co było znakiem wielkiego gniewu, ujął Grzyba za rękę.

- Chodźta, kumie, do dom - rzekł. - Po co się swarzyć o sprawę jeszcze niepewną? Chodźta, kumie. Grzyb spojrzał na Josela i podniósł się z ławy.

- Zatem chceta kupować beze mnie? - spytał znowu Ślimak.

- Wy kurczęta w lecie kupowaliśta bez nas - odparł Grzyb. Obaj z Łukasiakiem podali ręce szynkarzowi i wyszli z izby nie pożegnawszy Ślimaka.

Josel patrzył za nimi i wciąż się uśmiechał. Gdy kroki ich ucichły na śniegu, zwrócił się do Ślimaka:

- A widzicie, gospodarzu, jak to źle Żydkom chleb odbierać? Ja straciłem przez was z pięćdziesiąt rubli, wy zarobiliście dwadzieścia pięć, ale za to kupiliście sobie gniewu we wsi za jakie sto rubli...

- I oni beze mnie kupiliby grunt od dziedzica? - spytał Ślimak.

- Dlaczego nie mają kupić bez was? Co ich obchodzi wasza strata, kiedy im będzie dobrze? Chłop kręcił głową.

- No, no! - szeptał.

- Ja - mówił Josel - może mógłbym pogodzić was z gromadą, ale - co mi po tym? Już raz skrzywdziliście mnie, a serca to nigdy do mnie nie macie. - I nie pogodzisz? - spytał Ślimak.

- Pogodziłbym, ale ja mam swoje warunki.

- No?...

- Wy, Ślimaku, oddacie mi najprzód te pięćdziesiąt rubli, com w lecie przez was stracił, a potem... potem - wybudujecie na swoich gruntach chałupę i wynajmiecie ją mojemu szwagrowi.

- Co on tam będzie robił?

- On będzie trzymał konie i będzie dojeżdżał do kolei.

- A ja co będę robił z moimi końmi?

- Wy będziecie mieli grunt. Chłop podniósł się z ławy.

- No, już mi nie dawajcie herbaty - rzekł.

- Nawet jej nie mam w domu - odparł Josel niedbale.

- A ja wam pięćdziesiąt rubli nie zapłacę ani chałupy dla szwagra nie zbuduję.

- Jak wam się spodoba - odparł szynkarz.

Ślimak opuścił karczmę trzaskając drzwiami; Josel zwrócił za nim swój spiczasty nos i spiczastą brodę i uśmiechał się melancholijnie. Wśród cieniów nocy Ślimak potrącił dworskiego parobka, który niósł na plecach ćwierciowy worek zboża, później spostrzegł przekradającą się między opłotkami dworską dziewkę, która kryła gęś pod kożuchem, a Josel wciąż się uśmiechał. Uśmiechał się, kiedy płacił parobkowi dwa złote za zboże z workiem, uśmiechał się, kiedy nabył gęś od dziewki za butelkę kwaśnego piwa, uśmiechał się słuchając gospodarzy, jak radzili nad kupnem folwarku, uśmiechał się płacąc staremu Grzybowi dwa ruble od sta na miesiąc, i uśmiechał się biorąc od młodego Grzyba dwa ruble od dziesięciu na miesiąc.

Uśmiech nigdy nie schodził z jego ostrych rysów, jak brudny kaftanik w czarne pasy nigdy nie rozdzielał się z jego ciałem.

W chacie Ślimaka już zgasł ogień na kominie i dzieci spały, kiedy chłop wróciwszy z karczmy zaczął rozbierać się po ciemku.

- A co? - spytała go żona.

- To sprawka Josela - odparł. - On nimi kieruje jak rataj wołmi.

- I nie dopuszczą cię?

- Oni nie, ale ja pójdę do samego dziedzica.

- Jutro pójdziesz?

- Jutro. Inaczej przepadnie mi łąka. A cóż ja bym począł bez niej, nieszczęśliwy?... - westchnął chłop.

Przyszło jutro, przyszło pojutrze, nawet tydzień upłynął, a Ślimak nie wybrał się do dworu. Jednego dnia mówił, że musi dla kupca zmłócić żyto, drugiego - że jest za zimno na wychodzenie z domu, innego - że się przerwał i że mu we środku dolega. Naprawdę zaś ani młócił, ani się przerwał, tylko coś go zatrzymywało na miejscu. Coś, co chłopi nazywają nieśmiałością, szlachta próżniactwem, a uczeni - brakiem woli.

Przez te dnie mało jadał, nic nie robił, gniewał się na wszystkich i tułał się po całym gospodarstwie wzdychając. Najczęściej stawał nad pokrytą śniegiem łąką i dumał; toczyła się w nim walka. Rozum mówił, że trzeba iść do dworu i raz skończyć interes o łąkę tak czy owak; ale jakaś inna potęga trwożyła mu serce, pętała nogi albo szeptała w ucho: "Nie śpiesz się, jeszcze dzień pofolguj, jakoś się to ułoży..."

- Józek, czego ty nie idziesz do dziedzica? - wołała żona. -Przecie raz musisz tam pójść i rozgadać się.

- A jak mi łąki nie sprzeda, to co?... - odpowiadał chłop. I tak wahał się, aż pewnego wieczora dała mu znać Sobieska, że deputaci ze wsi byli dzisiaj u pana z prośbą, aby im sprzedał majątek.

Sobieską strasznie łamało po kościach, więc prosiła Ślimakowej o naparstek wódki. Dostawszy kielich rozgadała się na dobre:

- Widzicie,; było tak. Poszedł Grzyb i poszedł Łukasiak z Orzechowskim, ubrani jak na Boże Ciało. Pan wziął ich do kancelarii, a Grzyb ino se odkaślnął i zara pali od progu:

"Słyszelim, jaśnie dziedzicu, że pan chce sprzedać ojcowiznę. Sprzedać swoją rzecz kużden ma prawo, a drugi kupić, byle ino zapłacił jak się patrzy. Zawdy przecie byłoby niepięknie, żeby to, co pańskie dziady i pradziady przez tyli wiek trzymały w garści, a my, chłopi, naszą pracą uprawialiśmy, żeby taki interes miał przejść w cudze ręce. Zatem niech pan mienie sprzeda nam, swoim chłopom i włościanom, nie oglądający się na obcych ludzi, które takiej pamiątki nie uszanują."

Mówię wam - ciągnęła Sobieska - gadał tak ślicznie bez całą godzinę, jakby ten ksiądz na ambonie. Aż Łukasiakowi krzyże ścierpnęły, a wszyscy się popłakali. Dopieroż jak nie wzięli się chłopy do nóg schylać panu, a jak pan nie wziął ściskać ich za głowę...

- I cóż, kupią?... - przerwał zniecierpliwiony Ślimak.

- Co nie mają kupić?... Kupią!... - wykrzyknęła baba. - Ino trochę o cenę się rozchodzi, bo pan chce za każdą morgę sto rubli, a chłopy dają po pięćdziesiąt. Ale, mówię wam, tak płakali i całowali się, tak gadali, żeby była jedność między chłopem i panem, że pewnie gospodarze dodadzą z dziesiątek rubli, a dziedzic opuści im resztę. Josel mówi, żeby tyle postąpili, nie wyżej, ino nie śpieszący się, a pewniakiem dobiją targu... Mądry, psia wiara. Żyd!... Bez tych parę tygodni, co chłopy u niego radzą, taki ma przecie rozchód w karczmie, jakby się we wsi Matka Boska objawiła!... Ach! Matko cudami słynąca!...

- A na mnie on wciąż buntuje gospodarzy? - spytał Ślimak.

- Buntować nie buntuje - odparła baba - ino tak czasem wścibi słówko, że wy już nie gospodarz, ino handlujący... Chłopy to są gorzej na was zajadłe aniżeli on. Nie mogą zapomnieć, żeście u nich kupowali kuraki po złotemu, a miernikom sprzedawali po dwa...

Skutkiem tych wiadomości Ślimak nazajutrz rano wybrał się do dworu i w południe wrócił kwaśny do domu.

- No i cóż? - zapytała go żona.

- No, byłem i wszystko ci rozpowiem, ino dawaj jeść. Rozebrał się, zasiadł do miski kapuśniaku i prawił:

- Inom, mówię ci, minął bramę, patrzę, a po jednej stronie dworu wszystkie okna rozwarte. Na taki ziąb! słyszysz ty, Jagna?... Myślę, czyby kto, nie daj Boże, umarł?... Zaglądam, a tu w największej izbie (tej z białymi słupami, wiesz, co tyla jak kościół) jeździ se po podłodze lokaj Mateusz. Bez kapoty, w fartuchu, szczotką się podpiera i tak jeździ jak chłopcy po lodzie. Mówię mu: "Pochwalony! co robicie, Mateuszu?" "Na wieki! -on mówi - widzita, że glancuję podłogę, bo będą u nas dzisiaj wielgie tańce." "A pan - mówię - jeszcze nie wstał?" "Ech - on mówi - pan wstał, ino se tera z krawcem przymierzają kierezyją, bo pan na tańce ubierze się za Krakowiaka, a pani za Cygankę." "A ja - mówię - chciałem go prosić, żeby mi sprzedał łąkę." A Mateusz, niby lokaj, na to: "Nie bądźcie głupi, Ślimaku! Gdzieżby pan gadał z wami o łące, kiedy sztyftu je się na krakowskie wesele?..." I znowu wziął jeździć, aż mi się oczy rozbiegały od samego patrzenia.

Odszedłem se od okna i postojałem krzynę czasu wedle kuchni. Słyszę, rwetes okrutny, ogień palą jak w kuźni, masło skwierczy. Naraz patrzę - wylatuje z kuchni Ignąc Kempiarz, co jest we dworze za kuchtę, ale taki ci nieborak pojuszony, jakby go kto siekierą dziabnął. Wołam: " Ignąc! la Boga, a z ciebie kto tak farbę puścił?" "Nie ze mnie to - on mówi - ino mi kucharz dał w pysk zarżniętym kaczorem i tak mnie osmarowało." "Chwała Najwyższemu Bogu - mówię - że nie z ciebie, Ignąc, ta posoka, ale za to powiedz mi - jak by zdybać dziedzica?" A on mówi: "Zaczekajcie tu, bo przywieźli sarnę, to pewnie pan wyjdzie obejrzeć ją."

Poleciał se Ignac pod studnię, a ja czekam i czekam, aż mię cięgoty przechodzą. Ale czekam.

- No i widziałeś pana? - przerwała niecierpliwie żona.

- Ma się wiedzieć, żem widział.

- A gadałeś z nim?

- A ino jak.

- Cóżeście ugadali?

- Ha, no, ja mu powiedziałem: "Dopraszam się łaski jaśnie pana o tę łąkę..." A on szepnie: "Iii, daj mi dziś spokój z interesami, bo głowy do tego nie mam."

- I tyle? - spytała się kobieta. Ślimak rozłożył ręce.

- Pójdę tam jutro albo pojutrze, jak się wyśpią po tańcach -zakończył.

W tej porze Maciek Owczarz wjeżdżał sankami do lasu po drzewo. Wiózł siekierę, kobiałkę z odrobiną żywności i córkę głupiej Zośki. Matka odbiegłszy sierotkę w jesieni, nie zapytała o nią do dziś dnia, więc Owczarz matkował znajdzie. Sam ją karmił, nocleg dawał jej w stajni i brał ją do każdej roboty, aby porzuconej dzieciny nigdy nie spuszczać z oka.

Dziecko było tak niedołężne, że prawie nie ruszało się i nie wydawało głosu. Ślimakowie, a nade wszystko Sobieska, przepowiadali mu rychłą śmierć:

- Tygodnia nie wytrzyma.

- Umrze jutro.

- Oho! już po znajdzie.

Tak mówiono o niej w chacie. Ale znajda i tydzień przeżyła, i nazajutrz nie umarła, i nawet, kiedy pewnego dnia już uznano ją za nieboszczkę, otworzyła znowu blade oczy do świata.

Maciek na podobne wróżby tylko ręką kiwał mówiąc: "Nie bójta się, nic jej nie będzie!..." Każdej nocy ukradkiem przystawiał ją do wymienia krowy, a w dzień nie rozłączał się z nią.

- Co się ty, Maciek, frasujesz takim mizernym dzieciskiem? -mówiła nieraz Ślimakowa. - Żebyś do niej gadał świętymi słowami, żebyś jej nawet z książki czytał, to cię jeszcze nie rozumie, bo strasznie głupie. W życium takiego nie widziała głuptasa...

- Ale, hale!... - odpowiadał parobek. - Ma ona swój rozum, ino że nie gada. Ale jak się kiedy rozgada, najstarszego człowieka zakasuje.

I czy gnój wywoził na pole, czy młócił, czy wiał, czy łatał odzienie, zawsze była przy nim znajda, której opowiadał o swych robotach, podkarmiał mlekiem z małej flaszki albo kołysał do snu śpiewając fałszywym głosem:

Szła sierota po wsi,
Napadli ją źli psi...

Dziś zawiózł ją do lasu. Owinął w resztkę starego kożucha, potem w płachtę, przywiązał między przednimi kłonicami sanek i tak jechali z góry, pod górę albo wąwozem, bo okolica była garbata. Nagle wydostali się na równinę wprost słońca, którego skośne promienie, odbite od nieskończonej tafli śniegów, poraziły im oczy mocnym blaskiem.

Dziecko zapłakało. Owczarz odwrócił mu głowę na bok i prawił:

- A widzisz, gadałem ci - zamykaj oczy. Żaden człowiek, żeby największy pan, żeby sam biskup, na słońce patrzyć nie może, bo to jest boska latarnia. Pan Jezus, skoro świt, co dzień bierze ją do garści i ogląda swoje gospodarstwo na ziemi. Zimą, kiedy mróz dokucza, chodzi se najkrótszą drogą i dłużej wypoczywa bez noc. Ale za to latem wstaje o czwartej i penetruje caluśki świat do ósmej wieczorem. Tak samo człowiek powinien ruchać się od świtu do zachodu słońca. Ale ty możesz se jeszcze spać i w dzień, bo i tak niewiele byś zrobiła, choćbyś nie spała. Heta!... wio!...

Wjechali do lasu.

- O, widzisz - mówił Owczarz do dziecka - to jest las, ale nie nasz, ino dziedzica. Kupił se tu Ślimak cztery siągi drzewa i zwozimy je, póki droga lepsza, a konie w polu niepotrzebne. Jak urośniesz, będziesz se tu z dziećmi chodziła na jagody. Ino nie załaź daleko i rozglądaj się, żeby ci wilk drogi nie zastąpił. Tpru!... stój!...

Stanęli pod stosem drzewa. Owczarz odwiązał dziecko od sani i rozejrzawszy się umieścił je na kępie jałowcu, w miejscu zacisznym. Potem wydobył z kobiałki flaszkę mleka i przytknął do ust znajdy.

- Naści, pij, nabierz sił, bo będzie trochę roboty. Szczapy są niemałe i dobrze się nadźwigasz, zanim naładujesz sanie. Już nie chcesz?... A psik!... Niech ci będzie na zdrowie. A jak czego potrzebujesz, to wołaj.

"Zawdy nawet z takim maleństwem weselej jest aniżeli samemu - dodał do siebie. - Dawniej nie miał człowiek do kogo gęby otworzyć, a dziś nagada się za wszystkie czasy."

Wziął się do nakładania drzewa.

- Przypatrzże się teraz, jak idzie taka robota. Jędrek to by zara szarpnął szczapę, rozwaliłby cały siąg, zmęczyłby się i wnet ustał. Ale ty weź drewno z wierzchu - tak - ładnie, ciągnij se powoli, włóż na ramię i do sani. Ot i już masz jedno. Tak samo z drugim. Bierz powoli z wierzchu siąga, na ramię i do sani. Ot i masz dwa. Ino pomaluśku, nie zrywaj się, bo ustaniesz.

Drewno, psia wiara, nie chce iść na sanie, bo ono ma swój rozum i wie, co go czeka. Tak kużden woli własny kąt, choćby najgorszy. Ino takiemu wszystko jedno - dodał z westchnieniem -co nigdzie nie ma własnego kąta. Tu zmarnieć czy tam zmarnieć, wszystko jedno...

Tak prawił Owczarz, powoli układając drzewo. Niekiedy odpoczywał albo na rozgrzewkę uderzał się po bokach skostniałymi od zimna rękami, albo okrywał płachtą sierotę. Tymczasem poczerwieniało niebo i zerwał się mocny wiatr zachodni, przesycony wilgocią.

Ujęty zimowym snem las ożył, począł poruszać się i gadać. Zadrżały zielone igły sosen, potem gałązki, potem wyciągnięte konary zachwiały się podając sobie jakieś znaki; nareszcie -poruszyły się wierzchy i pnie drzew. Kołysały się naprzód i w tył, jakby naradzając się albo zabierając do pochodu. Zdawało się, że już dokuczyła im wiekowa nieruchomość i że lada chwilę całą gromadą wyruszą gdzieś, bodaj na koniec świata, zgiełkliwe i szumiące.

Niekiedy część lasu, gdzie stały sanie Owczarza, uspokaja się, jakby nie chcąc zdradzić przed ludzką istotą swoich tajemnic. Wówczas słychać z daleka stąpanie nieprzeliczonych nóg i marsz całych kolumn. Oto idą z głębi szeregi prawego skrzydła; idą, nadchodzą, już są na równi z nami, już przeszły... a oto rusza lewe skrzydło; słychać chrzęst śniegu, skrzypienie gałęzi, szum ustępującego powietrza; idą, nadchodzą, już są na jednej linii z chłopem i znowu go minęły- A oto środkowa kolumna, ośmielona, i zachęcona, zaczyna potrząsać gałązkami, dawać sobie znaki gałęźmi, zwoływać się ogromnym szeptem. Już pochylają się wierzchołki, już olbrzymy poddają się naprzód, ruszają... Stanęły... Widzą dwie ludzkie istoty, przed którymi las nie zdradzi swoich tajemnic. Więc stoi w miejscu i gniewnie szumiąc obrzuca ich szyszkami i zeschłymi gałęźmi, jakby mówił: "Idź stąd, Owczarzu, idź stąd i nam nie przeszkadzaj..."

Ale Owczarz jest tylko najętym parobkiem. Więc choć boi się leśnych szumów i rad by ustąpił z drogi olbrzymom, zrobić tego nie może, dopóki nie naładuje sani drzewem. Już nie odpoczywa, nie rozciera sobie rąk zziębniętych, tylko śpieszy z układaniem szczap, aby uciec z lasu przed nocą i przed zimową burzą.

Tymczasem niebo coraz mocniej zaciąga się obłokami, las napełnia się mgłą, zaczyna padać deszczyk od maku drobniejszy i marznący. W ciągu kilku pacierzy sukmana Maćka, płachta znajdy i grzywy koni okrywają się cienką, zimną i trzeszczącą skorupą lodu. Szczapy robią się tak śliskie, że uciekają z rąk; śnieg na ziemi robi się gładki jak szkło, że nie można na nim nogi oprzeć. Maciek rzuca na sanie ostatnie szczapy i z niepokojem spogląda na zachodzące słońce. Niebezpieczna to rzecz wracać do domu z takim ciężarem, w nocy, podczas gołoledzi!...

Prędko położył sierotę na naładowanych saniach, przeżegnał się i zaciął konie. Maciek obawia się wielu rzeczy na świecie, ale najbardziej tego, ażeby na śliskiej drodze nie wywróciły się sanie i nie przytłukły go jak wóz przed laty.

- Heta!... wio!... - woła Maciek na konie.

Już wyjechali z lasu, droga staje się coraz gorsza. Nie okute sanie co chwilę spadają w zatokę i już nieraz wywróciłyby się, gdyby ich nie podpierał drżący z zimna i obawy chłop. Jedno potknięcie się skręconej nogi, a już po nim i po znajdzie; drzewo by ich przytłukło, reszty dokończyłby mróz.

Niedaleko gościńca droga zrobiła się tak śliską, że konie stanęły w miejscu. Umilkły skrzypiące sanie, zmęczony chłop przestał 'wołać: "wio!..." - i na drodze zaległa cisza. Taka cisza, że z daleka słychać było gniewny szum lasu, świst wiatru między szczapami i przytłumione szlochanie dziecka. Na dworze było coraz ciemniej.

- Wio!... - krzyknął Maciek.

Konie szarpnęły i poślizgnęły się na miejscu.

- Wio!... - powtórzył podpierając sanie. Ujechali kilka kroków, lecz znowu stanęli.

- Pod Twoją obronę uciekamy się, Święta Boża Rodzicielko... - szeptał chłop.

Zdjął z sani siekierę i zaczął przed końmi nacinać gładką drogę. Po półgodzinnej pracy dotarł do gościńca; już całkiem ustał. W tym miejscu wznosiło się wysokie wzgórze, prawie niepodobne do przebycia po ciemku i w czasie gołoledzi. Zdjął z wozu szlochającą sierotę, siadł przy saniach i otulając dziecko myślał: czy Ślimak przyjdzie im z pomocą, czy też zaśpi w ciepłej izbie, a ich zostawi własnemu losowi?...

- Może i przyjdzie, koni mu będzie żal. Nie bój się, nie płacz -szepnął do sieroty. - Pan Bóg miłosierny jest wszędzie i nie da nam zginąć. Nie płacz, bo płaczem nic nie wskórasz.

Wtem zdało mu się, że poświst wichru zamienia się w dźwięczenie mnogich dzwonków. Wołały one: "dyń! dyń!... den! de-leń!..." - grubszymi, cieńszymi i bardzo cienkimi głosami, jak podczas procesji. Zrazu myślał, że to przywidzenie, ale dzwonki, nie milknąc ani na chwilę, dźwięczały coraz głośniej, coraz bliżej, jak w lecie rój komarów nad bagnem.

- Co to jest? - szepnął chłop i podniósł się na nogi. Daleko między wzgórzami, zarośniętymi jałowcem, ukazał się na śniegu czerwony płomyk jeden, potem drugi, trzeci, czwarty... Czasem kryły się w wąwozach, to znowu błyszczały wysoko, jakby na niebie, i znowu nikły przy nieustannym i coraz głośniejszym akompaniamencie nieprzeliczonych dzwonków. Za każdym nowym ukazaniem się płomyki świeciły coraz jaśniej, tak, że nareszcie przy blasku ich można było dostrzec wielką liczbę ogromnych, czarnych przedmiotów; szybko biegnących w stronę Owczarza.

Jednocześnie do uszu parobka doleciał zgiełk głosów ludzkich, tętent koni i trzaskanie z batów.

- Uha!...
- Ostrożnie, bo tu wzgórze!...
- Jedź na złamanie karku!...
- Hej tam!... nie wariujcie!...
- Zatrzymaj sanie. Ja wysiadam!.,.
- Wal naprzód!...
- Jezus, Maria!
- Muzyka nie rozsypała się jeszcze?
- Jeszcze nie, ale się rozsypie!...
- Ho, la, la!...

Teraz Owczarz poznał, że to cwałuje sznur sani, wielkich i małych, czterokonnych i parokonnych, którym towarzyszyło kilku ludzi jadących wierzchem z pochodniami. Blask ich wśród ciemnej nocy i marznącej mgły wywoływał dziwny efekt. Zdawało się, że ów orszak przez okrągłą bramę, oświetloną czerwonym ogniem, wyjeżdża z jakiejś otchłani, której nigdy nie może opuścić.

A kulig wciąż pędził galopem, krzycząc, gwiżdżąc, śpiewając, strzelając z batów, choć droga była pełna zatok. Nagle stanął tuż przy saniach Owczarza.

- Hej! co tam?
- Stać!... Jakiś wóz zawalił nam drogę...
- Kto to?
- Chłop z drzewem.
- Ustąp, psubracie!...
- Nie ustąpi, bo konie nie uciągną...
- Zepchnąć go w rów!...
- Dajcie spokój!... Lepiej przenieśmy go!...
- Brawo! przenieśmy chłopa!... Z sani, panowie!... I nim się Owczarz opamiętał, otoczył go rój panów w maskach, piórach, bogatych strojach, z szablami, miodami i gitarami w rękach. Jedni chwycili jego sanie z drzewem, drudzy jego samego, wepchnęli ich na szczyt niebezpiecznego wzgórza, sprowadzili na dół i postawili w takim miejscu, skąd już mógł wrócić do domu bez wielkich trudów.

- O la Boga! - szeptał zdumiony Maciek przypatrując się cudakom, między którymi poznał kilku dziedziców sąsiednich wiosek.

- Musi jadą na zabawę do naszego pana - dodał po chwili. - Ale co chwaty, to chwaty i dobre panowie!... Żeby w nich nie wstąpiło, sto jąłbym tu do rana.

Tymczasem ze szczytu wołano:

- Damy boją się jechać pod górę...

- Niech wysiądą, przeprowadzimy je piechotą. I cała gromada znowu pobiegła na szczyt.

- Sanki nie przejadą tędy...

- Dlaczego nie przejadą? - wołał jakiś młodzieńczy głos. -Antoni, ruszaj!...

- Nie dam rady, jaśnie panie...

- Więc precz z kozła, błaźnie! Sam pojadę, kiedy się boisz...

Po chwili gwałtownie zabrzęczały dzwonki i ze szczytu wzgórza jak wicher przemknęły parokonne saneczki tuż koło Owczarza. Chłop aż przeżegnał się.

Na szczycie znów zawołano:

- Andrzej! jedź...

- Stój, hrabio!...

- Nie narażaj się pan...

- Ruszaj!...

Drugie sanie przeleciały jak burza.

- Brawo!...

- Zuchy!...

- Ruszaj, Jacenty!...

Tym razem popędziło z góry, na łeb, na szyję, aż dwoje sanek obok siebie. W każdych siedział furman i pan.

Szalone wyścigi o tyle wytarły śliską drogę, że inne sanie, uwolnione od pasażerów, mogły wjechać i zjechać bez niebezpieczeństwa, co też zrobiły z należytą ostrożnością.

- Idźmy już!... - zawołano z góry.

- Każdy poda rękę damie...

- Poloneza...

- Naprzód, muzyka!...

Ludzie z pochodniami rozstawili się wzdłuż drogi, muzykanci spróbowali instrumentów, pary uszykowały się. Zabrzmiała żałosna melodia poloneza Ogińskiego i z gromady stojącej na górze poczęły wysuwać się para za parą jak barwna nić wysnuta z ciemnego kłębka.

Owczarz zdjął czapkę, cofnął się za swoje sanki i wydobył spod kożucha głowę znajdy.

- Patrzaj - mówił - i przypatruj się dobrze, bo drugi raz nie zobaczysz takich śliczności. To ci procesja, nie bój się!... Same dziedzice i dziedziczki, a tyle ich, jak owiec na pastwisku...

O kilka kroków stał lokaj z pochodnią, więc chłop doskonale widział każdą parę przeciągającego orszaku i cichym głosem szeptał objaśnienia sierocie:

- Widzisz tego, co mu blacha wyziera spod algiery!... a na głowie ma mosiężny kociołek? To wielgi rycerz!... Tacy zawojowali pół świata dawnymi czasy, ale dziś już ich nie ma...

Pierwsza para minęła sanki chłopa i znikła za pagórkiem.

- A przypatrz się temu z siwą brodą i z kitą u czapki. To wielgi pan i senator... Tacy dawnymi czasy pół świata trzymali w garści, ale już dziś ich nie ma.. -

Druga para rozpłynęła się w ciemności.

- Ten w kołnierzu - mówił chłop do znajdy - to duchowna osoba. Tacy dawnymi czasy znali wszystko, co ino jest na ziemi i w niebie, a po śmierci bywali świętymi. Ale już dziś ich nie ma...

Trzecia para skryła się za pagórkiem.

- Ten, jaskrawy jak dzięcioł, to także wielgi pan. Nic nie robił, ino pił i tańcował. Od jednego razu mógł wypić konewkę wina, a tyle potrzebował pieniędzy, że w końcu z biedy musiał ojcowiznę sprzedać. Kiedy wszystko zakupiono i jego, nieboraka, nie stało.

Czwarta para przeszła.

- Widzisz, widzisz, jaki idzie ułan?... O! tacy dużo wojowali... Przeszli z Napolionem cały świat, zbili wszyćkie narody. Ale dziś już i tych nie ma...

A patrzą j, patrzą j, o!... na tych... To kominiarz, tamto kowal, ten gra na gitarze, ten niby chłop, ale naprawdę to wszystko panowie przebrani, tak ot sobie, dla zabawy...

Orszak minął chłopa, polonez Ogińskiego rozlegał się coraz słabiej, wreszcie umilkł. Najgorsza droga została przebyta i poczęto na powrót siadać do sani wśród okrzyków i śmiechów. Znowu zadźwięczał dzwonek jeden, drugi, dziesiąty, cały rój, znowu trzasnęły baty, zatętniały kopyta i kulig pocwałował dalej.

Chłop nakrył głowę, położył dziecko na saniach, ujął cugle i ostrożnie, po utartej drodze, ruszył ku domowi. Z daleka przed nim dźwięczały dzwonki i migały czerwone blaski; czasami wiatr przynosił głośniejszy okrzyk. W końcu wszystko ucichło i zgasło.

- Czy ony, choć i panowie, aby sprawiedliwie robią, że bawią się takimi rzeczami? - mruknął Owczarz. Bo przypomniał sobie butwiejący pod kościelnym chórem portret siwego senatora (do którego czasami się modlił) i rozdarty obraz szlachcica z podgoloną czupryną, którego chłopi nazywali potępieńcom, i czarny nagrobek rycerza, co zakuty w blachy, z mieczem w garści i żelazną rękawicą pod głową, leżał obok ołtarza świętej męczenniczki Apolonii. A szlachcice za takich się przebierają!...

Potem przyszedł mu na myśl wiszący w zakrystii biskup, co potrafił wskrzeszać zmarłych na świadectwo, i zakonnik, co po swoim płaszczu przeszedł Wisłę, i ona królowa, co z Węgier do Polski sól pod ziemią dla ubogich ludzi sprowadziła. W końcu stanął mu, jak żywy, przed oczyma jego własny dziaduś, Roch Owczarz. Mądry dziaduś! z Napolionem chodził po świecie, a na starość został dziadem przy kościele i wszystko tak dokumentnie tłumaczył gospodarzom, że miał większy zarobek niż organista.

- Wieczne odpoczywanie racz dać duszy jego. Panie! - szeptał Owczarz. Ale wciąż trapiło go w sercu, że jednakowo nieładnie szlachta robi bawiąc się kościelnymi rzeczami. "Oni by się może i w ornaty poprzebierali..." - myślał.

Było z wiorstę od chałupy, kiedy z daleka za sobą usłyszał głosy jadących, a przed sobą ujrzał Ślimaka.

- Gadaliśmy, żeś utknął pod górą - odezwał się Ślimak - a ty, chwała Bogu, dojeżdżasz. Widziałeś wesele?

- Oho, ho!... - odparł Owczarz.

- I nie rozbili cię ślachta?

- Co mieli rozbić- ? Jeszcze me przez górę przeciągli z saniami.

- O!.-. I żaden nic ci złego nie zrobił?

- Nic. Jeden mi ta ze zbytków czapkę na oczy nasunął, i tyle.

- Tak!... u nich to tak. Albo cię, człeku, skrzywdzi, albo choć do rany go przyłóż. Jak co w niego wstąpi - zakonkludował Ślimak.

- Jak co w niego wstąpi - powtórzył Owczarz. - Ale fantazją to zawdy mają pańską. Tak, psiekrwie, waliły saniami z nowyższy góry, że mnie ciarki przeszły. Musieli się dobrze spić, bo żaden karku nie skręcił. Chłop na trzeźwo nie wyszedłby żywy z tej okazji.

Za chwilę dopędziło ich dwoje sanek. W pierwszych siedział jeden podróżny, w drugich dwu.

- Wy z tej wsi? - spytał pierwszy podróżny.

- Z tej - odpowiedział Ślimak.

- To wesele, co jechało, to do was jechało?

- Nie do nas, ino do dziedzica.

- No, no... A arendarz Josel jest w domu?

- Pewno jest, jeżeli nie pojechał za jakim szachrajstwem -odparł Ślimak.

- A nie słyszeliście, nie sprzedał jeszcze wasz dziedzic majątku? - odezwał się gruby głos z drugich sań.

- Po co ty to gadasz, Fryc!... - zgromił go siedzący z nim razem.

- Bo diabła wart cały ten interes - odpowiedział gniewnie gruby głos.

- Ehe to oni!... - mruknął Ślimak wpatrując się po ciemku w podróżnych.

Sanki pomknęły naprzód. - Musi to starezakony - rzekł Owczarz - bo jakoś kiepsko gadali i mają brody.

Tamten przedni to zakon, ale te dwa to Niemce z Wólki -odparł Ślimak. - Pamiętam ich, bo mnie zaczepiały tego lata.

_ Ze u szlachty to nawet zabawy nie ma bez Żyda - mówił Owczarz.

- Ledwie tamci pojechali, a już ten za nimi ciągnie.

- Jak dym za ogniem - dodał Ślimak.

Tak rozmawiając dojechali do wrót, gdzie czekał na nich Jędrek z latarnią. Niebawem znaleźli się w chałupie, okryci szronem, bo mróz był coraz tęższy.

Tymczasem sanie, wiozące starozakonnego i dwu Niemców z Wólki, powoli opuściły się w dolinę, minęły most na rzece, z niemałym trudem wjechały na pierwszy taras pagórków i dobiły się do karczmy. Tu do uszu podróżnych doleciały urywane dźwięki muzyki i różowy blask smolnych beczek płonących przede dworem. Niemcy wysiedli i weszli do szynku, skąd po chwili wybiegł karczmarz Josel i przez kilka minut półgłosem rozmawiał z przyjezdnym. Wreszcie nisko mu się ukłonił i kazał furmanowi zawieźć go do dworu.

Za odjeżdżającym wybiegł z karczmy jeden z Niemców, wołając: "hej! hej!" Sanki zatrzymały się. Niemiec oparł się na ich krawędzi i mówił:

- Dziś nic z tego interesu nie będzie.

- Dlaczego nie ma być? - zapytał Żyd powoli.

- Oni teraz tańcują...

- No, to co z tego?

- Szlachcic nie porzuci tańca dla rachunków.

- Więc sprzeda bez rachunku.

- Albo każe czekać parę dni.

- Ja nie mam czasu na czekanie - odparł Żyd. - Jedź! - rzekł do furmana.

We dworze muzyka brzmiała coraz żywiej, we wsi odpowiadało jej wycie rozbudzonych psów, a w spróchniałych drzewach przydrożnych świsty i jęki wichru. Sanie pod górę posuwały się coraz wolniej, konie potykały się coraz częściej, furman okładał je batem coraz mocniej, a jego pasażer podniósł wysoki bobrowy kołnierz i myślał.

Na dziedzińcu płonęły smolne beczki, wnętrze kuchni wyglądało jakby oświetlone bengalskim ogniem, ściany dworu promieniowały dźwiękami walca. Około budynków folwarcznych jeszcze rozlegały się dzwonki sań, furmani kłócili się o miejsce dla swoich koni, na sztachetach otaczających dziedziniec opierali się parobcy, gospodarze i wiejskie kobiety, przypatrując się sylwetkom tancerzy, które nieustannie migały w oknach salonu. A nad tym gwarem, muzyką, blaskiem, zabawą i ciekawością ludzką rozciągała się noc zimowa, z głębi której dojeżdżał do dworu otulony bobrowym kołnierzem Żydek i - dumał.

Skromny jego ekwipaż zatrzymał się w cieniu, przed wrotami; Żyd wysiadł i zmęczonym krokiem powlókł się do otwartych drzwi kuchni. Coś przemówił do kucharza, ale kucharz nie zwrócił na niego uwagi - skinął na pomywaczkę, lecz ta odwróciła się tyłem; w końcu trafił na pędzącego chłopca z kredensu, schwycił go za ramię i rzekł:

- Masz tu złoty, a jak mi sprowadzisz lokaja Mateusza, dostaniesz drugi złoty.

Chłopiec stanął i ciekawie spojrzał na Żyda.

- Albo kupiec zna Mateusza?... - spytał.

- Poznam, tylko go przyprowadź. Niebawem znalazł się Mateusz.

- Masz tu rubla - rzekł przyjezdny - a jak wywołasz do mnie pana, dostaniesz znowu rubla. Lokaj potrząsnął głową.

- Pan teraz jest bardzo zajęty - rzekł - z pewnością nie wyjdzie.

- Powiedz, że chce się z nim widzieć pan Hirszgold w bardzo pilnym interesie. Powiedz jeszcze, że pan Hirszgold przywiózł list od ojca pani. Masz tu drugiego rubla, żebyś nie zapomniał nazwiska: pan Hirszgold.

Lokaj szybko poszedł do dworu, lecz wrócił nieprędko. Nastała pauza w muzyce, on nie wracał, zagrano polkę, on jeszcze nie wracał, wreszcie - ukazał się.

- Jaśnie pan prosi do oficyny - rzekł do gościa w bobrowym kołnierzu. Poszedł naprzód i otworzył drzwi do pokoju, w którym stało kilka łóżek, w części posłanych, a przeznaczonych dla tancerzy.

Żyd zdjął bogate futro, wziął w rękę bobrową czapkę i usiadł na krześle. Był to przystojny, rumiany mężczyzna, z kasztanowatą brodą, w długim syberynowym surducie. Nogi w lakierowanych butach wyciągnął na pokój, oparł się o poręcz krzesła i zapatrzony w płomień świecy, czekał i dumał.

W sali muzyka skończyła grać polkę i po niedługiej pauzie zagrała dzielnego mazura. We dworze zgiełk i tupanie spotęgowały się, kiedy niekiedy rozległa się komenda taneczna, po której następował wybuch hałasu, jakby cały folwark miał runąć. Żyd słuchał obojętnie, czekał bez niecierpliwości i dumał, wciąż dumał.

Nagle w sieni oficyny zaszumiało, zabrzęczało, drzwi odskoczyły jakby je kto wywalił, i przed oczekującym gościem stanął dziedzic. Ubrany był w kiereżę z czerwonym kołnierzem, pełną kółek i świecideł, w czerwoną czapkę z pawim piórem, w szerokie spodnie w białe i różowe paseczki i w buty z podkówkami.

- Jak się pan ma, panie Hirszgold! - zawołał dziedzic wesoło. -Cóż to za pilny list od teścia?...

Gość z wolna podniósł się z krzesła, ukłonił się poważnie i wydobywszy list z wewnętrznej kieszeni paltota - rzekł:

- Niech pan przeczyta.

- Jak to?... Teraz?... Ależ ja tańczę mazura, panie Hirszgold...

- A ja buduję dystans kolei - odparł gość.

Dziedzic przygryzł wąsa, odpieczętował list i szybko przebiegł oczyma. We dworze zgiełk taneczny potęgował się, komenda mazura brzmiała coraz częściej i głośniej.

- Więc pan chce kupić mój folwark? - spytał dziedzic.

- I to zaraz.

- Ależ, panie, ja mam bal w domu!...

- A na mnie czekają koloniści. Jeżeli do północy nie skończę z panem, jutro będę musiał skończyć z pańskim sąsiadem. On zyska, a pan straci.

- No dobrze, to jest... - mówił rozgorączkowany dziedzic. -Mój teść pisze o panu bardzo pochlebnie... Ale w takiej chwili...

- Potrzebuje pan tylko napisać parę słów. Dziedzic rzucił krakuskę na stół.

- Doprawdy, panie Hirszgold, jesteś nieznośny!...

- To nie ja, to interesa. Chciałbym dogodzić pańskiej familii, ale przedłużyć krótkiego czasu nie potrafię.

W sieni znowu zabrzęczało i wpadł ułan z krzykiem:

- Bój się Boga, Władku, co robisz?...

- Nagły interes... - tłumaczył się dziedzic.

- Ależ twoja dama czeka...

- Więc niech mnie kto zastąpi, bo mówię ci, że mam nagły i ważny interes.

- Ależ dama!... - biadał ułan wybiegając z pokoju. W sali pierwszy komendant mazura ochrypnął tak, że całkiem zamilkł. Wnet rozległ się inny, potężny głos basowy:

- Panie rond, panowie koszyki...

- Ile pan dajesz? - zwrócił się zdesperowany gospodarz do kupca. - Co za oryginalne położenie!... - dodał pobrzękując podkówkami.

- Daję dwa tysiące dwieście pięćdziesiąt rubli za włókę, bez targów - odparł stanowczo kupiec. - Jutro dam tylko dwa tysiące.

- En avant!... - ryknął bas w sali.

- Nigdy! - odparł dziedzic. - Wolę sprzedać chłopom.

- Chłopi dają panu tysiąc pięćset rubli, a dadzą - najwyżej -tysiąc osiemset.

- Więc wolę sam gospodarować...

- I dziś pan sam gospodaruje, a co z tego?...

- Tournez!... - zawołano z sali.

- Jak to co?... - oburzył się dziedzic. - Ziemia pyszna, lasy, łąki... Kupiec machnął ręką.

- Ja, panie, wiem, co tu jest - odparł. - Wiem od pańskiego rządcy, który się na Nowy Rok oddalił. Dziedzic rozgniewał się.

- Więc ja sam rozkolonizuję!... - zawołał.

- I weźmie pan po dwa tysiące za włókę, a przez ten czas młoda pani umrze z nudów - odparł kupiec z uśmiechem.

- Chaine! z lewej strony! - zabrzmiała komenda.

- Boże! co robić?... - westchnął dziedzic.

- Podpisać ugodę - odpowiedział kupiec- - Przecież teść pański donosi w liście, że ja dam cenę możliwie najlepszą i że zasługuję na ufność.

- Partagez!...

W sieni po raz trzeci zabrzęczało, potknęło się, uderzyło we drzwi, zaklęło na diabła i pioruny, i do pokoiku znowu wpadł ułan.

- Władku! - zawołał - hrabia śmiertelnie obraził się za afront, jaki robisz jego narzeczonej, i chce wyjeżdżać...

- Boże! jakim ja nieszczęśliwy - jęknął dziedzic. - Napisz pan, panie Hirszgold, umowę, zaraz wrócę...

Wybiegł. Kupiec wydobył z torebki podróżny kałamarz i pióro, z kieszeni złożony we czworo arkusz papieru i przy blasku stearynowej świecy, wśród dźwięków muzyki, łoskotu nóg, krzyków prowadzącego tańce, napisał kilkanaście wierszy. Potem znowu wpadł w spokojną zadumę.

Po kwadransie ucichnął mazur, a wkrótce w pokoiku ukazał się dziedzic zmęczony, ale promieniejący.

- Gotowe? - spytał wesoło.

- Gotowe.

Przeczytał i podpisał mówiąc z uśmiechem:

- Jaką wartość może mieć ta umowa!...

- Dla sądu żadnej, ale dla pańskiego teścia jest ważną. No, a on ma pieniądze - odparł kupiec.

Dmuchnął na podpis, powoli złożył papier i na zakończenie spytał z odcieniem lekkiej ironii:

- Cóż, pan hrabia nie gniewa się?

- A udało mi się go uspokoić - odparł zadowolony dziedzic.

- W tym roku będzie on miał większe zmartwienie przez swoich wierzycieli - mruknął kupiec - No, żegnam pana, wesołej zabawy.

Podał rękę dziedzicowi, który z pośpiechem opuścił pokoik wracając na salę balową.

Kupiec zaczął powoli wciągać futro. Współcześnie, jak spod ziemi, zjawił się Mateusz.

- Wielmożny pan - odezwał się lokaj pomagając mu ubrać się -wielmożny pan kupił nasz majątek?...

- Co to dziwnego? nie pierwszy i nie ostatni - odparł kupiec. Sięgnął do pugilaresu i dał lokajowi trzy ruble.

- Zawołam konie, jaśnie panie - rzekł zgięty do podłogi lokaj.

- Nie potrzeba - odpowiedział kupiec. - Moja kareta została się w Warszawie, a tu mam tak ordynarny ekwipaż, że mi nie wypada popisywać się z nim.

Po tych słowach wyszedł za bramę dziedzińca piechotą, odprowadzony z honorami przez Mateusza.

We dworze zaczęto tańczyć kontredansa we trzydzieści par, co trwało do kolacji. Po kolacji wzięto się znowu do polki, walca, mazura i tak bez końca. Na wschodzie ukazał się blady świt, w chatach zapłonęły ogniska, na podwórkach zaskrzypiały żurawie studzien, w stodołach zatętniały cepy, a we dworze wciąż tańczono i tańczono.

Wraz ze wschodem zimowego słońca Ślimak zarzucił na ramiona sukmanę i szepcząc pacierz powlókł się przez wrota. Czasem spoglądał na niebo i zapytywał je wzrokiem: jaka będzie pogoda? -to znowu zwracał ucho w stronę dworu, skąd dolatywały go szczekania psów i urywane dźwięki muzyki. Za tym odgłosem wyszedł na drogę i machinalnie zmierzał w stronę pokrytej lodem rzeki, wciąż ustami szepcząc pacierz, a w głowie rozmyślając, jak to długo i wesoło bawi się państwo we dworze.

Patrzył na błękit niebieski, na śnieg zaróżowiony promieniami słońca, na obłoki jakby skąpane w purpurze, wdychał mroźne powietrze ranka i czuł, że tego nieba, śniegu i mrozu nie oddałby za najpiękniejszą muzykę i tańce.

- Już by ja tam mojej biedy nie mieniał na wasze zabawy!... -szepnął. - Zmęczą się, nie wyśpią jak należy i tyle dobrego...

Znowu przypomniał sobie modlitwę, odegnał z serca światowe myśli i mruczał:

- Drugi pacierz... Ojcze nasz, któryś jest w niebie... Nagle poza pagórkiem usłyszał rozmowę. Posunął się w tamtą stronę kilka kroków i ujrzał dwu ludzi w długich granatowych kożuchach. Jeden miał twarz starą i ogoloną, drugi był barczysty i brodaty.

Oni także spostrzegli go i starszy zapytał:

- To wasze grunta, gospodarzu, z tą górą? Ślimak przypatrywał im się zdumiony.

- Co wy się tak wypytujecie o moją chudobę?... - odparł. -Przecie wam już tego lata powiedziałem, że grunt mój i góra moja.

- Więc kiedy twoje, to nam sprzedaj - odezwał się brodaty.

- Zaczekaj, Fryc - przerwał mu stary.

- Ojciec lubi dużo gadać! - ofuknął brodacz.

- Zaczekaj, Fryc - ciągnął stary. - Widzicie, gospodarzu -zwrócił się do chłopa - my dziś kupiliśmy od waszego pana ten majątek...

- No, i po co to? - przerwał brodaty.

- Zaczekaj, Fryc. Ale widzicie, gospodarzu, nam potrzebna jest wasza góra, bo chcemy postawić wiatrak...

- Herr Jesus!... - rzucił się brodaty. - Ojciec z niewyspania chyba rozum stracił!... Słuchaj - rzekł gniewnym tonem do chłopa - chcemy kupić twój grunt...

- Grunt - powtórzył zdziwiony chłop oglądając się za siebie. -Grunt?-..

Chwilę wahał się nie wiedząc, co odpowiedzieć, wreszcie rzekł:

- A cóż wy, panowie, macie za prawo kupować mój grunt?

- Mamy pieniądze - odparł brodacz.

- Pieniądze?... Ja za pieniądze nie sprzedam. To przecie moja ziemia. Siedzieliśmy tu z dziada, pradziada, jeszcze za czasu pańszczyzny, i to się nazywała nasza zagroda. Później mój ojciec dostali ten grunt z ukazu na własność i to jest opisane w komisji. Potem za las ja dostałem trzy morgi także na własność i to także jest opisane w komisji. Rządowy omentra ziemię tę zmierzył, na wszystkich papierach są podpisy i pieczęcie, jak się należy, zatem... Zatem - jakim prawem wy chceta kupować mój grunt, kiedy on jest mój?... Mój własny, no?...

Przez cały ciąg tej drugiej mowy, wypowiedzianej wzburzonym głosem, brodacz odwrócił się do chłopa bokiem i gwizdał przez zęby, a stary wyciągnął ręce i niecierpliwie nimi wytrząsał. Schwyciwszy nareszcie stosowną chwilę zawołał:

- Ależ my tobie chcemy zapłacić!... Gotówką... Po sześćdziesiąt rubli za morgę.

- I za sto nie sprzedam - odparł Ślimak - bo nie macie na to nijakiego prawa.

- Ale możemy umówić się z dobrej woli. Chłop pomyślał i nagle zaśmiał się.

- Takiście starzy - rzekł - a jeszcze nie macie rozumu na to, że przecież ja z dobrej woli mojego gruntu nie sprzedam.

- Dlaczego?... Za te pieniądze, które wam dajemy, moglibyście za Bugiem kupić całą włókę.

- Kiej tam tak tania ziemia, to czemu wy jej nie kupujecie, ino włazicie do naszej wsi?

- Cha! cha!... - roześmiał się brodacz. - Chłop, widzę, niegłupi, kiedy ojcu mówi to samo, co ja z rana i wieczorem powtarzam.

- Zaczekaj, Fryc - rzekł stary biorąc Ślimaka za rękę. -Gospodarzu - ciągnął ściskając go - mówmy jak chrześcijanie, nie jak poganie. Tego samego Boga chwalimy, więc po co się kłócić?... Ja, widzisz, gospodarzu, mam syna, co się zna na młynarstwie - i - chciałbym mu postawić wiatrak na tej oto górze. Jak on będzie miał wiatrak, to on weźmie się do roboty, ożeni się, ustatkuje i ja będę na stare lata szczęśliwy. A tobie nic z tej góry.

- Ale to przecie moja góra, mój grunt - odparł chłop. - Idźcie do komisji, a pokażą wam, jako to jest mój własny grunt i jako do niego nikt nie ma prawa.

- Prawa nie ma nikt - potwierdził stary - ale ja chcę kupić...

- No, to ja nie sprzedam.

Stary człowiek skrzywił się, jakby mu się na płacz zbierało. Pociągnął chłopa kilkanaście kroków na gościniec i mówił głosem przyciszonym, drżącym ze wzruszenia:

- Czegoście się tak zawzięli na mnie, gospodarzu? Widzicie, moi synowie kłócą się ze sobą. Jeden lubi rolę, drugi młynarstwo. No, ja bym chciał młodszego ustalić, zbudować mu wiatrak, ożenić i mieć blisko siebie. Niedługo mi żyć na świecie, mam osiemdziesiąt lat, więc... Nie spierajcie się ze mną...

- Albo wy nie możecie gdzie indziej kupić ziemi? - spytał chłop.

- No, nie możem. My handlujemy całą gromadą, w kilkunastu... Dużo by o tym gadać... Ale mój młodszy syn. Wilhelm, on nie rolnik... Jak nie będzie miał wiatraka, zmarnieje chłopak albo pójdzie w świat. A ja stary, ja go chcę mieć przy sobie... Więc sprzedaj nam swój grunt - mówił ściskając go mocniej za rękę. - Zresztą, słuchaj - dodał ciszej -dam ci siedemdziesiąt pięć rubli za morgę... Wielki to pieniądz!... Bóg mi świadek, że daję ci więcej, niż warto... Prawda, że sprzedasz? Tyś przecie uczciwy człowiek, chrześcijanin...

Chłop ze zdziwieniem i litością patrzył na Starca, któremu czerwone oczy nabiegły łzami.

- Musi, panie - rzekł Ślimak - wy macie kiepski rozum, kiedy mnie tak napastujecie. Bo ino pomyślcie, czy jest sens prosić człowieka, ażeby dał sobie uciąć rękę albo nawet poderżnąć gardło? A cóż bym ja, chłop, robił bez ziemi?...

- Kupisz sobie innego grunta... Będziesz miał dwa razy tyle... Sam wyszukam ci taką wieś...

Ślimak kiwał głową, wreszcie odparł:

- Mówicie do mnie jak ten chłop do drzewiny, kiedy ją wykopuje w lesie, a chce zasadzić kole domu. "Chodź - on mówi -będziesz przy chałupie, będziesz między ludźmi..." No, i głupia drzewina wychodzi z lasu, bo musi; ale nim ją w nowym gruncie osadzą - usycha. I wy chcecie, żebym ja tak zmarniał z żoną, z dziećmi i całym dobytkiem. Bo cóż bym począł w tym dniu, kiedy bym mój grunt sprzedał?

Rozmowę przerwał brodaty przemówiwszy do ojca po niemiecku głosem podniesionym i stanowczym.

- Więc nie sprzedasz? - spytał starzec.

- Ni - odparł Ślimak.

- Po siedemdziesiąt pięć rubli morgę?

- Ni.

- A ja ci mówię, że sprzedasz! - zawołał brodaty, gwałtownie chwytając ojca za rękę.

- Ni.

- Sprzedasz, gospodarzu - powtórzył stary.

- Ni.

Poszli obaj na most, krzykliwie rozprawiając po niemiecku. Chłop podparł ręką brodę i patrzył za nimi.

Nagle zwrócił oczy na dwór, gdzie już muzyka ucichła i w oknach pociemniało, i jakaś nowa myśl przemknęła mu przez głowę, bo szybko wrócił do chałupy.

- Jagna! - zawołał otwierając drzwi do sionki - Jagna!... A wiesz ty, że pan sprzedał folwark Niemcom?...

Stojąca przy kominie gospodyni przeżegnała się łyżką.

- W imię Ojca!..-. Czyś ty, Józek, zwariował?... Kto ci to

powiedział?...

- A o teraz zaczepiły mnie na gościńcu dwa Niemce, powiedzieli o sprzedaniu folwarku i jeszcze... Wiesz ty, Jagna?... Jeszcze chcieli od nas grunt kupić... Grunt nasz własny!

- Toś ty zupełnie zwariował! - krzyknęła Ślimakowa. - Jędrek, biegaj na gościniec, czy tam są jakie Niemce, bo ojciec coś gada od rzeczy...

Jędrek wybiegł i po upływie pacierza wrócił donosząc, że na drodze, za mostem, widać istotnie dwu jakichś w granatowych kapotach. Ślimak tymczasem siedział na ławie, milczący, ze spuszczoną głową i rękoma opartymi na kolanach. W izbie szare światło poranku plątało się z czerwonym blaskiem ognia nadając ludziom i przedmiotom fizjonomie martwe albo groźne.

Gospodyni nagle spojrzała na męża.

- Cóżeś tak pobladł? - rzekła - cóżeś tak osowiał? Co ci jest?

- Co mi jest? - powtórzył - także się pyta, mądra!... Albo nie rozumiesz, że jeżeli dziedzic sprzedał mienie, to Niemce odbiorą nam łąkę?...

- Czemu by mieli odbierać? - odparła gospodyni niepewnym głosem. - Przecie będzie się im płacić czynsz tak samo jak dziedzicowi.

- Gadasz, co ci ślina przyniesie, bo nie wiesz, że Niemce są chytre na paszę. Oho! oni dużo trzymają bydła... Wreszcie -dodał, zamyślony - odbiorą łąkę, żeby mi dokuczyć i wyforować z gruntu.

- Jeszcze nie wiadomo, kto kogo wyforuje! - odparła gniewnie Ślimakowa.

- Nie ja ich - szepnął mąż.

Kobieta ujęła się pod boki i stopniowo podnosząc głos poczęła mówić:

- O... widzisz, jaki to z niego chłop!... Ino spojrzał na szwabskie nasienie, a zara mu serce odjęło. Zabiorą ci łąkę, no, to i co? Będzie się im wpędzać bydło w szkodę, dopóki jej na powrót nie sprzedadzą.

- To mi wystrzelają bydło.

- Wystrzelają?... - krzyknęła gospodyni. - A sąd, a kryminał?... Panom nie wolno krzywdzić chłopskiego bydlęcia, a ma być wolno Szwabom?

- Jak nie wystrzelają, to zajmą nam bydlę i wyprawują więcej, niż ono zjadło. Niemiec ma rozum, nie bój się. On dozorem i procesami zalezie ci za dziesiątą skórę.

Gospodyni umilkła na chwilę.

- No - rzekła po namyśle - to będziemy kupowali paszę.

- Od kogo? Przecie gospodarze już dzisiaj nie sprzedają, a Niemiec, jak się na pańskim osiedli, nie wypuści ździebełka trawy.

Na kominie garnczek zaczął kipieć, ale Ślimakowa nie zwróciła na to uwagi, taki ją gniew i żal ogarnął. Z zaciśniętymi pięściami przypadła do męża wołając:

- Co ty gadasz, Józek, zastanów się!... Tak źle i tak niedobrze, więc jakże będzie?... To taki z ciebie chłop i gospodarz, że zamiast sam co wymyślić, mnie, babie, serce odbierasz?... Nie wstyd tobie dzieci, nie wstyd tobie Magdy, żebyś siedział na ławie i przewracał oczami jak nieboszczyk zamiast radzić?... Cóż ty myślisz, że ja dla twoich Niemców dam dzieciskom zdychać z głodu albo krów się wyzbędę?... A może myślisz, że dam grunt sprzedać?... Niedoczekanie wasze! - krzyknęła podnosząc ręce. -Niedoczekanie twoje i tych Szwabów!... Żebym miała trupem paść, żeby mnie do grobu schowali, jeszcze wykopię się spod ziemi i nie dam zrobić krzywdy dzieciom... Nie! Co tu siedzisz, co się patrzysz na mnie jak baran?... - dodała z pałającą twarzą. -Jedz śniadanie i idź do dworu. Spytaj się, czy pan naprawdę sprzedał folwark. Jak nie sprzedał, padnij mu do nóg i poty leż, poty go proś, poty skamlaj, aż ci ten kawałek łąki odstąpi, choćby za dwa tysiące złotych...

- A jak sprzedał?...

- Jak sprzedał? - zawołała. - Jak sprzedał, to... niech go Bóg skarżę...

- Ale zawdy łąki nie będzie.

- Głupiś!... - odparła zwracając się do komina. - Żyliśmy dotąd my, dzieci i dobytek, z łaski Bożej, nie z pańskiej, to i żyć będziemy.

Chłop podniósł się z ławy.

- No, kiedy tak - rzekł po namyśle - to dawaj śniadanie... No, a czego płaczesz?... - dodał.

Ślimakowa po wybuchach energii istotnie zalewała się łzami.

- Jakże nie mam płakać - szlochała - kiedy Pan Bóg miłosierny pokarał mnie takim niedojdą chłopem, co i sam radzić nie potrafi, i jeszcze mnie serce odbiera!...

- Głuptas - odparł nachmurzając się. - Pójdę zara do dziedzica i kupię łąkę, choćbym miał dać dwa tysiące złotych. Taką mam ambicję!

- A jak dziedzic już sprzedał folwarek? - spytała żona.

- Mam go gdzieś! Żyliśmy dotąd z łaski Bożej, nie z pańskiej, to i odtąd nie zginiemy.

- A skąd paszy weźmiesz dla bydła?

- Mój w tym rozum i moja głowa. Ty garnków pilnuj, a do mnie się nie wtrącaj, kiedyś baba!

- Wykurzą cię stąd Niemcy, razem z twoim rozumem. Chłop uderzył pięścią w stół, aż podniósł się pył w izbie.

- Chorobę wykurzą, nie mnie! - krzyknął. - Nie ruszę się z tela, żebym miał paść trupem, żeby mnie na drobne kawałeczki posiekali!... Dawaj śniadanie. Takem się zawziął na te psiekrwie, że jeszcze ciebie potrącę, jak mi nie wygodzisz! A ty, Jędrek, zmykaj po Owczarza i wracaj wnet, bo jak zdejmę rzemień...

O tej samej godzinie we dworze przez otwory i szczeliny okiennic zajrzało do salonu słońce. Na zrysowaną obcasami podłogę i na ścianę przeciwległą oknom padły smugi białego światła, jaskrawo odbiły się od zwierciadeł, od złoconych gzemsów, od lustru mebli, i - rozpierzchły się po ogromnym pokoju. Przy ich blasku płomienie świec i lamp stały się żółte i mętne. Twarze dam pobladły, pod oczyma wystąpiły sine obwódki, z potarganych włosów opadł puder, na zmiętych sukniach ukazały się dziury i strzępy. Ze złotolitych pasów magnaterii wyjrzał szych, bogaty aksamit zamienił się na wytarty manczester, bobrowe futra na zajęcze skórki, srebrne zbroje na pobielaną blachę. Muzykantom opadły ręce, tancerzom zesztywniały nogi. Wystygło upojenie, sen zamglił oczy, usta dyszały gorączką. Na środku sali uwijało się już tylko trzy pary, potem dwie, potem - żadna. Wzdłuż ścian zabrakło krzeseł dla pochmurnych mężczyzn; kobiety wachlarzami zasłaniały zmęczone twarze i rozziewane usta.

Wreszcie muzyka umilkła, a ponieważ nikt nie rozmawiał, więc salon zapełniało grobowe milczenie. Świece gasły, z niektórych lamp wydobywały się gęste dymy.

- Może państwo przejdą na herbatę?... - odezwał się gospodarz schrypniętym głosem.

- Spać... spać... -szeptano,

- Pokoje dla dam i panów są gotowe - dodał gospodarz usiłując być uprzejmym, pomimo senności i kataru.

Po tych słowach podniosły się z kanap i fotelów najprzód najstarsze, potem młode damy i z przeciągłym szelestem poczęły opuszczać salon owijając się w atłasowe zarzutki i odwracając twarze od okien. Za chwilę w salonie zrobiło się pusto, a w dalszych pokojach gwarno; potem rozległy się na podwórzu głosy męskie, a na górze liczne stąpania, a potem - wszystko ucichło. Muzyka już wyniosła się z alkowy; zostało po niej tylko kilka pulpitów i stary Żyd basista, który spał przewiesiwszy ręce przez korpus swej basetli.

Do salonu brzęcząc podkówkami wszedł dziedzic. Mętnym wzrokiem spojrzał po ścianach i rzekł ziewając:

- Pogaś światło, Mateuszu... Otwórz okna... Aaa... Nie widziałeś pani?...

- Jaśnie pani jest w swoim pokoju - odparł stojący w progu lokaj.

Dziedzic zawrócił się i wyszedł. Minął sień, minął pokój jadalny, wreszcie stanął przed drzwiami znajdującymi się na końcu korytarzyka i zapytał:

- Czy wolno?...

- Proszę - odpowiedział kobiecy głos z pokoju. Dziedzic wszedł.

Na fotelu, obitym pomarańczowym atłasem, siedziała jego żona w stroju Cyganki. Oparła ręce na poręczach, głowę ozdobioną diademem odrzuciła w tył i zdawała się usypiać. Dziedzic upadł na drugi fotel i rzekł:

- No, udała się zabawa... Aaa!...

- Bardzo ładnie - odparła pani zasłaniając usta rączką.

- Goście powinni być zadowoleni.

- Tak sądzę.

Pan chwilę przedrzemał i znowu odezwał się:

- Wiesz, sprzedałem majątek.

- Komu? - spytała pani.

- Hirszgoldowi. Dał po dwa tysiące dwieście pięćdziesiąt rubli za włókę. Aaa!...

- Dzięki Bogu, że nareszcie stąd wyjedziemy - odparła pani. -Czy już wszyscy porozchodzili się?

- Już pewnie śpią. Aaa!... No, pocałuj mnie na dobranoc.

- Mam iść do ciebie? Ty mnie pocałuj. Takam zmęczona...

- Ale pocałuj mnie za to, że tak dobrze sprzedałem majątek. Aaa!...

- Więc przyjdź tu.

- Kiedy tak mi się nie chce... Aaa...

- Hirszgold?... Hirszgold?... - szeptała pani. - Ach, już wiem! To jakiś znajomy papy... Pierwszy mazur był prześliczny... Dziedzic chrapał.

ROZDZIAŁ SIÓDMY

W tydzień po kostiumowym balu dziedzic z żoną opuścili wieś przenosząc się do Warszawy. Miejsce ich zajął pełnomocnik Hirszgolda, piegowaty Żydek, który zamieszkał w małym pokoiku w oficynie, żelazną sztabą zamykał drzwi na noc i sypiał z dwoma rewolwerami pod poduszką, a po całych dniach przeglądał albo pisał rachunki.

Ze dworu część mebli wywieziono za państwem, resztę Hirszgold kazał sprzedać. Jeden z okolicznej szlachty nabył sprzęty z salonu, drugi z pokoju jadalnego, trzeci z sypialni. Bibliotekę kupili Żydkowie na funty, proboszcz zaopatrzył się w amerykańskie organy, ogrodowe kanapy i krzesła przeszły na własność Grzyba, a Orzechowskiemu dostał się za trzy ruble wielki sztych Ledy z łabędziem, do której nabywca modlił się z rodziną. Posadzki wyjechały aż do guberni, aby tam przyozdobić lokal sądu okręgowego, zaś adamaszkowe obicia ze ścian kupili krawcy i przerobili je na gorsety dla wiejskich dziewuch.

Kiedy w parę tygodni po wyjeździe państwa Ślimak zajrzał do dworu, struchlał na widok zniszczenia. W oknach nie było szyb, przy drzwiach na oścież otwartych ani jednej klamki, ściany obdarte, podłogi wyrwane. Salon podobny był do gnojowiska, w buduarze pani arendarka Joselowa postawiła kilka kojców z drobiem, a w kancelarii pana mieszkało paru Żydków i leżały ogromne stosy pił, toporów i łopat. Służba folwarczna, która według umowy miała tu miejsce do św. Jana, wałęsała się z kąta w kąt próżnując. Furman od cugowych koni pił na zabój, szafarka leżała chora na febrę, a jeden z fornalów tudzież chłopak kredensowy siedzieli w areszcie gminnym, oskarżeni o kradzież klamek i drzwiczek od pieców.

- Kara boska! - szepnął chłop i strach go ścisnął na myśl o nieznanej potędze, co w okamgnieniu zrujnowała dwór stojący od wieków. Zdawało mu się, że nad wsią i doliną, gdzie urodził się i wychował i gdzie na wieki spoczęli jego prości ojcowie, że nad tym cichym kątem świata zwiesza się niewidzialna chmura, z której spadł pierwszy piorun i zdruzgotał siedzibę dziedziców.

W kilka dni okolica zakipiała nowymi ludźmi. Byli to tracze i cieśle, po największej części Niemcy, sprowadzeni do wykonania pilnej roboty. Szli i jechali drogą około chaty Ślimaka gromadami, niekiedy uszykowani jak wojsko. Roztarasowali się we dworze, wygnali służbę z czworniaków, wyprowadzili resztę bydła z obór i zapełnili wszystkie budynki. Nocami palili wielkie ogniska na dziedzińcach, a rankami całą bandą maszerowali do lasu.

Z początku nie znać było ich roboty. Wkrótce jednak, kto miał dobre ucho, a stanął na wzgórzu, mógł słyszeć lecący od strony lasu szmer. Szmer ten dzień po dniu dzielił się na pojedyncze odgłosy, jakby kto palcami bębnił po stole, tak że w końcu już całkiem wyraźnie słychać było stukanie mnogich siekier i chrzęst walącego się drzewa. Las jakby zniżał się, na jego falistym konturze ukazywały się coraz to nowe zęby, w oczach ludzkich nikły wierzchołki, w ciemnozielonej ścianie zaczęły przeświecać jakby szpary, potem jakby okna, wreszcie - wyłomy, przez które wyjrzało niebo, zdziwione, że pierwszy raz, jak świat światem, patrzy na dolinę z tej strony.

Las padł. Zostało tylko niebo i ziemia, a na niej trochę kęp jałowcu, trochę leszczyny, trochę młodych sosenek, niepoliczone szeregi pieńków i całe stosy leżących drzew, z których pośpiesznie obcinano gałęzie. Nic z liściastego narodu nie uszanował topór drapieżny.

Nic, nawet dębu, po którego stuletniej korze ześlizgiwały się wstęgi piorunów. Zapatrzony w niebo zwycięzca burz prawie nie dostrzegł kręcących się u stóp jego robaków, a ciosy siekier nie więcej go obchodziły od pukania dzięciołów. Padł nagle, przekonany w ostatniej chwili, że to świat się obalił i że na tak niepewnym świecie żyć nie warto.

Był inny dąb, na którego zeschłej gałęzi powiesił się kiedyś nieszczęsny Szymon Gołąb. Lu4zie odtąd mijali go ze strachem. Toteż ujrzawszy gromadę traczów z siekierami zaszemrał: "Uciekajcie stąd, bo imię moje znaczy śmierć. Jeden tylko człowiek dotknął ręką mych konarów i umarł." Gdy zaś tracze, zamiast usłuchać jego życzliwych upomnień, poczęli go rąbać i coraz głębiej zapuszczać mu w ciało ostre żelaza, wpadł w straszny gniew, ryknął: "Zdruzgocę was!..." i obalił się na ziemię.

Sosna, w której dziupli kryła się para wiewiórek, widząc powszechne zniszczenie cieszyła się nadzieją, że uniknie złego losu przez wzgląd na swoich lokatorów: "Litość ich wzruszy, bo cóż są im winne biedne, małe wiewiórki?" - szeptała i padła miażdżąc własnym ciężarem wystraszone zwierzątka.

Tak ginęły mocne drzewa jedno po drugim; nad ich grobem płakała mgła nocna i kwiliły ptaki pozbawione ojczystych siedzib.

Starsze od lasu i mocniejsze od dębów były ogromne kamienie, gęsto rozsiane po polach. Chłopi nie tykali ich, raz dlatego, że żaden nie dał się ruszyć z miejsca, a po drugie, że nie były im na nic potrzebne. Zresztą tułało się między ludźmi podanie, że za pierwszych dni stworzenia zbuntowane diabły ciskały tymi kamieniami w aniołów i że ruszać ich nie warto, bo na całą okolicę mogłoby spaść nieszczęście. Leżał więc każdy na swoim miejscu, otoczony kępą trawy i mchem porosły. Co najwyżej pastuch, nocujący w polu, rozpalał pod nim ognisko, zmęczony rata j kładł się na południowy spoczynek albo chytry na pieniądze człowiek szukał pod nim ukrytych skarbów. Gorszego nic im się nie zdarzyło.

Dziś przecie i dla głazów wybiła ostatnia godzina. Współcześnie z niszczeniem lasu jakowiś ludzie poczęli przesiadywać około sędziwych kamieni. Na wsi z początku myślano, że Niemcy szukają skarbów, ale wnet Jędrek wypatrzył, że oni wiercą dziury.

- No, i nie głupie te Szwaby, żeby wiercić kamienie - mówiła zmywając naczynia Ślimakowa do starej Sobieskiej. - Choroba wie, na co im to?...

- E... widzicie, kumo, ja wiem, na co oni to robią - odparła baba przymykając czerwone oczy.

- Na cóż by? Chyba przez swoje głupstwo.

- Ni!... - prawiła Sobieska. - Oni, widzicie, wiercą, bo oni, widzicie, słyszeli, że w takim kamieniu siedzi żaba...

- Więc co z tego? - zapytała Ślimakowa.

- Więc oni, widzicie, chcą zobaczyć, czy to prawda.

- No, a z tego im co?

- A choroba ich wie - odpowiedziała Sobieska tak przekonywającym tonem, że Ślimakowa uznała kwestię za wyczerpaną.

Tymczasem Niemcy nie szukali żab w kamieniach, lecz w wywiercone dziury zakładali naboje, przysypywali je piaskiem i poczęli głazy rozsadzać. Cały dzień trwała kanonada, której huk rozchodził się po najdalszych krańcach doliny, głosząc wszystkim i każdemu z osobna, że nawet skała nie oprze się Niemcowi.

- Twardy naród te Szwaby! - mruknął Ślimak przypatrując się podruzgotanym olbrzymom.

I pomyślał o kolonistach, którzy nabyli grunta dworskie, a chcieli kupić jego ziemię.

- Cosik ich nie widać - dodał. - Może wcale nie przyjdą?...
Koloniści jednak przyszli.

Pewnego dnia, było to w początkach kwietnia. Ślimak jak zwykle wyszedł przed wschodem słońca z chaty zmówić pacierz i zobaczyć, jaka będzie pogoda. Wschód już jaśniał, gwiazdy pobladły, tylko jutrzenka błyszczała jak klejnot na niebie, a na ziemi witały ją świergotem zbudzone ptaki.

Chłop utkwił oczy we mgle, co na kształt śniegu bieliła pola i łąki, i szeptał: "Kiedy ranne wstają zorze." Nagle od strony górnych pól usłyszał hałas. Było to skrzypienie z wolna toczących się wozów i głośna rozmowa ludzi.

Zaciekawiony wbiegł na pagórek z sosną i ujrzał niezwykły

korowód. Był to długi szereg wozów okrytych płótnem, spod którego wyglądały tu ludzkie głowy, tam sprzęty domowe albo rolnicze narzędzia. Przy wozach szli albo siedzieli na kozłach, z nogami zwieszonymi na orczyki, ludzie w długich granatowych kapotach i w kaszkietach. Do niektórych wozów przywiązane były krowy, w dłuższych odstępach między wozami uwijały się niewielkie gromadki świń. Na samym końcu toczył się wózek, mało co większy od dziecinnego, na którym leżał mężczyzna z nogami zwieszonymi do ziemi, ciągniony z jednej strony dyszla przez psa, z drugiej przez kobietę.

"Szwaby idą - przemknęło chłopu przez głowę, ale odepchnął pierwszą myśl. - Może to Cygany? - dumał. - Ni, Cygany noszą się czerwono, a ci granatowo i żółto. A może to tracze?... Tracze nie ciągnęliby za sobą bydła, wreszcie, po co by tu szli, kiedy już lasu nie ma?..."

Tak bił się chłop z myślami, a raczej uciekał przed jedną, że -idą koloniści, którzy kupili dworskie grunta.

- Oni albo i nie oni - poszeptywał, zapatrzony w gościniec.

Tymczasem Niemcy zjechali w dół i przez chwilę nie było ich widać. Chłop przetarł oczy. Może rozpłynęli się w dziennym świetle, a może ich ziemia pochłonęła? Gdzie zaś!... Wiatr powiał z tamtej strony i znowu przyniósł powolny turkot kół, skrzypienie dyszlów, gwar ludzkich głosów. Znowu spoza góry wychyliły się łby końskie, granatowe kaszkiety woźniców, szare płachty wozów i głowy Niemek w pstrych chustkach zawiązanych pod brodę. Ziemia krok za krokiem ustępuje pod kopytami ich wychudłych koni. Już wjechali na ostatni szczyt, oblani złotymi potokami słońca, krzykliwi, jaśniejący, witani śpiewem skowronków, które w jesieni będą łapać i zjadać.

Daleko za nimi, gdzie za mgłą czarny las majaczył, słychać było głos kościelnego dzwonu. Czy on, jak zwykle, wzywa ludzi do pacierza, czyli też ogłasza im naście obcego narodu?...

Ślimak obejrzał się. W chatach, po drugiej strome doliny, drzwi były pozamykane; na podwórkach nikt nie ruszał się i zapewne nikt by nie wybiegł przed wrota, gdyby nawet zawołać:

"Patrzajta, gospodarze, co tu Niemców wali!..." Wieś jeszcze spała.

Teraz sznur wozów, napełnionych gwarliwymi ludźmi, począł wymijać chałupę Ślimaka. Zmęczone konie szły z wolna, krowy ledwie nogi wlokły, świnie kwicząc potykały się. Tylko ludzie byli kontenci, śmieli się, krzyczeli z wozu do wozu i rękami albo batami ukazywali na dolinę. Wreszcie zjechali na dół, wyminęli most i skręcili na lewo, na otwarte pole.

We dwa albo i we trzy pacierze po nich ukazał się wózek, ciągniony przez psa i kobietę, i stanął obok wrót Ślimakowej zagrody. Tu wielki pies upadł na ziemię ciężko dysząc, mężczyzna z trudnością podniósł się na wózku i usiadł, a kobieta zdjęła szlę z karku i ocierając spotniałe czoło patrzyła na chatę Ślimaków.

Chłopa tknęła litość. Zeszedł z pagórka i zbliżył się do podróżnych.

- Skądeście, ludzie, i coście za jedni? - zapytał.

- My koloniści, aże zza Wisły - odpowiedziała kobieta. - Nasi kupili tu ziemię, więc idziemy za nimi.

- A wyście ziemi nie kupili? Kobieta wzruszyła ramionami.

- To u was taki zwyczaj, że baby chłopów ciągną? - pytał dalej Ślimak.

- Cóż robić, kiedy konia nie mamy, a na własnych nogach ojciec by nie zaszedł.

- To wasz ojciec? Podróżna skinęła głową.

- I taki chory?

-Jo.

Chłop zamyślił się.

- To niby on po proszonym jeździ za gromadą? - spytał znowu.

- O nie!... - odparła z energią. - Ojciec uczy dzieci, a ja, jak mam czas, to szyję, a jak nie mam co szyć, wynajmuję się do roboty w polu.

Ślimak patrzył na nią zdziwiony, wreszcie rzekł:

- Wy musi że nie jesteście Niemce, kiej tak gładko po naszemu gadacie?

- My z Niemców - odparła kobieta.

- My Niemcy - odezwał się po raz pierwszy człowiek z wózka. W czasie tej rozmowy wyszła z chaty i zbliżyła się do wrót Ślimakowa z Jędrkiem.

- Tęgi pies! - zawołał Jędrek.

- Przypatrz no się - rzekł do niego Ślimak - jak ta pani bez całą drogę ciągnie chorego ojca na wózku. A ty byś, hyclu, tak zrobił?

- Co bym miał robić? Albo tatulo nie mają koni!... - odparł chłopak.

- I my mieli konia, ale teraz nie mamy - mruknął podróżny z wózka.

Był to człowiek chudy, blady, z rudymi włosami i takimże zarostem.

- Pewnie byśta sobie wypoczęli i zjedli co po takiej drodze? -zwrócił się Ślimak do podróżnej.

- Ja nie chcę jeść - odparła kobieta - ale ojciec może napiłby się mleka.

- Biegaj, Jędrek, po mleko - rzekł Ślimak.

- Bez obrazy - odezwała się Ślimakowa - ale wy, Niemce, musi że nie mata własnego kraju, kiej przychodzicie tu do nas?

- Tu nasz kraj - odparła podróżna. - Ja przecie tu urodzona, za Wisłą.

Człowiek siedzący na wózku niechętnie machnął ręką i począł mówić głosem urywanym:

- My, Niemcy, mamy swój kraj, nawet większy od waszego, ale tam źle. Ludzi dużo, ziemi mało, o zarobek trudno. A jeszcze musim płacić wielkie podatki, a jeszcze w wojsku służba ciężka, a jeszcze rozmaitymi karami okładają człowieka...

Zakaszlał się, trochę odpoczął i mówił dalej:

- Każdy chce, żeby mu dobrze było na świecie, i jeszcze chce tak żyć, jak jemu się podoba, a nie tak, jak inni mu każą... W naszym kraju jest źle, no więc przychodzimy tu...

Jędrek przyniósł mleko i oddał je podróżnej, która napoiła ojca.

- Bóg wam zapłać! - westchnął chory. - Tu są dobrzy ludzie...

- Ino żebyśta wy nam nie narobili złego - półgłosem odezwała się Ślimakowa.

- Co my wam możemy zrobić? - zapytał chory. - Czy wam ziemię zabierzemy? czy może w szkodę bydło wpędzimy? czy będziem kraść albo rozbijać?... Nasi są ludzie spokojni, nikomu w drogę nie włażą, byle im nikt nie lazł...

- Zawdy kupiliśta naszą wieś - wtrącił Ślimak.

- A po co ją wasz pan sprzedał? - rzekł chory. - Gdyby na tych gruntach zamiast jednego pana, który nic nie robił, tylko pieniądze wydawał, siedziało ze trzydziestu chłopów, nasi by fu nie przyszli. Albo - dlaczego wy sami nie kupiliście wsi całą gromadą. Taki wasz pieniądz jak i nasz, takie wasze prawa jak i nasze. Ale choć z dawien dawna siedzicie na miejscu, nie dbaliście o kupienie tych gruntów, aż trzeba było zza Wisły kolonistów sprowadzić. I dopiero jak nasi kupili, to was zaczyna kłuć w oczy. Pan was nie kłuł.

Zadyszany spuścił głowę na piersi i przypatrywał się swoim wychudłym rękom. Po chwili znowu zaczął:

- Wreszcie komuż to koloniści odsprzedają swoje kolonie? Chłopom. Za Wisłą wszystko po nas wykupili chłopi i wszędzie kupują tylko chłopi...

- Zawdy jeden z waszych chce grunt wytumanić ode mnie

-odezwał się Ślimak.

- Ale... hale!... - wtrąciła Ślimakowa.

- Co on za jeden? - spytał chory.

- Bo ja wiem, co za jeden? - odparł Ślimak. - Byli tu u mnie już dwa razy, jakiś stary i jakiś brodaty, a łakomią się na tę oto górę. Mówią, że będą na niej wiatrak stawiać.

- To Hamer - półgłosem odezwała się podróżna patrząc na ojca.

- A, Hamer - powtórzył chory. - On i nam narobił kłopotu - dodał głośno. - Nasi chcieli iść za Bug, gdzie ziemia kupuje się po trzydzieści rubli morgę, a on ciągnął ich tutaj, dlatego że u was kolej budują. No, i kupili nasi tutaj ziemię po siedemdziesiąt pięć rubli morgę, no, i wleźli w długi u Żyda, i nie wiadomo, co jeszcze wyniknie.

Przez ten czas podróżna jadła chleb razowy i karmiła nim psa spoglądając na drugą stronę łąki, gdzie wśród ugoru rozłożył się tabor kolonistów.

- Jedźmy, ojcze - rzekła.

- Jedźmy - powtórzył chory. - A co się wam należy za mleko? - spytał Ślimaka.

Chłop wzruszył ramionami.

- Żebyśmy mieli - odparł - brać za taką rzecz pieniądze, to byśmy was nie zapraszali.

- Ha, Bóg wam zapłać, kiedyście na nas tacy łaskawi - rzekł chory.

- Szczęśliwa droga! - odpowiedzieli oboje Ślimakowie. Chory znowu ułożył się na wózku postękując, podróżna założyła sobie szlę na prawe ramię, przez piersi i pod lewą rękę, duży pies podniósł się z ziemi i otrząsnął na znak, że jest gotów do drogi.

- Bóg zapłać! bywajcie zdrowi!... - rzekł chory.

- Niech Bóg prowadzi!

Wózek z wolna potoczył się ku taborowi.

- Dziwny naród te Niemce - odezwał się Ślimak do żony. - On taki mądry, a jeździ wózkiem niby dziad.

- Albo i ona - odparła Ślimakowa. - Czy kto słyszał, żeby zaś taki kawał drogi ciągnąć starego jak koń?...

- Niezgorsi ludzie.

- Wcale nie najgorsi i niegłupi.

Po tej wymianie myśli małżonkowie wrócili do chaty. Rozmowa z chorym uspokoiła ich. Niemcy nie wydawali się im już tak strasznymi jak dawniej.

Po śniadaniu poszedł Owczarz na górę orać ziemię pod kartofle, a Ślimak wymknął się za nim.

- Miałeś przecie płot grodzić! - wołała za mężem gospodyni.
- Nie ucieknie! - odparł chłop i szybko drzwi za sobą zatrzasnął, gdyż lękał się, aby go nie zawróciła kobieta.

Dziedziniec przebiegł skulony chcąc w oczach niewiasty wydać się jak najmniejszym i chyłkiem wdrapał się na wzgórze, gdzie właśnie potniał nad pługiem kulawy Maciek.

- A co Szwaby? - spytał parobka.

Ślimak usiadł na zboczu góry tak, aby go z podwórza nie widziano, -i ostrożnie zapalił fajeczkę.

- Siądlibyście se tu - wskazał Maciek batem na wyniesione miejsce - to i na mnie przyszłoby trochę dymu.

- Co ci ta po dymie - odparł gospodarz spluwając. - Jak skończę, dom ci fajkę i się nią pocieszysz, a przynomni baby ślipie nie będą boleli, że styrczę na widoku.

Maciek poszedł zagonem cmokając na szkapy, a Ślimak siedział na zboczu i patrzył. Siedział, oparł łokcie na kolanach, a głowę na rękach, aż mu na kark zsunęło kapelusz, palił fajkę pomaleńku... pyk-pyk, i wciąż patrzył.

O kilkaset kroków od niego, za rzeką, na ugorze Niemcy rozkładali obóz. Ślimak wciąż palił fajkę, a spoglądał i każde drgnienie tej ciżby tłumaczył sobie w głowie.

Już Niemcy wozy płótnem kryte uszykowali w kwadrat, tworząc z nich jakby parkan, wewnątrz którego stoi bydło i konie, a zewnątrz kręcą się ludzie. Ten wydobywa przenośny żłób na czterech nóżkach i stawia go przed krowami, inny wsypuje tam obrok z maniaka, inny z wiadrami idzie po wodę do rzeki. Kobiety wynoszą spod płacht żelazne kociołki i woreczki legumin, a gromada dzieci biegnie do jarów po opał.

- Ale mają kupę hołoty! - odezwał się Ślimak. - Z całej wsi nie zebrałby tyle dziecisków.

- Jak wszów - odparł Maciek.

Chłop wciąż pali fajkę i dziwi się. Uroki czy co?... Wczoraj jeszcze pole to było puste i ciche, a dziś - istny jarmark. Ludzie nad wodą, ludzie w jarach, ludzie na zagonach. Tną krzaki, znoszą wiązki chrustu, palą ogniska, karmią i poją bydło. Już jeden Niemiec otworzył kramik na wozie i widać handluje, bo koło niego ciśnie się tłum kobiet i wyciąga ręce: ta po sól, tamta po ocet, inna po cukier. Już kilka młodych Niemek porobiły kołyski z płacht na widełkach i jedną ręką szumują zupę w kotłach, drugą huśtają płachty. Już znalazł się i konował, który ogląda nogę podbitej szkapie, już i cerulik, który goli na stopniu wozu starego Szwaba.

W polu gwar, bieganina, robota, a na niebie słońce podnosi się coraz wyżej.

Ślimak odwrócił się do Owczarza.

- Miarkujesz ty, Maciek, jak ony prędko robią? Od nas, z chałupy, przecie bliżej do jarów niż z tela, a od nas idzie się po chrust na pół dnia. Te ci zasię pary uwinęły się we dwa pacierze.

- Oho-ho!... - odparł Maciek czując, że to do jego powolności wypito.

- Albo przypatrz ty się - mówi Ślimak - jak ony kupą wszystko robią? Przecie i nasi ludzie, bywa, że wyjdą gromadą; ale każdy krząta się sam za siebie, ino częściej odpoczywa albo jeszcze innym przeszkadza. Te zaś psiekrwie tak jakosik zwijają się, jakby jeden naglenia drugiego. Nie spróżnujesz, choćby cię kładło na ziemię, bo ci jeden tka w garść robotę, a już drugi na nią czeka i pili, żebyś kończył. Ino przypatrz się im i sam powiedz.

Dopalającą się fajkę oddał Owczarzowi i wrócił do chałupy zadumany.

- Wartki naród te Szwaby - mruczał - i mądry... Sokoli jego wzrok w pół godziny odkrył dwie tajemnice nowożytnej pracy: pośpiech i organizację.

Około południa przyszli do Ślimaków dwaj koloniści z taboru prosząc o sprzedanie masła, kartofli i siana. Masło i kartofle dano im bez targu, ale siana Ślimak odmówił.

- Dajta choć furę słomy - prosił jeden cudzoziemskim akcentem.

- Ni, ani słomy nie dom, bo ni mom - odparł Ślimak. Kolonista z gniewu cisnął czapkę na ziemię.

- A, szakrew, ten Hamer! - wołał - co on nam zmartwienia narobi!... Mówiła, szakrew, co mi tu nadziemy dworskie budynki i paszę, i szitko, a mi nie naleźli nic... We dwora paszi ni ma, a w budynkach sziedzą żydowskie karczowniki i gadają: "Nie ruszimy stąd!..."

Właśnie gdy koloniści z worami kartofli na plecach opuszczali podwórko, odprowadzeni przez rodzinę chłopa, na gościńcu ukazała się bryczka, a w niej dwu dawno znanych Ślimakowi Niemców: stary i brodaty. Byli to Hamerowie. Koloniści, rzuciwszy wory, z krzykiem zatrzymali bryczkę.

O czym rozmawiano? - chłop nie rozumiał. Widział tylko, że koloniści są źli, że pokazują rękami to na chałupę Ślimaków, to na dworskie budynki. Raz nawet zwrócili się do niego mówiąc po polsku:

- Nawet głupi wi, co ćłowiek wyśpi się byle jak, ale stworzenie nie wyczyma w polu na zimny nocy!... Z takim lądem rok nie minie i diabli szitko wezmą...

Potem znowu krzyczeli po niemiecku, to jeden, to drugi po kolei, jakby nawet w wybuchach gniewu zachowywali systematyczność i porządek.

Natomiast obaj Hamerowie byli zupełnie spokojni. Cierpliwie i z uwagą słuchali wymyślania kolonistów, czasem tylko wtrącając jakieś słówko odpowiedzi. Gdy zaś koloniści zmęczyli się krzykiem, zabrał głos młodszy Hamer. Niedługa jego mowa widocznie ukoiła rozgniewanych, bo uścisnąwszy za rękę ojca i syna wzięli na plecy swoje kartofle i z wypogodzonymi twarzami poszli w stronę obozu.

- Jak się macie, gospodarzu! - zawołał z bryczki starszy Hamer do Ślimaka. - Cóż, zrobimy handel o grunta?

- Ni.

- Po co go ojciec zaczepia? - przerwał niecierpliwie młodszy.
-Przyjdzie on sam do nas.

- Ni - odparł Ślimak dodając półgłosem: - A się hycle na mnie zajedli!...

Bryczka potoczyła się dalej. Chłop popatrzył za nią, podumał, wreszcie począł mówić do żony:

- To ci naród te Szwabska!... Hamery wyglądają na panów, a ci, co wzięli od nas kartofle, na chłopów; przecie jeden drugiemu rękę podaje za pan brat. U nas ludzie jak pogniewają się, to już nie wysłucha jeden drugiego; te zaś, pary, choć się gniewają, to zawdy jeden drugiego wyrozumie i zrobi spokój...

- Co ty, stary, wciąż ino wychwalasz Szwabów - przerwała my Ślimakowa - a o tym nie myślisz, że oni cię chcą gruntu pozbawić? Bój się ty Boga, Józek...

- Co mi ta zrobią! Gadaniem nic nie wskórają, bo zawdy im powiem, co wiem. A do rozboju przecie się nie wezmą.

- Kto ich wie - odparła kobieta. - To pewne, że ich jest wielga gromada, a tyś jeden.

- Wola boska! - westchnął chłop. - Rozum to oni, widzę, mają lepszy niż ja, ale kiedy przyjdzie na wytrzymałość - nie dadzą mi rady, oj, nie!... Przypatrz ty się - dodał po chwili - jaka to moc dzięciołów siada na jednej drzewinie, a wszyscy w nią kują. I co z tego?... Dzięcioł w końcu odleci, a drzewo zostaje drzewem. Tak i z chłopem. Siada na nim pan i kuje, siada gmina i kuje, siada Żyd i kuje, siada Niemiec i będzie kuł, ale przecie rady nam nie dadzą.

Ku wieczorowi przybiegła do Ślimaków stara Sobieska.

- Dajcie naparstek wódki - zawołała na progu - bo chyba dusza ze mnie ucieknie, takem pędziła z nowiną...

Nalano jej naparstek, którego olbrzym nie powstydziłby się nosić na palcu, a baba wypiwszy zaczęła:

- To ci u nas we wsi sądny dzień, Jezu!... Stary, widzicie, Grzyb, wciąż se układał z Orzechowskim, że koloniści tu nie przyda, a za to im, niby Grzybowi i Orzechowskiemu, uda się kupić ze śtyry albo i z pięć włók niby z gruntów dworskich... Bo oni, miarkujta se, chcą ożenić Jaśka Grzyba z Pawlinką, z Orzechowszczanką, i osadowić ich na roli po ślachecku. Bo przecie Pawlinką uczyła się przy dziedziczce haftu i dzirgania, a on, Jasiek, był przy kancelarii i tera se co święto chadza w surducie... Dajcie jeszcze naparsteczek gorzałki, bo mnie z wnątrza tak doi robak, że gadać nie mogę.

Wychyliła drugi naparstek i prawiła dalej:

- Tymci czasem, gadam ja wom, koloniści złożyli Żydowi połowę pieniędzy za grunt, no i sprowadzili się dziś na stałe. Jak ci to nie zobaczy mój Grzyb, jak ci się nie weźmie targać za kudły, jak ci nie przyleci do Josela i nie pocznie mu perswadować: "Ty parchu - mówi - coś ukrzyżował Chrystusa Pana, jeszcze i mnie okpiłeś?... Ty Kaifasie, ty Judaszu! coś ty gadał, że Niemcy nie zapłacą w czas i stracą zadatki, a ja grunt kupię?... A patrz ino, ty obrzezańce (i ciągnie go do okna), że Niemcy całą bandą zjechali..." Josel na to: "Jeszcze nie wiemy, czy oni długo posiedzą, bo oni kłócą się z Hamerem i pewnie go opuszczą." Aż tu, jak naraz, daje Orzechowski znać, że oba Hamery przyjechały i że już między Niemcami zrobiła się zgoda.

Grzyb, tak wam mówię, zajadł się, że posiniał na gębie i wciąż ino wybijał pięściami a krzyczał: "Wykurzę ja tych szczurów z tela!... Przyjechały na wozach, a będą uciekać piechotą!..." Aż go Josel pociągnął za rękaw, wywiódł do komory razem z Orzechowskim i cosik rajcowali po cichu.

- Głupi on - odparł Ślimak. - Kiej w porę nie zmądrzył się na kupno, to już dzisia nie da Niemcom rady. To skrzętny naród.

Oszołomiona wódką baba zataczała się na ławie.

- Nie da im rady?... - mówiła. - Nalejcie naparstek... Jak nie da on, to da radę Josel, a nie Josel, to jego świagier... Nalejcie naparstek... Mają oni sposób i na Śwaba. Co wiem, to wiem... Nalejcie, bo mnie ckli... Niejedno ja widziałam w karczmie... Żeby ten męczychryst nie mieszkał w naszej wsi, to byście wszyscy gospodarze cosik o tym wiedzieli...

Po chwili zaczęła mruczeć niewyraźnie, potem szeptać, wreszcie -

spadła z ławy na ziemię i usnęła na klepisku jak niemowlę.

- Co ona gada? - zapytała męża Ślimakowa.

- Zwyczajnie jak pijana - odparł chłop. - Wysługuje się Żydowi, to myśli, że on wszystko może zrobić, co ino zechce.

Kiedy noc zapadła. Ślimak wyszedł znowu na wzgórze popatrzeć na obozowisko Niemców. Ludzie już skryli się w płóciennych budach, a bydło w czworoboku wozów, i tylko tabun koni pasł się na łączce niedaleko jaru. Czasem mocniej zaświecił płomień w dogasających ogniskach, czasem koń zarżał albo rozległo się wołanie zmorzonego wartownika.

Ślimak wrócił do chaty. Rzucił się na posłanie, ale nie mógł zasnąć. Ciemność pozbawiła go energii, więc z trwogą myślał: czy on sam na odludziu potrafi się oprzeć tylu Niemcom?

"Napaść mnie mogą... spalić!" - dumał przewracając się z boku na bok.

Wtem, około północka, usłyszał z daleka huk wystrzału. Zerwał się. Strzelono po raz drugi. Chłop wybiegł na podwórko i tam spotkał równie wystraszonego Owczarza. Za wodą rozlegały się krzyki, klątwy i tętent koni.

Stopniowo hałas uspokoił się, lecz w taborze nie spano do wschodu słońca. Na drugi zaś dzień Ślimak dowiedział się od kolonistów, że jacyś ludzie zakradli się do ich stadniny. Chłop zdziwił się.

- O takiej sztuce - rzekł - nie było u nas jeszcze słychać.

- Bo wasze konie zamknięte - odparł jeden z kolonistów. -Zresztą złodzieje rachowali na to, że my, zdrożeni, zaśpiemy. Ale nie my zaśpiemy! - dodał śmiejąc się.

Wieść o napadzie na tabor kolonistów obiegła okolicę, wzbogacona w każdej wsi nowymi dodatkami. Mówiono, że utworzyła się banda koniokradów, którzy pochwycone konie aż do Prus odstawiają, że Niemcy przez całą noc walczyli z nimi i nawet paru zabili. Pogłoski te doszły po kilku dniach do uszu wachmistrza straży, który zaprzągłszy tłustą klacz do wózka wziął z komory beczułkę, od żony kilka woreczków i - pojechał na śledztwo.

Niemcy przyjęli go w taborze doskonałą jałowcówką i wędzonym boczkiem, a Fryderyk Hamer objaśnił, że do ich koni, o ile on miarkuje, podkradali się dwaj ludzie, niegdyś dworscy, obecnie pozbawieni roboty: Kuba Sukiennik, były fornal, i Jasiek Rogacz, chłopak z kredensu.

- Oni już siedzieli w areszcie - rzekł wachmistrz - za kradzież klamek i drzwiczek od pleców. No ale wyszli, bo nie było dowodów... a kto tu u państwa strzelał do nich? - dodał po chwili. - Czy on ma pozwolenie na broń?

Hamer widząc, że kwestia staje się drażliwą, wyprowadził wachmistrza za tabor i udzielił mu pożądanych objaśnień, które go o tyle zadowolniły, że wnet odjechał. Zalecił też czujność nad końmi i powtórzył, aby koloniści nie mający pozwolenia nie trzymali broni.

- A dom prędko pan wybuduje? - zapytał wachmistrz na od jezdne.

- Za miesiąc powinien by już stanąć nasz folwark - odparł Hamer.

- Bardzo dobrze!... bardzo ładnie!... oblejemy go. Od kolonistów wachmistrz udał się do dworu, gdzie piegowaty pełnomocnik Hirszgolda tak ucieszył się jego widokiem, że postawił butelkę krymskiego wina. Na pytanie jednak dotyczące kradzieży nie mógł dać żadnych wyjaśnień.

- Ja, panie - mówił Żyd - jakem usłyszał, że strzelają, zaraz złapałem do jednej ręki jeden rewolwer, do drugiej ręki drugi rewolwer i przez całą noc już nie zmrużyłem oka, tyłkom się bał, że i mnie napadną.

- A pozwolenie ma pan na rewolwery?

- Jakżeby nie? Mam.

- Na dwa?

- Drugi jest zepsuty i ja z nim chodzę tylko od parady.

- A robotników ilu pan ma teraz?

- Tych, co kręcą się koło lasu?... Czasem bywa po sto i więcej, a zwykle osiemdziesiąt. Jak się trafi.

- Paszporty w porządku?

Pełnomocnik natychmiast udzielił odpowiedzi w kwestii paszportowej, po czym wachmistrz pożegnał go. Siadając na wózek rzekł:

- Niech się pan dobrze pilnuje, bo jak raz zaczęło się we wsi złodziejstwo, to już nie przepuszczą nikomu. A w razie wypadku, niech pan najpierwej mnie zawiadomi - dodał.

Ostatnie jego słowa tak przestraszyły pełnomocnika, że od tej pory brał do swej oficyny na noc owych dwu Żydków, którzy dotychczas sypiali we dworze.

Ze dworu wachmistrz zawrócił klacz do chaty Ślimaka. Gospodyni akurat zasypywała kaszę w garnczek, kiedy wszedł do izby otyły strażnik.

- Niech będzie pochwalony - rzekł. - Cóż tu słychać?

- Jedno z drugim nic, na wieki wieków - odparła Ślimakowa.
Wachmistrz rozejrzał się po izbie.

- Wasz jest? - spytał.

- Gdzież by się zaś podział? Biegaj, Jędrek, po ojca.

- Piękne krupy. To wy sami robicie?

- Jużci.

- Wsypcie no mi z garniec w woreczek, to wam oddam, jak będę tu drugi raz.

- A woreczek pan starszy mają?

- Jest na bryczce. Może mi i z jedną kurzynę sprzedacie.

- Możemy.

- To wybierzcie tam, byle młodą, i włóżcie na wózek pod kozioł.
Wszedł Ślimak, a kobieta zajęła się wypełnieniem zleceń.

- Nie słyszeliście, gospodarzu, kto Niemcom chciał konie kraść? - zapytał wachmistrz.

- Bo ja wiem? - odparł Ślimak wzruszając ramionami. - Słyszałem, że parę razy strzeliły w nocy, a na drugi dzień gadały, co im ktości zaglądał do koni-. Ale kto by zaś, tego nie wiem.

- We wsi mówią, że Kuba Sukiennik i Jasiek Rogacz.

- Tego nie wiem. Słyszałem, że szukają obowiązku, ale znaleźć nie mogą bez to, że już siedzieli za złodziejstwo.

- Wódki nie macie? Kurz tak drapie w gardle... Ślimak podał wódkę i chleba z serem. Wachmistrz wypił, chwilę odpoczął, wreszcie zabrał się do wyjazdu.

- Wy tu, za wsią - rzekł na pożegnanie - powinniście być ostrożni, bo albo was okradną, albo samych posądzą o złodziejstwo.

- Z łaski Boga - odparł Ślimak - nikt nas do tej pory nie okradł i my nikogo, to pewno tak ostanie do końca.

Teraz wachmistrz pojechał do Josela. Szynkarz przyjął go z wielkim zapałem, kazał klacz zaprowadzić do stajni, a gościa zaprosił do najpiękniejszej izby chwaląc się, że ma w porządku wszystkie świadectwa.

- Ale napisu nad bramą nie ma, jak trzeba - zauważył gość.

- Zaraz będzie, jak tylko pan wachmistrz każe! - odpowiedział szynkarz usiłując objawami grzeczności pokryć wewnętrzny niepokój.

Przy butelce porteru wachmistrz potrącił o sprawę napadu na tabor.

- Co to za napad! - odpowiedział drwiącym tonem Josel. -Niemcy sobie strzelili na postrach, a ludzie zaraz gadają, że ich napada banda. U nas przecie nic takiego nigdy się nie trafiało.

Wachmistrz obtarł chustką wąsy i rumiane oblicze i rzekł:

- Banda, nie banda, ale swoją drogą Kuba Sukiennik i Jasiek Rogacz kręcili się koło koni.

Josel skrzywił się i przymknął oczy.

- Jak oni mogli się kręcić - odpowiedział - kiedy oni tej nocy spali u mnie?

- U was spali? - zapytał wachmistrz.

- U mnie - odpowiedział Josel niedbale. - A Orzechowski i Grzyb widzieli ich, że już z wieczora byli oba pijani jak bydło. Co oni mają robić - dodał po namyśle - jeżeli nie pić? Kiedy chłop nie ma stałego obowiązku, to on, co zyska w dzień, zaraz przepije na noc.

- Ale oni mogli wymknąć się od was w nocy - zauważył wachmistrz.

- Może się i wymknęli. Chociaż u mnie stajnia w nocy zamknięta, a klucz u miszuresa.

Rozmowa przeszła na inne tematy, Wachmistrz z godzinę posiedział u Josela, a gdy mu klacz odpoczęła, kazał zaprząc. Już siedząc na bryczce rzekł do szynkarza:

- A ty, Josel, pilnuj Sukiennika i Rogacza...

- Czy ja ich ojciec albo czy oni u mnie służą? - spytał Żyd.

- Nie to, że służą, ale że oni was samych mogą okraść, takie chłopy.

- Będę miał na nich oko.

Wachmistrz, ustawiwszy woreczki i beczułkę tak, aby mu nie zawadzały, wracał do domu. W drodze zdrzemnął się, a w tym półśnie, pół jawie wciąż snuły mu się przed oczyma postacie Kuby Sukiennika, Jaśka Rogacza i Josela szynkarza. Raz widział Sukiennika z mosiężnymi klamkami w rękach, to znowu Rogacza z żelaznymi drzwiczkami od pleców, to znowu ich obu otoczonych stadem koni, a zawsze gdzieś w pobliżu nich albo aksamitną jarmułkę, albo łagodnie uśmiechniętą twarz Josela. Czasem na chwilę i jakby za chmurą ukazywała mu się junacka twarz Jaśka Grzyba albo siwe włosy jego ojca. Wtedy wachmistrz nagle budził się i przerażony spoglądał dokoła. Ale prócz jego kłaczki, białej kury pod kozłem i drzew przydrożnych nie było tu nikogo.

- Tfu! - splunął. - Mary...

Między chłopami z każdym dniem znikała wątpliwość co do stałego osiedlenia się Niemców na dworskich gruntach. Rachowano, że na czas nie zapłacą raty Hirszgoldowi, oni jednak zapłacili. Mówiono, że kłócą się z Hamerami, a oni się pogodzili. Przypuszczano, że zlękną się złodziejów, którzy zakradli się do ich koni, lecz Niemcy, zamiast bać się, sami nastraszyli złodziejów.

- No, ale zawdy oni niepewni swego, bo jakoś nie widać, żeby się budowali. Nawet gruntów im nie rozmierzono.

Taką uwagę wypowiedział w karczmie Orzechowski jednego wieczora i zapił ją ogromną szklanicą piwa. Ale jeszcze gęby nie otarł, kiedy coś zaturkotało przed budynkiem i na krakowskim wózku ujrzeli jeometrę. Nie było kwestii, że to on, gdyż wiózł ze sobą pełną bryczkę kijów i łańcuchów. Poznał go Grzyb, z którym częste miewał interesa, poznali go wreszcie wszyscy gospodarze po sumiastych wąsach i po nosie czerwonym jak berberys. Kiedy strapiony Grzyb odprowadził do domu Orzechowskiego, ten mu rzekł na pociechę:

- Wiecie, kumie, a może on, choćby omentra, nie do nas przyjechał, ino wstąpił se po drodze na nocleg?
- Dałby to Bóg - odparł Grzyb - bo już bym chciał, żeby się nasze dzieci pobrały i żeby mi się ustatkował ten kondel Jasiek.
- To kupmy im grunt gdzie indziej - wtrącił Orzechowski.
- Na nic. Jak mi ten zbój zejdzie z oczu, to grunt sprzeda, a potem gdzie zmarnieje.
- Moja Pawlinka go upilnuje. Grzyb smutnie zamyślił się.
- Gadacie, kumie - rzekł - bo go nie znacie, jaki to pies. I ja, i wy, i Pawlinka będziemy go we troje pilnowali i jeszcze nie upilnujemy. Toż ci ten odmieniec jednej nocy w domu nie przenocuje, a jak się zdarzy, bez tydzień go nie widzę!...

Pożegnali się gospodarze i każdy legł na spoczynek z odrobiną nadziei w sercu, że jeometra bawi we wsi tylko przejazdem. Następny dzień jednak przekonał ich, że byli w błędzie. Skoro świt bowiem wstał jeometra, zabrał z karczmy wiązkę kijów, blaszaną rurę z planem, oplataną butelkę najmocniejszej gorzałki i poszedł na dworskie pola.

Przez kilka dni widziano go, jak chodził tam i na powrót w towarzystwie całej gromady Niemców. Jedni przed nim i za nim nosili tyki, drudzy rozciągali łańcuch, inni z jego kijów robili mu stolik, inni zaglądali mu przez ramię. On komenderował ludźmi na prawo i na lewo, zapisywał w książce, rysował na tablicy, a kiedy przypiekło słońce, rozkładał nad głową parasol albo przenosząc się na nowe miejsce, ssał okrutnymi łykami oplataną butelkę.

Chłopi z daleka przypatrywali się tym manewrom milcząc. A czwartego dnia odezwał się Wiśniewski:

- Psiakrew, żebym ja tyle wódki wypił, to bym jeszcze lepiej mierzył niż sam omentra! A na to Wojtasiuk:
- Bez to on i jest omentra, że ma takości mocną głowę. I Ślimak

widział jeometrę, a potem widział, jak po jego odjeździe Niemcy, zdjąwszy płachty z kilku wozów, zaprzęgli do nich konie i rozjechali się na trzy strony świata. "Może wyjeżdżają?..." - pomyślał.

Ale wyjechali ledwie na parę godzin, po upływie których powróciły z wolna wozy ciężko ładowne i zaczęły wyrzucać swoją zawartość. Jeden na jedną kupę belki, drugi na drugą kupę deski, trzeci na trzecią opokę. I tak przez dwa dni zwozili drzewo, kamień, cegłę i wapno składając je stosami, na wzgórzu niedaleko taboru, o kilkaset kroków od chudoby Ślimaka.

Współcześnie trzej Hamerowie obchodzili wzgórze wytykając dokoła niego plac kwadratowy, mający ze dwie morgi przestrzeni,

Po tych przygotowaniach jednego dnia zrobił się ruch w taborze. Od strony lasu nadciągnęło kilkunastu cieśli w granatowych spodniach i kurtkach, z piłami, świdrami i toporami. Współcześnie naprzeciw nich wyszło z taboru kilkunastu kolonistów z kielniami i szaflikami, a w pewnej odległości za tymi wlokła się zbita gromada kobiet, dzieci i reszta kolonistów mężczyzn, wszyscy w strojach odświętnych. Trzy te partie zebrały się przy wzgórzu, gdzie stał wóz z beczką piwa, a drugi z wędlinami i pieczywem.

Stary Hamer odziany był w manszestrową wypłowiałą kurtkę, jego syn Fryc w czarny surdut, a drugi. Wilhelm, w pąsową kamizelkę w czerwone kwiaty. Wszyscy byli bardzo zajęci. Ojciec witał gości biegając od cieślów do mularzy, a od mularzy do kobiet; Fryc zgromadzał na jedno miejsce grube koły z drzewa, Wilhelm odszpuntował beczkę z piwem.

W siedzibie Ślimaka przygotowania te dostrzegł Owczarz i zaraz dał znać do chaty. Wybiegli więc całą rodziną na wzgórze: Ślimak z żoną, Magda ze Staśkiem i Jędrkiem przodem. Stanęli na zboczu, z drugiej strony rzeki, naprzeciw taboru, ciekawie patrząc, co z tego będzie.

- Jużci, że dom stawiają - rzekł Ślimak - bo po cóż by zbiegło się tyle rzemieślniczego narodu?

W tejże samej chwili stary Hamer skończywszy witać gości wziął w rękę kołek i za pomocą drewnianego młota wbił go w ziemię.

- Hoch!... Hura!... - zakrzyknęli cieśle i mularze. Hamer ukłonił się, wziął w rękę drugi kołek i począł go nieść w prostym kierunku ku północy.

Za nim podążył Fryc z młotem, a za nim tłum starszych kolonistów, kobiet i dzieci, prowadzonych przez owego bakałarza, co to go córka z psem na wózku ciągnęła.

Nagle bakałarz podniósł czapkę do góry, mężczyźni odkryli głowy i gromada idących zaintonowała hymn uroczysty:
Warownym grodem jest nasz Bóg,
Broń nasza i potęga,
On pomoc niesie dla swych sług,
Gdy klęska nas dosięga.
Stary świata wróg
Krętych szuka dróg,
Moc i złości rój
On na nas wiedzie w bój.
Na ziemi kto mu równien?

Na pierwszy dźwięk pieśni Ślimak zdjął kapelusz, Ślimakowa przeżegnała się, a pokorny Owczarz ukląkł na zboczu. Stasiek, drżący z zachwytu, szeroko otworzył oczy i usta, a Jędrek zbiegł z góry, przebrodził rzekę i cwałem popędził do taboru.
Przeszedłszy parę kroków ku północy stary Hamer wbił w ziemię drugi kołek i skręcił na zachód. Za nim, w tym samym co pierwej porządku, posuwała się gromada śpiewając dalej:
My grzechu nie zdołamy zmóc,
Gdy złe pokonać trzeba;
Lecz walczy za nas chrobry wódz,
Co Bóg go zesłał z nieba.
Kto on? - pytasz się,
Jezus Chrystus się zwie,
Pan Bóg Zebaot;
On złego strzaska grot,
Innego nie ma Boga.
Chłopi zdumieni przysłuchiwali się tej melodii, nie znanej im a tak uroczystej. Po tęsknych i melancholijnych śpiewach w ich kościele, wydawała się ona pieśnią jakiejś triumfującej potęgi. Nie myśleli, ażeby na tych niwach, gdzie dotychczas rozlegał się wielki jęk:
Przed oczy Twoje,
Panie, winy nasze składamy...
gromada obcych przybyszów mogła podniesionym głosem zawołać:
Lecz walczy za nas chrobry wódz,
Co Bóg go zesłał z nieba...
Głęboką zadumę Ślimaka przerwał nagle krzyk Staśka:
- Śpiewają, matulu!... śpiewają!... - mówił ochryplym głosem chłopiec trzęsąc się i płacząc. Wtem pobladł, usta mu pośmiały i

upadł na ziemię.

Przestraszeni rodzice podjęli go i ostrożnie ponieśli do chaty, skraplając wodą i uspokajając perswazją. Wiedzieli, że dziecko jest czułe na muzykę, że w kościele płacze i śmieje się podczas każdej procesji. Ale w takim stanie nie widzieli go nigdy.

Dopiero w domu, gdy ustał śpiew pod taborem, Stasiek uspokoił się i zasnął.

Jędrek przebywając rzekę skąpał się w wodzie do pasa, przemoczył kapelusz i rękawy od koszuli, unurzał się w nadbrzeżnym piasku, lecz choć było mu zimno i mokro, nie zwracał na to uwagi, zajęty nowym widowiskiem.

"Po co oni tak chodzą wkoło pagórka i śpiewają? - myślał. -Pewnie chcą odegnać złe, żeby im do chałupy nie lazło. A że, zwyczajnie, jak Szwaby, nie mają ziela ani kredy święconej, zatem na rogach pola wbijają se koły dębowe. No, jużci dębowy kół lepszy na diabła aniżeli kreda, to darmo... A może tak zaczarują miejsce - dodał po chwili - że im chałupa sama bez noc wyrośnie?..." Wnet jednak odepchnął tę myśl jako niedorzeczną. Miał przecie lat piętnaście i wiedział, że chałupy nie można wyśpiewać, tylko ją trzeba zbudować.

Uderzyła go też pewna różnica w zachowaniu się Niemców. Śpiewało i chodziło wzdłuż pola, potykając się na nierównym gruncie, kilku starych, kobiety i dzieci. Młodzi zaś cieśle i mularze stali dwiema gromadami na wzgórzu śmiejąc się głośno, popychając się i paląc fajki. Raz nawet z ich winy zatrzymała się procesja. Gdy bowiem Wilhelm Hamer, majstrujący przy beczce piwa, podniósł do góry szklankę, młodzi wykrzyknęli: "hoch!" i "hura!". Stary Hamer aż się obejrzał, a chorowity bakałarz pogroził im ręką.

Z wolna procesja zbliżyła się do Jędrka o tyle, że już odróżniał piskliwe głosy dzieci, skrzeczące starych kobiet i nosowy bas Hamera. I otóż na tym niesfornym tle zauważył jeden dziwny głos kobiecy, czysty, dźwięczny i niewymownie rzewny. Serce w nim drgnęło. W jego imaginacji dźwięki przybrały postać obrazów i zdawało mu się, że nad kępą młodej trawy i zeschłych badylów widzi jedno piękne drzewo - płaczącą wierzbę.

Wpatrzył się lepiej w gromadę i poznał, że to śpiewa córka bakałarza, którą zobaczył pierwszy raz, gdy w wózku ciągnęła ojca. Wtedy więcej zajął go duży pies aniżeli ona. Dziś przecie głos jej tak opanował duszę chłopca, że powoli zapomniał o wszystkim. Zniknęły mu z oczu pola, Niemcy, stosy belek i kamieni: został

tylko ów głos wypełniający całą przestrzeń. Coś drżało mu w piersiach, chciał także śpiewać i zaczął półgłosem:
Wesoły nam dzień zawitał,
Jezus Chrystus zmartwychpowstał...
Ta melodia najlepiej godziła się z pieśnią Niemców.
Jak długo to trwało, nie pamiętał. Obudziły go z rozmarzenia nowe okrzyki: "hoch!" i "hura!", tłumu zebranego przy wozie z beczką, gdzie Wilhelm Hamer już rozdawał gościom szklanice piwa. Jędrek zobaczył w gromadzie brązową sukienkę córki bakałarza i machinalnie pobiegł bliżej.
Tu go od razu wytrzeźwili. Jakiś młody Niemiec spostrzegł go i pokazał innym, drugi zerwał mu z głowy kapelusz, trzeci pchnął go w środek ciżby i przez chwilę z ogromnym śmiechem podawano go sobie z ręki do ręki. Chłopiec, przemokły, unurzany w piasku, bosy, w zgrzebnej koszuli, wyglądał jak straszydło. Na razie stracił przytomność i taczal się między Niemcami niby zabłocona piłka. Wtem spotkał szare oczy córki bakałarza i -ocknęła się w nim dzika energia. Kopnął bosą nogą jednego cieślę, szarpnął za kurtkę mularza, jak młody byczek uderzył głową w brzuch starego Hamera i gdy wkoło niego zrobiło się trochę miejsca, stanął z zaciśniętymi pięściami upatrując, gdzie by się rzucić dla utorowania sobie drogi.
Powstał krzyk. Jedni hucznie śmieli się z chłopaka popijając piwo, ale ci, których potrącił, chcieli go zbić.
Na szczęście stary Hamer, przypatrzywszy mu się lepiej, zapytał:
- No, ale co ty wyrabiasz, mały?...
- To czego mnie poniewierają?... - odparł Jędrek, któremu się już na płacz zbierało.
Niemcy coś zaszwargotali, ale Hamer wziął chłopca za rękę i odprowadził na bok. Teraz spostrzegł go bakałarz i zawołał:
- Toś ty z tamtej chałupy, co za wodą?
- Jużci.
- Cóż tu robisz?
- Przyleciałem popatrzyć się na wasze nabożeństwo, ale te hycle wzięły mnie tarmosić...
Nagle umilkł i zaczerwienił się widząc utkwione w siebie szare oczy córki bakałarza. Trzymała w ręku zaczętą szklankę piwa i zbliżywszy się podała ją chłopcu.
- Przemokłeś - rzekła - napij się.
- Nie chcę!... - odparł Jędrek i znowu się zawstydził. Zdawało mu się, że tak pięknej pani nie można odpowiadać szorstkim tonem.

- Gdzieś ty tak przemókł? - spytała go ciekawie.
- W rzyce - odparł cicho. - Leciałem do was przez wodę.
- Więc napij się - nalegała podając mu szklankę z piwem.
- Kiej upiję się... - odparł chłopak.

Wreszcie wypił, spojrzał na jej śniadą twarz i znowu tak się zaczerwienił, że dziewczynie smutny uśmiech przemknął na ustach.

W tej chwili odezwały się skrzypce i basetla. Do córki bakałarza zbliżył się w ciężkich podskokach Wilhelm Hamer i wziął ją do tańca. Odchodząc, jeszcze raz obrzuciła Jędrka tęsknymi oczyma.

Chłopcu zrobiło się coś dziwnego. Straszny gniew i żal pochwycił go za gardło i uderzył mu do głowy. Chciał rzucić się na Wilhelma Hamera i poszarpać na nim jego kwiecistą kamizelkę, to znowu myślał, że rozpłacze się na cały głos. Nagle odwrócił się, ażeby odejść.

- Idziesz? - zapytał go bakałarz.
- Jużci.
- Pokłoń się ode mnie ojcu.
- A ode mnie przypomnij, że ja na święty Jan odbiorę łąkę -wtrącił stary Hamer.
- Albo to wasza łąka? - odparł Jędrek. - Przecie tatuś wzięli ją od dziedzica w arendę...
- Oho, dziedzic!... - zaśmiał się Hamer. - My tu dziedzice, a łąka moja.

Jędrek odszedł. Zbliżając się do drogi zobaczył chłopa, który ukryty za krzakiem, przypatrywał się zabawie Niemców. Był to Grzyb.

- Pochwalony! - rzekł Jędrek.
- A kto u ciebie pochwalony? - pytał stary gniewnym głosem. - Musi, że nie Bóg, ino diabeł, kiej bratacie się z Niemcami.
- Bo kto się z nimi brata? - odparł zdziwiony Jędrek.

Chłopu iskrzyły się oczy i drżała sucha skóra na twarzy.

- Nie wy się bratacie? - mówił wytrząsając pięścią. - Może nie widziałem cię, kiedyś leciał do nich jak pies przez wodę, żeby ci dały szklankę piwa? A możem nie widział, jak twój ojciec i matka modlili się na górze za jedno ze Szwabami? Do diabła się modlili... Już was Bóg skarał, bo coś padło na Staśka. Ale poczekaj! nie na tym koniec... Zaprzańce! psie wiary!...

Odwrócił się i poszedł do wsi przeklinając rodzinę Ślimaków.
Jędrek zawlókł się do domu, zdziwiony i smutny. W chacie zastał chorego Staśka i bo jaźń schwyciła go za serce. Zaraz też

opowiedział ojcu o spotkaniu z Grzybem.

- Tyle on głupi, co stary - odparł Ślimak. - Cóż to, ma człowiek stać w czapce jak bydle, kiej modlą się, choć i Szwaby?

- Zawdy na Staśka padło ich nabożeństwo - wtrącił Jędrek. Ślimak sposępniał.

- Co ta miało paść? - odparł po chwili. - Stasiek już jest taki odmieniec, że niech baba w polu zaśpiewa, to go zara trzęsie.

Na tym skończył. Jędrek pokręcił się po chałupie, lecz że było mu ciasno; więc wymknął się między jary. Chodził tam i sam bez celu i drogi. Czasem wdrapywał się na wzgórza, skąd było widać Niemców; jak całą gromadą kopali fundamenta, to znowu zapadał w wąwozy albo przedzierał się przez ciernisty krzaki.

Ale gdziekolwiek był, wszędzie razem z nim szedł cień córki bakałarza, jej śniada twarz, szare oczy i ruchy pełne wdzięku. Chwilami dolatywał go niby z głębi jej śpiew ponętny i rzewny albo stary, schrypnięty głos Grzyba miotającego przekleństwa.

- Może ona uroki rzuciła? - szeptał zatrwożony i - znowu myślał o niej.

ROZDZIAŁ ÓSMY

Nigdy jeszcze Ślimak nie czuł się tak zadowolonym jak tej wiosny. Bo i odpoczął za wszystkie czasy, i pieniądze płynęły mu do skrzyni, i napatrzył się nowych rzeczy.

Dawniej dzień wlókł mu się ciężko. Ledwie zmęczony pracą chłop rzucił się na pościel i zasnął twardo jak kamień, aliści już kobieta zdziera z niego okrycie i woła:

Wstawaj, Józek, bo dzień...

"Jaki tam dzień?... - pomyślał zdziwiony - przecie dopiero co się układłem." Mimo to zbierał swoje kości, z których każda osobno trzymała się pościeli, na miły Bóg nie chcąc wstawać, przecierał oczy, ziewał, aż mu w karku trzeszczało, i rad nierad podnosił się.

Było mu tak ciężko, że niekiedy z upodobaniem marzył o wiekuistym śnie w ziemi, A tu żona wciąż pili: "Wstawajże... umyjże się!... ogarnij się... bo spóźnisz się i wytrącą ci z zapłaty..."

Więc ogarniał się, wyprowadzał ze stajenki konie, równie jak on zmęczone, i wlókł się na robotę do dworu albo do miasteczka, skąd rozwoził Żydków po świecie. Nieraz go tak zmogło, że stanąwszy na progu chałupy szeptał: "Taki zostanę w domu!..." Ale bał się żony, wreszcie i żal mu było zarobku, bez którego nie związałby końca z końcem w gospodarstwie.

Dziś co innego, dzisiaj Ślimak wysypia się, ile chce. Czasem żona z przyzwyczajenia targnie go za nogę mówiąc: " Wstawaj, Józek!" - ale wówczas chłop odchyliwszy jedno oko, żeby mu sen nie uciekł, mruczy: "Daj mi spokój!" - i śpi dalej, bodajby do siódmej godziny, kiedy we wsi kościelnej dzwonią na mszę poranną.

W istocie nie miał do czego wstawać. Wiosenne roboty w polu od dawna ukończył Maciek, Żydki z miasteczka rozsypały się wzdłuż budującej się kolei, a do dworu także nikt nie wołał Ślimaka, bo dworu - nie było.

Czasem po parę dni nie tknął żadnej roboty. Palił fajkę, wałęsał się między budynkami albo oglądał bujnie wschodzące zasiewy. Najmilszą jednak rozrywką dla niego było wejść na wzgórze, ukłaść się pod sosną i patrzyć na wyrastające z ziemi jak grzyby kolonie niemieckie.

Do końca maja Hamer już się całkowicie pobudował, a trzej inni sąsiedzi Ślimaka: Gede, Treskow i Pifke, kończyli swoje folwarki. Ładnie było spojrzeć na ich gospodarstwo. Każdy folwark stał na środku pól, a wszystkie podobne do siebie jak krople wody. Przy drodze dwumorgowy ogród, otoczony drewnianym płotem w kwadrat; przy jednej ścianie płotu dom złożony z czterech wielkich izb, kryty gontem, a za domem ogromny dziedziniec, wokoło zamknięty budynkami.

Każda z tych budowli była bez porównania szersza, dłuższa i wyższa od chłopskich; wyglądały czysto i gładko, lecz zarazem sztywnie i surowo, bo kiedy na chłopskich chatach czy szopach dachy pochylają się w cztery strony, u Niemców dachy spadały tylko na front i na tył domu.

Za to widać było duże okna sześcioszybne i drzwi robione po stolarsku. Jędrek zaś, który co dzień wybiegał między Niemców, opowiadał jeszcze, że w izbach jest podłoga, że kuchnia w domu jest osobno i ma piece z żelaznymi blatami.

Takim to porządkom gospodarskim przypatrywał się Ślimak spod swojej sosny, marząc, że kiedyś i on zabuduje się w podobny sposób, tylko dachy postawi inne. I gdy tak marzył, czasem - coś Stawiało go na nogi. Chciał gdzieś iść i zabrać się do jakiejkolwiek roboty, bo mu było nudno i wstyd, że próżnuje; to znowu ogarniał go niepokój, jakby ktoś pukał mu do piersi i pytał: "A co będzie dalej?..."

Wówczas zdejmowała go tęsknota za dworem i za tymi polami, po których niedawno chodził z pługiem, gdzie dziś wyrosły kolonie. To znowu opanowywał go wielki strach, że nie da sobie rady, jak się wezmą do niego Niemcy, którzy las wycięli, potrzaskali kamienie, ba, wygnali samego dziedzica...

Wnet jednak chłop zbierał rozpierzchnięte myśli i uspokajał się. Patrzy przecie na Niemców i sąsiaduje z nimi już blisko dwa miesiące, i nic złego od nich nie doświadcza. Robią koło swoich budynków, bydła pilnują, żeby nie właziło w szkodę, a nawet dzieci ich nie zbytkują, tylko uczą się w domu Hamera, gdzie osiadł chorowity bakałarz.

- Porządny to naród - mówi sobie Ślimak - i nawet lepiej z nimi, niż było za dziedzica.

Jest lepiej, ponieważ od dnia przyjazdu wiele u Ślimaków kupują i dobrze płacą.

Sprzedał im do tej pory dwoje cieląt, trzynaścioro prosiąt, jedenaście gęsi i szesnaście korcy zboża, nie licząc drobiu, masła i kartofli. Nawet zapleśniały wianek grzybów - i ten im się przydał, i za niego zapłacili.

W miesiąc niespełna wziął od nich Ślimak ze sto rubli bez pracy; za co we dworze trzeba było dobrze namordować się cały rok.

Wprawdzie żona nieraz mówiła mu:

- Co ty se myślisz, Józek, że oni zawsze będą od ciebie kupować? Przecie oni także mają gospodarstwa, i lepsze od twego. Radość z nimi będziesz miał co nowyży do zimy, bo potem na owinięcie palca od nas nie kupią.

- Zobaczy się, jak będzie - odpowiadał chłop. W duszy zaś przemyśliwał, że choćby nie kupowali Niemcy, to jeszcze niemało zarobi od tych, co kolej budują, byle tylko zbliżyli się w tę stronę. Robił nawet zakupy. Nabył parę wieprzków od Grochowskiego, od Wiśniewskiego kilkoro gęsi, a gdy Niemcy już mniej wypytywali się o masło, kazał je żonie składać i solić.

- Nie bój się - mówił - wszystko rozkupią kolejownicy. Przecie pamiętasz, co nam te inżyniery gadały.

Parę razy w swoich handlowych wycieczkach spotykał Josela, który patrzył na niego drwiąco i uśmiechał się'.

"Zły na mnie, kondel! - myślał Ślimak. - Boi się, że mu uszczypnę zarobku."

Raz zaczepił go szynkarz.

- Ślimaku - rzekł - zróbcie wy ze mną interes.

- Jaki tam?

- Wybudujcie na swoich gruntach chałupę dla mego szwagra.

- A cóż on będzie robił?

- On będzie handlował z kolejarzami. Inaczej zobaczyła, że Niemcy zabiorą nam wszystko sprzed nosa. Ślimak pomyślał i odparł:

- Ni, nie chcę Żyda na moim gruncie. Niejednego już wy zjedliśta, pejsaki, co was przyjął w komorne.

- Wy z Żydem nie chcecie mieszkać - odparł gniewnie Josel -ale z Niemcami umiecie się nawet modlić. Zobaczymy, co wam z tego przyjdzie.

- Węszy on tu, para, wielkie zarobki! - rzekł do siebie Ślimak patrząc na Żyda, który pobladł ze złości.

I po trochu robił dalej zakupy. Raz nabył ćwiartkę jagieł, innego dnia pół korca krup jęczmiennych, to znowu krąg sadła.

Włócząc się tak po okolicy (bo w swojej wsi gospodarze nie chcieli mu nic sprzedawać) poznał, że ceny na wszystko poszły w górę. A gdy pytał chłopów i gospodyń, czemu się tak drożą? -odpowiadali:

- Po co mamy woma sprzedawać tanio, kiedy nam dziś - jutro zapłacą lepiej.

- Któż wam zapłaci?

- A choćby i te Niemce, co osiedli w waszej wsi.

- To oni i u was kupują? - spytał zaciekawiony Ślimak.

- Od kiedy już... Niech ino jest co większego na zbyciu, wnet zajedzie Niemiec, jeszcze pierwej od Żyda, i płaci bez targu. A co się dla nich miele mąki we młynie!... Tyle, jakby na wojnę szło.

"Ha! - pomyślał Ślimak - skupują po wsiach, bo zboże jeszcze w polu, a ich dużo narodu."

Handlowe operacje Ślimaka i bratanie się z Niemcami ogromnie nie podobały się chłopom z jego wsi. Nawet pod kościołem w niedzielę nie bardzo który odpowiadał mu: "Na wieki wieków." Gdy zaś Ślimak przechodził koło jakiej gromady, wtedy głośno rozmawiali między sobą o odstępcach świętej wiary katolickiej, którzy mogą ściągnąć na ludzi gniew boży.

Nawet Sobieska wpadała do ich chaty rzadziej i ukradkiem, a raz wypiwszy wódki - rzekła:

- Bo to gadają u nas, żeście się całkiem wykrzcili na Szwaba... Prawda - dodała po chwili-że Bóg miłosierny wszędzie jeden, ale zawdy Szwab to rzecz paskudna!...

Aby stłumić plotki, za radą żony Ślimak dał jednej niedzieli wikaremu na wotywę i tego dnia z żoną i Jędrkiem był u spowiedzi. Nic mu to jednak nie pomogło. Wnet bowiem Grzyb pod kościołem, a Josel wieczorem w karczmie wytłumaczyli gospodarzom, że Ślimak nie modliłby się tak gorąco, gdyby na nim nie ciążyły grzechy.

- Musiał on cosik dobrego zmajstrować, kiedy aż oboje z babą do spowiedzi poszli!... - mówili chłopi popijając piwo.

W końcu maja Owczarz doniósł Ślimakowi, że od kilku dni 'Niemcy przed wschodem słońca wysyłają gdzieś furmanki. Furmanki bawią za domem cały dzień, a wracają późno wieczorem. Następnie podpatrzył Owczarz, że Wilhelm Hamer wywozi z domu wory mąki, krup i połcie słoniny. Jedzie z tym jakby do wsi kościelnej, ale następnie skręca w jar i dojrzeć go nie można.

Wiadomości te sprawiły, że Ślimak począł znowu wstawać raniej i ze wzgórza śledzić okolicę. Przekonał się, że istotnie z każdej kolonii niemieckiej, skoro świt, wyjeżdżają furmanki, ale dokąd? - nie mógł wymiarkować.

Natomiast, patrząc jednego dnia trochę na prawo od kościoła, zobaczył w północno-zachodniej stronie widnokręgu, daleko za polami, jakiś żółty punkt. Punkt ten ku wieczorowi powiększył się, na drugi dzień wyglądał jak kreska, stopniowo rósł, a w końcu zrobił się jakby żółty pasek, zbliżający się do Białki. Jednocześnie dowiedział się od Jędrka, że wracające z roboty wozy Niemców zawalane są piaskiem i gliną.

- A nie pytałeś się, gdzie oni jeżdżą? - spytał Ślimak.
- Pytałem, ale mnie zara przegnał Fryc Hamer, ten z brodą -odparł chłopak.

Ślimakowi nagle błysnęła myśl.

- Ehej! - zawołał - wiem ci ja tera, gdzie oni bywają. To pewnie kolej się już buduje, ani wątpić.
- Dziwno, że do nas nie zaglądał jeszcze żaden kolejnik za kupnem - wtrąciła Ślimakowa.
- Bo jeszcze są daleko. Ale ja sam do nich pojadę - odparł Ślimak. - Hycle Szwaby! - dodał po namyśle - jak to strzegą sekretu, żeby kto inny nie zyskał...
- A jedźże prędzej w tamtą stronę! - zawołała kobieta. -Przecie teraz powinny dla nas być najlepsze zarobki.

Chłop obiecał, że pojedzie jutro z rana. Ponieważ jednak zaspał, trochę zmarudził, a potem powiedział, że już za późno jechać, więc ledwie następnego dnia wygnała go z domu żona.

Po drodze chłop wstąpił do wsi kościelnej, gdzie wszyscy mówili, jako o małą milę stąd od zeszłego tygodnia kopią rowy i sypią wały pod kolej. Było nawet kilku wyrobników, którzy chcieli wynająć się do ręcznej roboty, ale tylko jednego przyjęli, a i ten wrócił po trzech dniach naderwany z pracy.

- Psia robota, nie ludzka - powiedziano Ślimakowi we wsi.

-Chociaż kto ma konie, jechać tam warto, bo furmanki zarabiają po cztery ruble na dzień.

"Cztery ruble?... - pomyślał Ślimak, ostro zacinając konie. -Tego za dworskich czasów nie bywało!..."

Z godzinę jechał bocznymi drogami, nim w końcu trafił do robót. Z daleka już widział ogromne, podobne do pagórków kupy gliny, na których uwijała się ze setka ludzi nietutejszych. Były to chłopy wielkie i brodate, w kolorowych koszulach, zadziwiająco silni. Jedni kopali glinę, a drudzy odwozili ją na bok w rozłożystych taczkach, których by nie uciągnął koń lada jaki.

Ślimak pokręcił głową.

- Oho! - mruknął - tego z pewnością nasz człowiek nie udźwignie.

I ze zdumieniem oglądał góry i przepaście, w tak krótkim czasie vygrzebane ludzkimi rękami.

Podjechawszy bliżej zaczepił jednego z taczkarzy, lecz ten mu lawet nie odpowiedział, zajęty swoją ciężką robotą. Na szczęście dojrzało go paru takich, którzy nic nie robili, a między nimi Żydek w krótkim surducie.

- Co to chcesz, gospodarzu? - spytał Ślimaka.

- Przyjechałem się zapytać - odparł zakłopotany chłop obracając czapkę w ręku - przyjechałem się zapytać, może panowie potrzebują krupów albo sadła?...

- Mój kochany - odparł Żydek - my tu mamy swoich dostawców. Dobrze byśmy wyszli, gdyby nam przyszło kupować każdą kwartę kaszy od chłopów!...

"Wielgie to musi państwo!... - pomyślał zawstydzony Ślimak. - Nie chcą kupować od chłopów, pewnie wszystko biorą od ślachty..."

Żydek już odchodził. Nagle Ślimak kłaniając mu się do ziemi zapytał znowu:

- Dopraszam się też łaski, a furmanką bym u państwa nie zarobił?...

Żydkowi podobał się ten objaw pokory.

- Jedź, kochanku - rzekł - w tamtą stronę, gdzie wożą piasek i żwir, to może cię wezmą.

Chłop ukłonił się jeszcze niżej, siadł na wóz i okrążając kawał drogi przez wąwozy dobił się do innego miejsca plantu, gdzie sypano olbrzymi wał z piasku. Tu zobaczył kilkadziesiąt furmanek, a między innymi wozy niemieckich kolonistów.

Dojrzeli go i oni, bo wnet znalazł się przy nim i Fryc Hamer. Wyglądał jakby dozorca.

- Skądeś się tu wziął? - zapytał gniewnie.

- Chciałem się i ja wynająć do roboty. Niemiec zmarszczył brwi.

- Nic tu nie zarobisz - rzekł. Widząc zaś, że Ślimak ogląda się i czeka, poszedł do pisarza i chwilę z nim porozmawiał. Teraz pisarz przybiegł do chłopa, już z drogi wołając:

- Nie trzeba furmanek! nie trzeba... I tych mamy za dużo... Nie masz tu co czekać, bo innym drogę zawalasz. Zjedź na bok!...

Rozkaz' ten wypowiedziany szorstko, podniesionym głosem, zmieszał potulnego chłopa. Ślimak skręcił na bok konie tak prędko, że mało wozu nie wywrócił, i jeszcze prędzej odjechał. Zdawało mu się, że obraził jakąś wysoką władzę, która wycięła las, wygnała szlachcica, nasłała na wieś kolonistów, a teraz nawet ziemię przewraca na wspak, ryjąc wąwozy tam, gdzie były góry, i wznosząc góry na płaszczyznach.

Jechał tedy, gęsto zacinając konie, a po głowie latały mu zamącone myśli, że lada chwilę ktoś pochwyci go za kark i wtrąci do więzienia wrzeszcząc: "Jakeś ty śmiał, chamie, prosić o taką robotę, do której wzięli się Niemcy?..."

Z godzinę błądził po jarach, nim w końcu wydostał się na otwarte pole. Spojrzał za siebie i widział żółte wzgórza skopanej gliny, spojrzał przed siebie i spostrzegł wieś kościelną. To go otrzeźwiło.

"Przecie z tej wsi chodzili chłopy do roboty i nikt się na nich nie gniewał?" - pomyślał Sumak. Następnie zaś przypomniał sobie, że przy *zwózce* piasku i żwiru były nie tylko furmanki Niemców, ale i chłopskie. Zatem i chłopom wolno zarabiać przy kolei, nie tylko Szwabom. A jeżeli wolno, więc dlaczego on został wypędzony, jeszcze tak prędko, że mu nawet rozejrzeć się nie dali?

Później przypomniał sobie Fryca Hamera, jego ściągnięte brwi, jego rozmowę z pisarzem i zrozumiał, co się dzieje. Oto wygnali go za namową kolonisty. Z początku sam sobie nie chciał wierzyć, lecz wnet znalazł nowe dowody dla swoich podejrzeń. Dlaczego to koloniści ukradkiem wyjeżdżali z domu na robotę? Widocznie, aby ich Ślimak nie podpatrzył. Albo dlaczego Fryc Hamer wypędził Jędrka, kiedy chłopak pytał parobków, gdzie jeżdżą? Znowu dlatego, ażeby Ślimak nie dowiedział się o korzystnej robocie.

- O psie wiary! - mruknął chłop i po raz pierwszy uczuł wstręt do Niemców. Nie dziwił się, że są chciwi na zarobek, ale go do głębi duszy oburzało, że chcieli ukryć rzecz tak widoczną, jak roboty przy kolei.

- Chytre Judasze! Żydów prześcignęły!... - mówił chłop, a w sercu gniew mu kipiał.

Wróciwszy do domu Ślimak krótko powiedział żonie, że roboty

nie dostał. Następnie wybrał się do kolonii Hamera.

Zbliżając się do nowego folwarczku dojrzał w ogrodzie kilka Niemek, które kopały zagony, a między opłotkami kilku mężczyzn. Był tam stary Hamer, jacyś dwaj koloniści i Żydek, pełnomocnik Hirszgolda. Z ruchów ich i zaognionych twarzy domyślił się Ślimak, że rozmawiają o czymś bardzo żwawo, a kto wie, czy się nie kłócą.

Hamer także poznał chłopa, lecz widocznie Unikał z nim spotkania: odwrócił się bowiem tyłem do drogi i ze swymi towarzyszami poszedł na dziedziniec, aż pod stodołę.

- Patrzajta go - mruknął Ślimak - jaki mądry! Wie on, po co tu idę... Ale zdybię ja cię i wszystko powiem do oczów.

Za każdym jednak krokiem naprzód miękła w nim odwaga, a w końcu zupełnie go opuściła.

"Jużci on pan całą gębą - myślał chłop o Hamerze - a ja biedak. Jak mu co powiem, gotów mnie potrącić i gdzie wtedy znajdę sprawiedliwość?"

- Trza wracać do dom!... - szepnął.

Ale znowu żal straconego zarobku nie pozwalał mu wracać z niczym. Więc wahał się. Co trochę postąpił naprzód, to opierał się o plot i niby patrzył, co Niemki kopią w ogrodzie. W ten sposób z wolna zbliżył się do domu Hamera, ale już nie miał śmiałości wejść na dziedziniec.

W mieszkaniu kolonisty jedno okno było otwarte i rozlegał się szmer podobny do brzęczenia pszczół w ulu. Chłop podszedł bliżej i zobaczył w wielkiej izbie gromadę dzieci siedzących na ławkach. Jedno z nich coś opowiadało krzykliwym głosem, a inne szemrały. Pośrodku izby przechadzał się chorowity bakałarz z linią w ręku, wołając od czasu do czasu:

- Sztyl!...

Bakałarz przypadkiem wyjrzał za okno i zobaczywszy chłopa dał mu jakiś znak. Po chwili w izbie dzieci zaszemrały jeszcze mocniej, a na środku ukazała się córka bakałarza z książką, powtarzając od czasu do czasu dźwięcznym i rzewnym głosem:

- Sztyl!...

"Gada im: stul gębę..." - pomyślał chłop.

Wtem usłyszał za sobą ciężkie stąpanie i kaszel. Odwrócił się: za nim stał bakałarz.

- Przyszliście zobaczyć, jak uczą się nasze dzieci? - rzekł bakałarz z uśmiechem.

- Bogać tam - odparł chłop. - Przyszedłem powiedzieć waszemu Hamerowi, że je podlec, bo mnie pozbawił zarobku.

I opowiedział, jak go dziś wypędzono od robót przy kolei za namową Fryca Hamera.

Bakałarz kiwał głową.

- Robią oni tak samo i naszym - odrzekł, - O, teraz właśnie Treskow i Fabrycjusz kłócą się z Hamerem, że ich odsunął od dostaw przy kolei i że pełnomocnik Hirszgolda dusi ich o pieniądze za grunta.

- Niech się ta swarzą między sobą i z Żydem - odparł chłop. - Ale com ja winien, że mnie chcą zgubić? Przez ich chytrość człowiek teraz nie zarobi grosika. A cóż to, mam z głodu zdychać?... Za co?...

- Co prawda, zalewacie wy im sadła za skórę - rzekł po namyśle bakałarz.

- Co ja im robię?

- Wasze grunta leżą we środku gruntów Hamera, co mu psuje gospodarstwo - mówił bakałarz. - Ale to jeszcze nic. Hamer myślał, że mu sprzedacie bodajby tę górę z sosną, gdzie chce postawić wiatrak dla Wilhelma.

- Co im po wiatraku, kiej mają tyle ziemi?

- Mieliby większy zarobek. Jak zaś Hamer nie zbuduje wiatraka, to na przyszły rok z pewnością wybuduje go Gede dla swego siostrzeńca.

- To czemu Hamery nie stawiają na swoim gruncie?

- Bo oni mają same niziny. Najżyźniejszy to grunt ze wszystkich kolonii i mądrze go wybrali - mówił bakałarz - ale wiatraka na nim nie postawi...

- A cóż ich tak ten wiatrak opętał! -przerwał gniewnie Ślimak uderzając pięścią w płot.

- Wielki to interes - odparł ciszej bakałarz. - Gdyby Wilhelm miał dziś wiatrak, to za dwa tygodnie ożeniłby się z córką młynarza Knapa z Woli i wziąłby za nią dwadzieścia tysięcy rubli... Dwadzieścia tysięcy rubli!... A jak tych pieniędzy nie będzie, to Hamerowie mogą zbankrutować... Dlatego - zakończył bakałarz - wy im stoicie kością w gardle. Bo gdybyście sprzedali wasz grunt, oni by wam dobrze zapłacili i sami wyszliby z kłopotów,

- Nie sprzedam - odparł chłop. - Anim ja ich namawiał, żeby tu leźli, ani chcę ginąć dla ich dobra. Kiedy chłop wyjdzie z ojcowizny, już po nim...

- Będzie bieda - rzekł bakałarz rozkładając ręce.

- To niech se będzie. Jo dla nich nie zginę dobrowolnie. Po tych słowach Ślimak pożegnał bakałarza i wrócił do domu nie mając nawet ochoty widzieć się z Hamerem. Dopiero dziś zrozumiał, że między nimi zgody być nie może i że ten wygra, kto drugiego przetrzyma.

- Wola boska! - rzekł chłop i przez drogę szeptał pacierz. Niejasne przeczucie mówiło mu; że zaczynają się dla niego ciężkie czasy.

W kilka dni po rozmowie z bakałarzem Ślimak o wschodzie słońca został zbudzony przez Owczarza.

- Wstawajcie, gospodarzu! - mówił zadyszany parobek -wstawajcie i wyjdźcie, bo cosik koło rzyki zebrała się kupa ludu.

Ślimak zerwał się, przyodział i pędem pobiegł w jary, skąd dolatywały go jakieś głosy. Z kwadrans przedzierał się przez krzaki porastające wywozy i góry, nim wydostał się na równinę. Tu, nad Białką, zobaczył gromadę kopaczów i taczkarzy, wozy kolonistów i wozy kilku gospodarzy ze wsi. Między nimi znajdował się Wiśniewski.

Ślimak przypadł do niego.

- Co się tu dzieje? - spytał.

- Mają stawiać groblę, a potem most nad Białką - odparł Wiśniewski.

- A cóż wy tu robicie?

- Najął nas Fryc Hamer do wożenia piasku, to i jesteśmy. Teraz Ślimak dojrzał w gromadzie obu Hamerów: Fryca i starego, i podszedł do nich.

- Dobre z was sąsiady - rzekł z goryczą. - Aż na wieś chodziliśta po furmanki, ale mnie żaden nie zawołał do roboty...

- Jak będziesz mieszkał na wsi, to i ciebie zawołamy - odparł Fryc odwracając się do niego tyłem.

W pobliżu stał między kopaczami jakiś pan wyglądający na starszego. Ślimak zbliżył się do niego i zdjąwszy czapkę począł mówić:

- Jest tu sprawiedliwość, wielemożny panie, żeby Niemcy bogaciły się przy kolei, a ja nawet grosza nie zarobił, choć siedzę tu pod ręką? Tamtego roku było u nas w chałupie dwu panów, co obiecywali, że zrobię wielkie pieniądze, jak zaczną kolej budować. No, i budują państwo kolej, ale ja nawet konisków nie ruszyłem ze stajni. Taki Niemiec, który liczy się na siedem włók ziemi, jeszcze łakomi się na zarobek. A ja, choć mam ino dziesięć morgów i straciłem robotę bez to, że dworu u nas nie stało, chodzę jak dziad i proszę. Przecie i ja mam żonę i dzieci, parobka, dziewuchę i kilkoro bydła. Więc my wszyscy musimy zmarnieć, dlatego że się Niemce na nas zawzięły? Czy to jest sprawiedliwość, wielemożny panie?

Tak mówił jednym tchem Ślimak coraz kłaniając się do ziemi. Starszy pan z początku patrzył na niego zdziwiony; wnet jednak zrozumiał, o co chodzi, i zwrócił się do Fryca Hamera z pytaniem:

- Dlaczego nie wziąłeś go pan do roboty? Fryc wystąpił parę korków naprzód i hardo patrząc na nieznajomego odparł:

- A czy pan zapłaci za mnie karę, jak którego dnia nie dostawię furmanek?... Pan za furmanki nie odpowiada, tylko ja. No, więc ja biorę takich ludzi, którym ufam, że mi nie zrobią zawodu.

Starszy pan z gniewu przygryzł wargi, ale milczał. Po chwili rzekł do Ślimaka:

- Pomóc ci, mój bracie, w tym wypadku nie mogę. Za to ile razy przyjadę w waszą okolicę, będziesz mnie odwoził. Zarobisz niewiele, zawsze trochę. Gdzie mieszkasz?...

Ślimak wskazał dym unoszący się za jarami mówiąc, że tam jego chałupa. Gdy zaś pan odchodził do robotników, którzy czekali na dyspozycje, objął go na pożegnanie za nogi.

Zmiarkowawszy, że nie ma na co czekać, chłop zawrócił ku domowi. W drodze zaczepił go stary Hamer.

- A co? - mówił stary - jak źle, żeście mi nie sprzedali gruntu' Ja wiedziałem, że nie wytrzymacie z nami. Teraz będzie jeszcze gorzej, bo Fryc rozgniewał się na was.

- Pan Bóg mocniejszy od Fryca - odparł chłop.

-. Namyślcie się - mówił Hamer. - Zapłacę wam siedemdziesiąt pięć rubli za morgę.

- I drugie tyle nie wezmę - rzekł Ślimak.

- Będzie wam bieda, bo tu już nic nie zarobicie. Wam trzeba albo siedzieć przy dworze, albo mieć dużo gruntu. Za Bugiem kupilibyście najmniej dwadzieścia morgów za to, co weźmiecie ode mnie.

- Jo za Bug nie pójdę. Niech inni idą, kiej tam tak dobrze.

Rozeszli się, obaj gniewni. Kiedy Ślimak już pod jarami odwrócił głowę, zobaczył Hamera, jak stojąc w tym samym miejscu, z rękami w kieszeniach i fajką w zębach, patrzył za nim ponuro. A kiedy znowu Hamer idąc do kolonii spojrzał za siebie, dostrzegł na wzgórzu chłopa, ze skrzyżowanymi na piersiach rękoma, który smutnie uśmiechał się i kiwał głową.

Każdy z nich lękał się drugiego i myślał: co też on knuje i o co się tak zawziął?

Nasyp kolejowy wciąż rosnął i z wolna posuwał się od zachodu na wschód. Za kilka lat toczyć się będą po nim co dzień setki wagonów z szybkością lotu ptaka, rozwożąc ludzi i dostatki, bogacąc możnych, ubożąc biednych, umacniając silnych, druzgocąc słabych, rozlewając mody i mnożąc występki, co wszystko razem nazywa się cywilizacją. Ale Ślimak nie wiedział o cywilizacji i może dlatego jedno z jej pięknych dzieł wydawało mu się czymś złowrogim.

Gdy wszedł na swoje wzgórze przypatrywać się robotom, widok kolejowego nasypu za każdym razem budził w nim posępniejsze myśli. To zdawało mu się, że wał piaszczysty jest wysuniętym językiem olbrzymiego gadu, który siedzi w borze, na zachodniej granicy horyzontu, i przypełznie tu lada dzień, aby mu pożreć chudobę. To znowu, że nasyp jest granicą, która jego wieś oddzieli" od reszty świata. Roboty prowadzono już w pięciu miejscach, po obu brzegach rzeki, sypiąc w jednej linii wzgórza mające kształt mogił. Ślimak dostrzegał to podobieństwo i marzył, że ukończony nasyp jest niby olbrzymim palcem, który ukazuje mu jeden za drugim - cztery groby...

Powoli jednak przerwy między wałami wypełniły się: groby znikły i zostało tylko jedno długie wzgórze piasku, wyciągnięte prosto jak strzała. W każdej porze dnia nasyp przypominał swoją obecność; w południe rzucał blask rażący oczy, w nocy świecił jak linia wykreślona fosforem na murze.

Owczarz także przypatrywał się dziwowisku, które i jemu wydawało się buntem przeciw porządkowi świata.

- Niesłychana rzecz - mówił kulawy parobek - sypać tyle piasku na pole i jeszcze zacieśniać wodę. Białka jak przybierze, nie zmieści się w tym otwarciu, co go dla niej zostawili.

Ślimak teraz dopiero spotrzegł, że końce nasypu z obu stron prawie dotykają brzegów rzeki. Ponieważ jednak umocniono brzegi murowanymi przyczółkami, więc nie widział w tym nic niebezpiecznego, przynajmniej dla siebie.

- Tak - odpowiedział Owczarzowi. - Z tamtej strony wału woda może rozlać się na pola, ale nam nic nie zrobi.

Niemniej zastanowiło go, że Hamerowie na swoim brzegu Białki z wielkim pośpiechem w niższych miejscach budowali nasypy, jakby lękając się, że w razie przyboru rzeka może zalać im pole.

"Mądre Szwaby! - myślał chłop. - Warto by i na naszym brzegu zrobić to samo." Więc planował, że jak zbierze siano, wówczas oddzieli swoje pole wałem od niemieckiej łąki, a plecionym płotem umocni podstawy wzgórz, aby ich woda nie podmyła w razie wypadku. Zdawało mu się nawet, że już dzisiaj, kiedy jest tyle

wolnego czasu, można by wziąć się do stawiania płotów, ale
-zaczął odkładać z dnia na dzień i skończyło się, jak zwykle, na
zamiarach.

Nie mógł przewidzieć, jak straszne za to spotka go nieszczęście.

Był początek lipca, kiedy po sianokosach dochodzi zboże, a ludzie
gotują się do żniwa. Ślimak zebrał siano i zwlókł je na podwórek,
aby do reszty wyschło, a Niemcy zajęli swoją łąkę i natychmiast
oddzielili ją żerdziowym płotem od gruntów chłopa. Lato
tegoroczne odznaczyło się wielkimi upałami; pszczoły roiły się,
zboża żółkły, wody Białki toczyły się płycie, niż zwykle, a przy
kolejowym nasypie trzech kopaczy zmarło skutkiem porażenia
słonecznego. Doświadczeni gospodarze lękali się albo długich
deszczów na żniwa, albo gradowej burzy lada dzień; w kilku
bowiem dalszych miejscowościach spadły grady.

Istotnie przyszła burza.

Ranek tego dnia był gorący i duszny; ptaki niewiele śpiewały,
świnie nie chciały żreć i zmęczone kryły się między budynkami
szukając cienia. Wiatr zrywał się, to słabnął; raz był suchy i gorący,
to znowu chłodny i wilgotny; często zmieniał kierunek spędzając z
różnych stron gęste obłoki, które w wyższych warstwach zdawały
się płynąć ku zachodowi, w niższych ku północy.

Około dziesiątej znaczna część nieba, na północ od kolejowego
nasypu, zasnuła się ciężkimi chmurami, które szybko zmieniając
barwę z popielatego przeszły w kolor żelazny, gdzieniegdzie
zupełnie czarny. Zdawało się, że w górze palą się sadze, które w
olbrzymich kłębach rozlały się nad ziemią i szukają miejsca, gdzie
by opaść. Chwilami masa chmur rozdzierała się na pojedyncze
kłęby, a wtedy spomiędzy szczelin padały na zamroczone pola
jakieś smutne blaski. Chwilami chmura zniżała się do ziemi, a
wówczas tonęły w niej wierzchołki drzew oddalonego lasu. Wnet
podpływał pod nią ciepły wiatr i z taką gwałtownością wyrzucał
do góry, że z uciekających obłoków darły się strzępy i jak
poszarpany łachman zwieszały nad polami.

Nagle za wsią kościelną ukazał się rudy obłok, szybko lecąc
wzdłuż kolejowego nasypu. Wiatr zachodni dmuchnął silniej,
jednocześnie uderzył go' z boku wiatr południowy; z nasypu, z
gościńców i ścieżek zerwały się gęste tumany kurzawy, a
rozwalające się po niebie chmury zaczęły głucho warczeć.

Na ten odgłos kopacze i taczkarze, pracujący przy kolejowym
nasypie, porzucili narzędzia uszykowani we dwie duże gromady,
poszli - jedni ku dworowi, drudzy ku stojącym na polu barakom.

Zajęci przy budowie koloniści i chłopi wysypawszy piasek z wozów pędzili cwałem do domu. Z pola zgoniono bydło, kobiety cofnęły się z ogrodów pod strzechy; świat opustoszał.

Grzmot za grzmotem zwiastował coraz nowe zastępy chmur, które tłocząc się już na większej części nieba, stopniowo zaćmiewały słońce. Zdawało się, że wobec czarnych kłębów, obładowanych piorunami, ziemia przysiadła i z trwogą śledzi burzę jak kuropatwa ważącego się nad polem jastrzębia. Krzaki tarniny i jałowcu cicho poświstywały nawołując do baczności; zaniepokojony kurz zrywał się z gościńca i krył między zbożem. Młode kłosy szemrząc tuliły się do siebie, woda w rzece zmętniała. Daleki las huczał.

Tymczasem w górze, z przesyconych elektrycznością tumanów, wykluł się. jakiś ciemny zarodek siły twórczej, która rozejrzawszy się po ziemi zapragnęła naśladować Ojca Przedwiecznego i z wiotkich chmur stwarzać żywe kształty. Oto ulepiła wyspę; lecz nim miała czas mruknąć: "Dobrze jest!..."- przyleciał wiatr i wyspę rozwiał. Oto wznosi olbrzymią górę; lecz nim dosięgła szczytu, znowu przyleciał wiatr i zdmuchnął podstawę. Teraz w jednym miejscu usiłuje stworzyć lwa, a w drugim ptaka; wnet z ptaka zostało tylko podarte skrzydło, a lew rozpłynął się w niekształtną ćmę.

Wtedy widząc, że góry i wyspy wzniesione ręką Pana trwają wieki, a jej ledwie sekundę, że ulepione przez nią postacie nie mają ani duszy, ani sensu, ani nawet siły oparcia się nędznym podmuchom, że cała jej praca na nic, a cała jej potęga jest tylko marą, wtedy widząc, że nic nie stworzy, ciemna moc zawrzała gniewem i - zapragnęła zniszczyć wszystko, co jest na ziemi.

Między chmurami, kołującymi jak czarne stado wron, rozległy się złowrogie podmuchy. To władczyni wydaje rozkazy: "Widzicie rzekę, która przedrzeźnia nas?..," W odpowiedzi coś rozdarło się od nieba do ziemi i w rzekę uderzył piorun. "Słyszycie zgiełk lasu? On nam urąga!..." Połowę nieba przeleciała błyskawica i drugi piorun uderzył w las. "Zbijcie te pola gradem!... Zmyjcie te góry deszczami..." I posłuszne tumany rzucają się na góry i na pola: "Ha... ho!... ha-ho!..." Padła na ziemię jedna wielka kropla, za nią druga... setna... tysiączna... "Ha... ho!... ha-ho!..." Jedno ziarno lodu, drugie... setne... To przednia straż. Wichry dmą pobudkę, deszcz bębni, chmury jak psy puszczone ze smyczy wyją, tłoczą się, depczą; jedna kropla popędza drugą, ścigają się, wyprzedzają, nareszcie - łączą się w strumienie płynące od nieba do ziemi.

Słońce zgasło, a deszcz i grad zlały się w niszczącą masę, której cel i kierunek pokazują migotliwe błyskawice.

Po godzinnej ulewie zziajana burza spoczęła, a wówczas było słychać szum Białki, która wystąpiła z koryta. Całą szerokością gościńców płynęły brudne wody, strumienie szeleściły po bokach wzgórz, łąki były zalane, z drugiej strony nasypu utworzyło się jezioro.

Po chwili wzmogła się ciemność; z rozmaitych punktów horyzontu znowu trysnęły błyskawice, ulewa spotęgowała się, piorun uderzył w gościniec. Pionowe potoki deszczu wiatr pchał w ukos, kłębił je i szarpał; świat zatonął w mglistej kurzawie.

U Ślimaka podczas burzy wszyscy zebrali się w pierwszej izbie. Owczarz na rogu ławy ziewał, obok niego Magda niańczyła owiniętą w sukmanę sierotkę przyśpiewując jej cichym głosem: "a, a, a!..." Gospodyni chodziła z kąta w kąt gniewna, że deszcz zalał ogień na kominie, a Ślimak wyglądał oknem myśląc: czy ulewa nie zniszczy mu urodzaju?... Tylko Jędrek był wesoły: wybiegał przed dom moknąć na deszczu do nitki, a potem ze śmiechem wpadał do izby namawiając Magdę i Staśka, ażeby szli z nim razem.

- Chodzi, Stasiek! - mówił ciągnąc brata za rękę. - Taki deszcz ciepły, że ha!... Ino cię zmyje, a zara się rozweselisz...

- Niechaj go - odezwał się ojciec - bo on markotny.

- I sam po dworzu nie lataj, bo mi całą izbę zalejesz - wtrąciła matka.

W tej chwili uderzył piorun.

- Słowo stało się ciałem... - szeptała kobieta. Magda przeżegnała się. Owczarz przetarł oczy, lecz znowu począł drzemać, a Ślimak mruknął:

- Gdziesić blisko...

Jędrek z uśmiechem przysłuchiwał się łoskotowi gromu. Nagle zawołał:

- To ci huk!... O, albo i tera?... Z dziesięciu fuzjów żeby wypalił, to by tak nie huknęło! Folguje se Pan Jezus, nie bój się...

- Cicho, głupi - oburzyła się matka - bo jeszcze w ciebie strzeli.

- Niech strzylo! - odparł hardy chłopak. - Jak me wezmą do wojska, to jeszcze lepiej będą strzylać, a nic mi nie zrobią...

I znowu wyleciał przed dom, aby zaraz wrócić zlanym od stóp do głów.

- Ten hycel Jędrek niczego się nie boi - mówiła udobruchana matka spoglądając na męża. Ślimak wzruszył ramionami.

- Albo on nie chłop?

Owczarz drzemał, od czasu do czasu oganiając się machinalnie przed muchami. A na dworze lał potop, grzmiało bez przerwy, błyskawice zapalały się we wszystkich punktach nieba.

W tej gromadce ludzi, o stalowych nerwach, gdzie jeden myślał o swoim plonie, drugi spał, a trzeci bawił się nawałnicą, był przecie taki, który całą istotą odczuwał okropność burzy. Był to Stasiek, chłopskie dziecko, nie wiadomo skąd - nerwowe.

On wraz z ptakami przeczuł nadciągającą ulewę i od rana tułał się po domu niespokojny. On patrząc na chmury odgadywał tam jakieś narady i domyślał się złych zamiarów. On czuł ból trawy bitej deszczem i drżał na myśl: jak musi być chłodno ziemi zalanej wodą? Powietrze przesycone elektrycznością kłuło go po całym ciele, błyskawice paliły mu wzrok, a każde uderzenie piorunu zdawało się, że trafia go w głowę i serce.

Stasiek nie lękał się burzy, tylko od niej cierpiał, a cierpiąc rozmyślał: skąd się biorą i dlaczego tak straszne rzeczy na świecie?

Było mu bardzo źle. Niekiedy zamykał oczy, aby nie widzieć błyskawic, ale wówczas zdawało mu się, że widzi błyskawice wewnątrz siebie, i przejmował go strach. Niekiedy zatykał uszy, aby nie słyszeć grzmotów, ale był to środek bezskuteczny dla nadmiernie wrażliwego słuchu. Chodził więc z izby do alkierza, a z alkierza do izby, jak błędny; czasem wyglądał przez okno albo bez powodu uchylał drzwi do sieni, albo pokładał się na ławie. Było mu źle, wszędzie źle, szczególnie tu, gdzie nawet nikt na niego nie patrzył.

Chciał porozmawiać z Owczarzem, ale Owczarz spał. Zaczepił Magdę, ale ona była zajęta niańczeniem sieroty. Spojrzał na Jędrka, a ten zaraz chciał go wyciągnąć na deszcz. Zbolały i udręczony przytulił się do matki, lecz matka, rozgniewana, że deszcz zalał jej ogień, odsunęła go mówiąc opryskliwie:

- O, daj mi ta spokój! Akurat będę się z tobą bawić, kiedy obiad zepsuło...

Znowu wszedł do alkierza i położył się na kufrze, ale piekła go twarda deska. Więc wstał, wrócił do izby i oparł się na kolanach ojca.

- Tatulu - rzekł cicho wskazując na ulewę za oknem - czego ono takie złe?

- Kto go ta wie.

- Czy to Pan Bóg robi zawieruchę?

- Musi, że Pan Bóg.

Chłopiec objął go za nogi; było mu trochę lżej i spokojniej, lecz że w tej chwili ojciec poprawił się na ławie, więc i on odsunął Staśka.

Odepchnięty po kolei przez wszystkich, dostrzegł Burka pod ławą; wsunął się tam i choć pies był przemokły, położył na nim głowę i ogarnął go rękoma.

Na nieszczęście spostrzegła to matka.

- No, patrzajcie - zawołała - co on dziś wyrabia, ten chłopak?... A dyć odsuń się od psa, bo cię jeszcze piorun ustrzeli... Poszedł, Burek, do sieni!...

Pies widząc, że gospodyni szuka drewna, podwinął ogon i szybko umknął za drzwi, a Stasiek w ludnej izbie znowu został sam, sam jeden ze swoim niepokojem. Zachowanie się jego zastanowiło w końcu matkę, która myśląc, że Stasiek musi być głodny, podała mu kromkę chleba. Chłopiec wziął chleb do ręki, kawałek ugryzł, lecz zamiast jeść - rozpłakał się.

- Lo Boga świętego, Stasiek, co tobie jest? - krzyknęła matka. -Boisz się czy co?...

- Ni.

- To czegoś taki niemrawy?

- Bo mnie trapi - wyszeptał wskazując ręką na piersi. Ślimak, którego także trapiła obawa o plony, pogłaskał Staśka i rzekł:

- No, nie frasuj się, nie frasuj... Choćby -się Panu Bogu spodobało zniszczyć nam zasiewy, to przecie z głodu nie pomrzemy.

A zwracając się do żony dodał:

- Widzisz, że on, choć z was najmniejszy, ma najlepszy rozum, bo frasuje się gospodarstwem.

Burza stopniowo ucichła; jednocześnie zwrócił uwagę Ślimaka niezwykły szum w stronie rzeki. Chłop prędko zdjął buty i podniósł się z ławy.

- Gdzie ty idziesz? - zapytała żona.

- Wyjrzę - odparł - bo cosik jest tam niedobrego. Wyszedł i po upływie kilku pacierzy wrócił zadyszany.

- A co, jakem zgadł! - zawołał na progu.

- Zboże nam wytłukło?... - krzyknęła żona.

- Zbożu niewiele złego - odparł - ale kolejnikom przerwało groblę...

- Jezu! Jezu!...

- Woda wali bez łąkę i sięga naszego podwórka... A że hycle Szwaby postawiły na swoim brzegu tamę, więc nam u jadło kawałek góry...

- Lo Boga!... I duży?...

- Nieduży, ale zawdy jakby ze dwa piece. I tego szkoda.

- A do stajni nie zaglądaliśta? - spytał Owczarz.

- Jakżeby nie? W stajni woda, w oborze woda, wreszcie i tu w sieni pełno wody- Deszcz ustaje, a na zachodzie czysto. Zara trza wylać, bo dobytek się pochoruje.

- A siano?

- Zmokło, ale da Bóg pogodę, to wyschnie.

- Magda, rozpal ogień!... - zawołała gospodyni - Jędrek, weź szaflik i nieckę i wybieraj wodę z sieni, a wy gnajcie z Owczarzem do bydła. Znajda niech se tu zostanie na ławie.

- Daj klucz do spichrza - rzekł Ślimak - wezmę szuflę.

Gdy słońce wyjrzało zza chmur, już dom Ślimaka był w ruchu. Na kominie płonął ogień, gospodyni z Magdą i Jędrkiem osuszali sień, gospodarz z parobkiem wylewał wodę ze stajenki.

Jednocześnie po drugiej stronie rzeki zebrała się gromada Niemców. Dostrzegli oni na powierzchni Białki płynące szczapy drzewa i postanowili je wyłapać. Uzbrojeni w długie patyki, pozawijali spodnie wyżej kolan i, brodząc, ostrożnie zbliżali się do głównego prądu.

W miarę słabnięcia burzy Stasiek uspokajał się. Nie łupało go w głowie, nie kłuło w rękach ani po skórze nie chodziło coś jakby mrówki. Jeszcze niekiedy zdawało mu się, że grzmi; wytężał słuch... nie, nie grzmoty. To ojciec z Owczarzem wylewając wodę ze stajni tłuką szuflami o próg.

A w sieni chaty bieganina i hałas; to Jędrek, zamiast wybierać wodę, droczy się z Magdą.

- Ej, Jędrek, ustatkuj się! - woła matka - bo jak złapię co twardego, narobię ci siniaków...

Ale Jędrek śmieje się jeszcze lepiej, a i w głosie matki czuć, ze choć się gniewa, jest wesoła.

W serce Staśka wstępuje otucha. Gdyby też wyjrzeć na podwórek?. .. Lecz - nuż zobaczy nad chałupą taką straszną chmurę, jak przed burzą?... Ii, co tam!... Wychylił za drzwi głowę, spojrzał i zamiast chmury zobaczył błękit niebieski; poszarpane obłoki mkną gdzieś na wschód za wzgórza i lasy. Siedzący w szopie kogut załopotawszy skrzydłami zapiał i jakby w odpowiedzi zza chałupy pokazało się słońce. Na krzakach, na zbożu i trawie błysnęły krople rosy, jak mgła ze szklanych paciorków; ciemną sień przecięły złote smugi, w czarnych kałużach odbijało się pogodne niebo.

Staśka opanowała radość. Wyleciał na podwórko i zaczął biegać po największej wodzie, ciesząc się, że mu spod nóg wytryskują tęczowe snopy światła. Potem zobaczywszy kawałek deski cisnął ją na kałużę, stanął na niej z patykiem w ręku i wyobrażał sobie, że pływa.

- Chodzi, Jędrek!... - zawołał na brata.
- Ostań się tu, dopóki wody nie wylejesz! - krzyknęła matka.

Tymczasem po drugiej stronie rzeki gromada Niemców chwytała płynące drzewo. Gdy udało się im upolować większą sztukę, śmiejąc się krzyczeli: "hura!" A gdy od razu nadpłynęło kilka szczap, ogarnął ich taki entuzjazm, że chórem zaczęli śpiewać:

Es braust ein Ruf, wie Donnerhall,
Wie Schwertgeklirr und Wogenprall:
Zum Rhein, zum Rhein, zum deutschen Rhein,
Wer will des Stromes Huter sein?
Lieb Vaterland, magst ruhig sein,
Lieb Vaterland, magst ruhig sein;
Fest steht und treu die Wacht, die Wacht am Rhein!...
Fest steht und treu die Wacht, die Wacht am Rhein!...

Stasiek zeskoczył ze swej deski. On, tak wrażliwy na melodię, pierwszy raz w życiu usłyszał chór, śpiewany przez kilkanaście męskich głosów. Upojonemu radością i blaskami słońca zdawało się, że marzy. Zapomniał, gdzie jest, zapomniał, czym jest, tylko słuchał - skamieniały z zachwytu.

Po krótkiej pauzie, przerwanej pluskiem i śmiechem, Niemcy zaczęli znowu:

Durch Hunderttausend zuckt es schnell,
Und aller Augen blitzen hell,
Der Deutsche bieder, fromm und stark,
Beschutzt die heil'ge Landes Mark;
Lieb Vaterland, magst ruhig sein,
Lieb Vaterland, magst ruhig sein;
Fest steht und treu die Wacht, die Wacht am Rhein!...
Fest steht und treu die Wacht, die Wacht am Rhein!...-

Chłopak nie słyszał wyrazów, nie pojmował melodii, tylko -czuł potęgę ludzkich głosów. Zdawało mu się, że zza pagórka i zza rzeki płyną jakieś fale, które go obejmują niewidzialnymi ramionami i, niby pieszcząc, gwałtem ciągną do siebie. Chciał pobiec ku domowi i zawołać Jędrka, ale nie mógł odwrócić głowy; chciał stać w miejscu, ale coś pchało go naprzód. Zaczął więc iść, jak odurzony, z wolna, prędzej, coraz prędzej, w końcu zaczął biec i -zniknął za pagórkiem.

A głosy z tamtej strony rzeki wołały:
Er blickt hinauf in Himmelsau'n,
Die Heldenvater niederschau'n,
Und schwort mit stolzer Kampfeslust:
Du, Rhein, bleibst deutsch, wie meine Brust!...
Lieb Vaterland, magst ruhig sein,
Lieb Vaterland, magst ruhig...
Nagle śpiew umilkł, a po chwili rozległy się krzyki:
- Bywaj!... Bywaj!...
Ślimak i Owczarz przerwali robotę w stajni i z szuflami w rękach przysłuchiwali się pieśni Niemców. Nagła cisza i następne krzyki zdziwiły ich obu, ale parobka coś tknęło.
- Lećcie no, gospodarzu - rzekł Maciek kładąc szuflę - czego oni się drą!...
- I... tak im coś do łba strzylo - odparł Ślimak.
- Bywaj! - wołano zza rzeki.
- Zawdy lećcie - nalegał parobek - bo ja z moją nogą nie nadążę, a tam cosik jest...
Ślimak pobiegł w stronę rzeki, a za nim kulejąc wlókł się Owczarz. Właśnie wstępował na wzgórze, kiedy dognał go Jędrek pytając:
- Co się tam wyrabia?... Gdzie Stasiek?...
Uszu Owczarza doleciały z daleka jakieś wyrazy. Przystanął i usłyszał mocny głos, wołający za wodą:
- Taki to u was dozór... Polskie bydło!...
Wtem na zboczu pagórka ukazał się Ślimak trzymający w objęciach Staśka. Głowa chłopaka spoczywała na ramieniu ojca, prawa ręka wisiała opuszczona bezwiednie. Z obu spływała brudna woda.
Ślimak miał sine usta i oczy rozwarte. Jędrek poślizgnąć się na błotnistym wzgórzu zabiegł mu drogę.
- Co Staśkowi, tatulu?... - zawołał przestraszony.
- Utonął... - odparł chłop.
Jędrek z zaciśniętymi pięściami przyskoczył do ojca.
- Zwariowaliśta!... - krzyknął. - Przecie on u was siedzi na ręku...
I szarpnął Staśka za koszulę. Głowa dziecka opadła na wznak przez ramię ojca.
- Widzisz, że utonął... - szepnął Ślimak.
- Co wy gadacie! - krzyczał Jędrek - przecie on dopiero co był na podwórku!...
Chłop nie odpowiedział. Oparł znowu głowę Staśka na swoim ramieniu i potykając się szedł do chaty.

Przed sienią stała Ślimakowa. Jedną rękę oparła na niecce, drugą przysłoniła oczy i przypatrywała się idącym.

- No, a coście tam zmalowali? - zawołała. - Cóż to? Na Staśka znowu padło?... Nieszczęście nasze z tymi Szwabami i ich nabożeństwem!... Znowu coś na chłopaka padło...

Przystąpiła do męża i jąwszy Staśka za głowę mówiła drżącym głosem:

- No, Stasiek... Ino mi tak ślipiów nie wywracaj... No, Stasiek... oprzytomnij... rozejrzyj się... nic ci nie zrobię... Magda, daj wody!...

- Ma on dość wody - mruknął Ślimak, wciąż trzymając syna na rękach.

Kobieta cofnęła się.

- Co jemu jest?.. - pytała z rosnącym przerażeniem. - Czemu on taki mokry?

- Dopierom go z wody wyjął...

- Gdzie z wody?... - zakrzyczała kobieta. - Z rzyki?...

- Z tego dołka, co za górą - odparł chłop. - Wody tam po pas, ale jemu wystarczyła...

- On wpadł!... - jęknęła matka chwytając się za głowę. -Więc co go trzymasz, stary?... Kiedy wpadł, to wylejcież z niego wodę. Maciek!... bierz go za nogi... Przewróćta go... O głupie chłopy!... Niemrawcy!...

Ale parobek nie ruszył się. Więc sama schwyciła chłopca za nogi i wydarła go ojcu. Stasiek zawisł głową na dół, rękami ciężko uderzył o ziemię, a z nosa popłynęło mu trochę krwi.

Teraz Owczarz wyrwał jej dziecko i ująwszy wpół zaniósł do izby na ławę. Za nim poszli wszyscy z wyjątkiem Magdy, która kręciła się nieprzytomna po dziedzińcu i nagle z rozkrzyżowany-mi rękoma poczęła biec do gościńca wołając:

- Ratujcie!... Staśka ratujcie!... Kto w Boga wierzy... Potem znowu zawróciła w stronę chaty, ale nie weszła tam.

Padła na przyzbę i zwinąwszy się tak, że głową dotknęła kolan zaniosła się od spazmatycznego płaczu jęcząc:

- Ratujcie!... Kto w Boga...

W chacie Ślimak wpadł do komory, wdział na siebie sukmanę i wybiegł przed dom. Chciał lecieć, nie wiadomo gdzie; więc biegał po dziedzińcu tam i na powrót, bezładnie machając rękoma.

Jakiś głos wewnętrzny wołał w nim: "Ojcze, ojcze!... żebyś ty był górę ogrodził płotem, nie utonęłoby dziecko."

A chłop odpowiadał: "Nie ja winien!... To Niemcy go oczarowali śpiewaniem..."

Na gościńcu zaturkotał wóz. Krótko zatrzymał się przed wrotami i pojechał dalej. Za chatą rozległo się ciężkie stąpanie i kaszel: na dziedziniec wszedł bakałarz z laską w ręku, bez czapki.

- Jak tam chłopcu? - zawołał do Ślimaka. A nie mogąc doczekać się odpowiedzi wszedł do izby.

- Jak chłopcu? - zapytał od proga. Stasiek leżał na ławie; matka, usiadłszy obok, głowę jego oparła na swoich kolanach szepcząc do siebie:

- Jużci, że go po trochu odchodzi, kiedy krew płynie... Nawet jest cieplejszy...

- Jakże... - powtórzy! bakałarz trącając Owczarza.

- Bo jo wiem?... - rzekł cicho parobek. - Ona mówi, że mu lepiej, a chłopak jak się nie ruchał, tak i nie rucha. Bakałarz rzucił laskę w kąt i podszedł do ławy.

- Daj mi gęsie pióro... - rzekł do Jędrka.

Osłupiały chłopak zamiast odpowiedzi wzruszył ramionami.

- Więc daj trzcinę albo jaką rurkę...

- Nie ma tu nijakiej rułki - mruknął Jędrek.

Bakałarz obejrzał Staśka i kazał odejść matce. Posłuszna, cofnęła się na środek izby i z otwartymi ustami, niekiedy szlochając, patrzyła. Stary wysunął ławę, zdjął ze Staśka przemoczoną koszulę, a następnie siłą wydobył mu język.

- Jezu! co on wyrabia... - mruknęła matka.

Ślimak od czasu do czasu zaglądał z podwórza przez okienko; ale wnet cofał się nie mogąc patrzeć na blade ciało syna.

Teraz bakałarz ułożywszy wzdłuż bioder ręce Staśka podniósł je do góry, aż poza głowę, a potem znowu przeprowadził ku biodrom. Znowu je podniósł, znowu opuścił i tak podnosił i opuszczał, ażeby tym ruchem wywołać w dziecku oddech. Ślimak przypatrywał się zza okna, osłupiały Jędrek stał pod kominem, matka szlochała. W końcu nie *mogąc* zapanować nad sobą kobieta zerwała chustkę i schwyciwszy się rękoma za włosy poczęła bić głową o ścianę jęcząc:

- A po cóżem ja cię na ten świat wydała!... A po cóżeś ty się urodził?... Dziecko jak złoto... tyle chorób wytrzymał i patrzajcie się... utonął!... Dopiero co był w tej izbie... - wszyscy go widzieli i patrzajcie - utonął!... O miłosierny Boże, za cóżeś mnie tak ciężko skarał?... Żeby dziecko jak szczenię w gliniance zginęło bez ratunku... bez żadnego ratunku!...

Osunęła się po ścianie na kolana i klęcząc jęczała rozdzierającym głosem.

Z pół godziny bakałarz pracował nad otrzeźwieniem Staśka. Poruszał mu ręce, ugniatał piersi i słuchał, czy nie odezwie się serce. Ale chłopak nie dał Maku życia. Wtedy stary nauczyciel widząc, że nic nie poradzi, nakrył zwłoki dziecka płachtą, przeżegnał się, wyszeptał pacierz i - opuscił chatę. Za nim wysunął się milczący Owczarz.

Na podwórzu zabiegł nauczycielowi drogę Ślimak. Wyglądał jak pijany.

- Po co wyście tu przyszli, bakałarzu?... - mówił chłop przytłumionym głosem. - Czy wam jeszcze za mało nieszczęścia?...Już zabiliśta mi dziecko waszym śpiewaniem i czego' więcej chcecie?... Czy zgubić mu duszę, póki jeszcze nie odeszła na tamten świat, czy resztę nas żyjących przekląć, abyśmy wszyscy zmarnieli?...

- Co wy mówicie, Ślimaku?... - spytał bakałarz patrząc na niego z przerażeniem.

Chłop począł kręcić głową i rozrzucać rękoma, jakby mu tchu brakło.

- Nie gniewajcie się, panie - rzekł. - Wy dobry człowiek, jo wiem... Niech was Bóg nagrodzi... I nagle pocałował bakałarza w rękę.

- Ale już idźta stąd... On bez was, Niemce, zginął, mój Stasiek!... - wykrzyknął chłop. - Raz oczarowaliśta go, że ino zemdlał, ale teraz... użyliście takiej mocy, że mi utonął...

- Człowieku! - zawołał bakałarz - co ty mówisz?... Alboż my nie chrześcijanie jak i ty?... Czy nie odżegnywamy się szatana i spraw jego jak i wy?...

Chłop patrzył mu w twarz błędnym wzrokiem.

- A bez cóż on utonął?...

- Mógł się poślizgnąć. Czy ja wiem?

- Woda w dołku jest tak płytka, żeby z niej wyskoczył... Ino zamroczyło go wasze śpiewanie... Już go drugi raz zamroczyło-.. Nieprawda, Owczarzu?...

Owczarz kiwał głową.

- Może chłopiec miewał konwulsje? - spytał nauczyciel.

- Nigdy.

- I nigdy na nic nie chorował?

- Nigdy!... Owczarz kręcił głową.

- On był od zimy chory - odezwał się parobek.

- Hę? - spytał Ślimak.

- Prawdę mówię - ciągnął Owczarz. - Od zimy, kiej go tak raz zaziębiło, co aż tydzień leżał, Stasiek był chory. Przeleciał, bywało, ze sto kroków, to się męczył i zara gadał: "Maćku, dusi me!..." A jak raz tej wiosny wbiegł pod górę, kiedym tam orał, to go nawet zamroczyło. Musiałem do rzyki schodzić po wodę i cucić go.

Wtedy także - mówił Owczarz - co te Niemce wytyczały sobie miejsce na dom, Staśka zamroczyło nie ich śpiewanie, ino to, że prędko wleciał na górę i zmęczył się...

- Niceś o tym nie mówił? - przerwał Ślimak.

- Mówiłem gospodyni, ale zara na mnie wsiadła: "Co ty się znasz?... Całe życie chodziłeś ino za bydłem, głupi jesteś, a gadasz jak felczer..."

- No, widzicie - rzekł bakałarz. - Chłopak z pewnością chorował na serce i to go biedaka, zgubiło. Gdziekolwiek by upadł, w wodę czy na ziemię, zawsze by umarł, jeżeli w nim serce ustało... Nie my temu winni ani nasze modlitwy chrześcijańskie.

Ślimak słuchał z uwagą i stopniowo jakby wracał do przytomności.

- Może to i tak - mruczał - że Stasiek umarł swoją śmiercią... Zapukał do okna i wywołał z izby żonę. Ukazała się po chwili na progu.

- Czego? - rzekła trąc oczy zapuchnięte z płaczu.

- Cóżeś ty nic nie mówiła, że Stasiek od zimy chorował? Nie mógł latać, a jak się zmęczył, to go dusiło i mroczyło?

- Jużci chorował - odparła - ale cóż byś ty mu pomógł?

- Nie pomógłbym, ale zawdy chłopaka śmierć czekała. Matka zapłakała po cichu.

- Jużci nie wywinąłby on się od śmierci - rzekła szlochając -tak czy siak. A dziś sam ją, nieszczęsny, w tę burzę przeczuwał, bo chodził po izbie jak nieswój i tulił się do wszystkich... O, żeby mi to do głowy przyszło, nie wypuściłabym go z chaty... W lochu bym go zamknęła... Szłabym za nim, gdzie by się ino ruszył...

- I w chacie by umarł, jeżeli przyszedł na niego taki czas -odezwał się bakałarz.

- Prawda - westchnął Ślimak. - Jak Bóg miłosierny zawoła kogo do siebie, nie zatrzyma go rodzony ociec ni matka...

Bakałarz odszedł, a smutni rodzice zostali na podwórku z Owczarzem, wzdychając i popłakując. W ich serca już wstąpiła rezygnacja, więc mówili między sobą i z parobkiem, jako bez woli bożej nawet takiemu dziecku włos z głowy nie spadnie.

- Nawet żwirzowi nie stanie się nic bez woli boskiej - mówił Ślimak. - Ile to razy do inszego zająca strzelą z fuzjów, ile psiarni za nim wypuszczą, a on uchodzi zdrów, kiedy się tak Bogu podoba-

Ale niech wybije jego godzina - zginie w czystym polu. Uciapie go lada kondel albo pastuch trafi w sam łeb kamieniem, i bywaj zdrów.

- Albo i mnie - odezwał się Owczarz. - I wóz drzewa mnie przycisnął, i do śpitala mnie oddali, i robotym znaleźć nie mógł, a przecie żyję, bo mój czas jeszcze nie nastał. Jak zaś nadyndzie, żebym się schował pod wielki ołtarz - zginę.

- I nie tylko ty - dodał Ślimak. - Nowiększy pan, nobogatszy mocarz, żeby się zamknął w murowanym pałacu nawet z żelaznymi okiennicami, nie ujdzie śmierci w swój czas. Tak i ze Staśkiem...

- Moja ty dziecino!... moja ty pociecho!... - zapłakała matka.

- No, pociechy to by z niego nie było - rzekł Ślimak. - Przecie on nawet za bydłem chodzić nie mógł.

- O, ni... - wtrącił Owczarz.

- Ani poszedłby za pługiem...

- O, ni...

- I chłop z niego byłby żaden...

- Jużci żaden. Siły nie miał ani zdrowia.

- On już był takie odmienne dziecko - mówił Ślimak. - Do gospodarstwa nie miał ciekawości, ino se chodził po jarach albo nad wodą, patrzył se i rozmyślał...

- Albo do siebie gadał - wtrącił Owczarz - albo se rozmawiał z trawą i z ptakami. Sam nieraz słyszałem - westchnął - i mówiłem: już ty się, nieboże, nie uchowasz'.... Między panami wyszedłbyś na dziwowisko, ale między chłopami - nie żyć tobie...

Tak rozważali chłopi niepojęte sądy Boże. O zachodzie słońca gospodyni wyniosła przed sień dzieżkę mleka i bułkę chleba, ale nikt nie jadł. Pierwszy Jędrek, ledwie dotknął strawy, rozpłakał się i uciekł między góry, a Ślimak nie spojrzał na jedzenie. Nawet Owczarz niczego nie tknąwszy poszedł do stajni mrucząc:

- Mój Boże, taki pan, taki dziedzic!... Miałby po ojcach pięć morgów gruntu i przecie utonął... A ja?...

Wieczorem przeniósł Ślimak Staśka do alkierza na łóżko. Matka położyła mu dwa trojaki na oczach, aby się zamknęły, i przed Matką Boską zapaliła lampkę. Sami rodzice z Jędrkiem i Magdą układli się pokotem na klepisku w izbie, ale zasnąć nie mogli. Burek wył przez całą noc, Magda miała gorączkę, a Jędrek coraz podnosił się ze słomy i zaglądał do alkierza, bo mu się zdawało, że Stasiek ocknął się i poruszył. Ale Stasiek nie ruszał się.

Skoro świt wziął się Ślimak do robienia trumienki. Robił ją cały dzień: piłował deski, heblował, zbijał i aż się uśmiechnął, że mu tak raźno idzie stolarka. Ale kiedy przypomniał sobie, jakim on jest stolarzem? - ogarnął go taki żal, że cisnął robotę i wybiegł na gościniec, nie wiedząc, dokąd leci.

Trzeciego dnia zaprzągł Owczarz konie do wozu i położywszy na nim trumienkę ze Staśkiem, z wolna pojechał ku wsi kościelnej. Za wozem szli Ślimakowie i Magda, a najbliżej Jędrek, który przytrzymując trumienkę, aby się nie chwiała, nasłuchiwał: czy kochany brat nie ocknie się i nie odezwie? Parę razy nawet zapukał do niego.

Ale Stasiek milczał. Milczał, gdy zajechali przed kościół, a jegomość pokropił go wodą święconą. Milczał, gdy odwieźli go na cmentarz i tam z trumną postawili na ziemi. Milczał, gdy własny ojciec pomagając staremu grabarzowi grób mu kopał, a matka i Jędrek z jękiem żegnali go po raz ostatni. Milczał i wówczas, gdy ciężkie grudy ziemi poczęły walić mu się na trumnę.

Nawet Owczarz zalał się łzami. Ślimak tylko odwrócił się i zasłonił twarz sukmaną jak rzymski senator, nie chcąc, aby inni widzieli, że płacze.

I w tej chwili coś mu do serca szeptało: "Ojcze, ojcze! żebyś ty był górę ogrodził płotem, nie utonęłoby dziecko..."

Ale Ślimak odpowiedział sobie: "Nie ja winien; miał umrzeć, to i umarł, kiedy taka nadeszła godzina..." i kocieł znowu jechał naprzód.

ROZDZIAŁ DZIEWIĄTY

Zapadła jesień. Zamiast jasnych łanów szarzały smutne ścierniska, w jarach czerwieniły się krzaki, bociany ze stodół odeszły precz, na południe.

W lesie, jeżeli jaki las gdzie został, ledwieś dopatrzył ptaka, a w polu człowieka; chyba tu i owdzie po niemieckiej stronie kilka bab w granatowych spódnicach wykopywały resztę kartofli. Nawet przy kolei skończyły się wielkie roboty. Nasypy wzniesiono, grabarze i mularze rozbiegli się po świecie, a zamiast nich ukazywały się lokomotywy zwożące szyny i podkłady. Z początku widziałeś na zachodnim krańcu nasypu tylko czarny dym jak z gorzelni; w kilka dni spomiędzy żółtych pagórków wyjrzał komin, a nieco później - komin osadzony na ogromnym kotlisku. Kocieł sam bez koni toczył się na wozie i jeszcze ciągnął za sobą kilkanaście innych wozów, naładowanych drzewem, żelazem i ludźmi. Gdzie zatrzymał się, tam ludzie zeskakiwali na ziemię, kładli na nasyp drewniane bale, do drzewa przybijali szyny i kocieł znowu jechał naprzód.

Owczarz co dzień przypatrywał się tym praktykom i rzekł raz do Ślimaka:

- Widzicie, jakie to sprytne!... Póki z góry, to puszczają se ładunek bez koni. Bo i po co mordować bydlęta w takim sposobie?

Ale jednego dnia kocieł z rzędem wozów stanął naprzeciw jaru. Ludzie zdejmowali szyny i podkłady, a on stał, dymił i zipał. Stał z godzinę i Owczarz patrzył z godzinę, myśląc: jak oni go teraz ruszą z miejsca?

Nagle ku największemu zdumieniu parobka kocieł gwizdnął przeraźliwie i ruszył się w tył razem z wozami bez niczyjej pomocy. Teraz dopiero Maciek jak przez mgłę przypomniał sobie, że kiedyś galicyjskie bandosy opowiadały mu o maszynie, co sama chodzi. Nawet przepili jego własne pieniądze, za które miał kupić buty.

- Juści prawda, że ono samo chodzi, ale się też i wlecze jak stara Sobieska - pocieszał się Owczarz. W sercu jednak czuł obawę i myślał, że takie zagraniczne sztuki nie wyjdą na dobre okolicy.

I chociaż źle rozumował, trafnie wróżył, bo wraz z ukazaniem się pierwszej lokomotywy zaczęły się w okolicy nie znane dawniej kradzieże.

Od garnków suszących się na płocie i zapasowych kół na dziedzińcu do drobiu w szopach i koni w stajniach - wszystko ktoś kradł. Koloniście Gedemu wydobyto ze spiżarni połeć słoniny; gospodarza Marcińczaka, kiedy wracał trochę podchmielony z odpustu, jacyś z uczernionymi twarzami wyrzucili z wozu i sami nim pojechali, chyba do piekła. Nawet biednego krawca, Jojnę Niedoperza, napadli w lesie złodzieje i wydarli mu krwawo zapracowane trzy ruble.

Ślimakowi pierwsza lokomotywa także nic dobrego nie przyniosła. Paszy dla bydła trudno się było dokupić; za to o zboże nikt się u niego nie pytał, parę fasek masła starzało się w lochu nie sprzedanych, a drób sami jedli, bo i na to nie trafiał się kupiec. Cały handel wiejski z koleją i z miasteczkiem zagarnęli Niemcy; nikt już nie chciał patrzyć na chłopskie ziarno i nabiał.

Siedział tedy Ślimak w izbie bez roboty (gdzież miał robić, kiedy nie stało dworu), siedział pod piecem, palił fajkę i myślał: czy to tak zawsze będzie trudno o siano? czy już nigdy żaden handlarz nie wstąpi do niego po zboże, jaja i masło? czy nigdy nie skończą się złodziejstwa? A tymczasem, kiedy on tak rozsądnie każdą rzecz w głowie rozważał, Niemcy ze swymi produktami jeździli po kilka mil w różne strony i wszystko sprzedawali. Złodzieje też swoją drogą kradli, gdzie tylko kto się nie upilnował albo przy budynkach nie zaprowadził mocnych zamków.

- Na złe idzie! - mówiła Ślimakowa.

- Iii... Jakosik się to wyrówna - odpowiadał chłop.

O biednym Staśku po trochu zapominano. Czasem tylko matka położyła do obiadu jedną łyżkę za wiele i spostrzegłszy się otarła oczy fartuchem. To znowu Magda, wołając Jędrka, przez prędkość nazwała go Staśkiem. To znowu Burek obiegał niekiedy budynki, jakby kogoś szukał, a nie znalazłszy przypadał łbem do ziemi i szczekał. Coraz rzadziej jednak trafiały się te wypadki.

Jędrek najmocniej uczuł śmierć brata. Z tego powodu nie lubił nawet siedzieć w izbie, lecz gdy nie było roboty, wałęsał się po polach. Wałęsając się zachodził czasem na kolonię, do starego bakałarza, a tam przez ciekawość zaglądał do książki. Znał już z połowę liter, więc bakałarz bez trudu nauczył go reszty; gdy zaś poznał cały alfabet, to znowu bakałarzówna dla rozrywki pokazywała mu czytanie. I chłopak bąkał, niekiedy myląc się naumyślnie, aby go poprawiała, albo też zapominał liter, aby ona pochyliwszy się nad książką dotknęła go ramieniem.

Gdy jednego razu przyniósł do chałupy elementarz i pokazał, co umie, uradowana Ślimakowa posłała bakałarzównej dwie kury i pół kopy jaj. Ślimak zaś spotkawszy bakałarza obiecał, że da mu pięć rubli, jak Jędrek zacznie modlić się z książki, a doda dziesięć, jeżeli chłopak nauczy się pisania. Dzięki temu, gdy nadeszła jesień, Jędrek bywał co dzień i parę razy na dzień w kolonii i albo uczył się, albo choć przez okna patrzył na bakałarzównę i przysłuchiwał się jej głosowi, co trochę gniewało jednego z parobków, a zarazem kuzynów Hamera.

W spokojnych czasach taka bieganina Jędrka może zwróciłaby uwagę Ślimaków; dziś jednak byli zajęci czym innym. Oto każdy dzień przekonywał ich, że paszy mają za mało, a krów za dużo... Nie mówili do siebie, ale wszyscy w domu o tym tylko myśleli. Myślała gospodyni widząc coraz mniej mleka w szkopku i Magda, która tknięta niedobrym przeczuciem, co dzień pieściła się z krowami, i Owczarz, bo nawet koniom ujmował po garstce siana, aby podrzucić je bydlątkom. Ale najwięcej chyba myślał sam Ślimak, bo nieraz wystawał przed oborą i wzdychał.

Tak dojrzewała bieda wśród ogólnej ciszy, którą mimowolnie

przerwał sam Ślimak. Jednej nocy bez powodu zerwał się z pościeli i usiadł na tapczanie.

- Co tobie, Józek?... - zapytała żona.

- Oj!... Śniło mi się, że nam paszy całkiem zabrakło i wszystek dobytek wyzdychal...

- W imię Ojca i Syna... Żebyś nie wymówił w złą godzinę.

- Jużci na pięć ogonów paszy nam nie wystarczy, to darmo -rzekł chłop. - Kalkuluję se w głowie na wszyćkie strony, ale na nic...

- No, więc co zrobisz?

- Bo jo wiem, nieszczęśliwy?

- Może by...

- Chybaby sprzedać z jedno?... - dokończył chłop. Słowo padło. We dwa dni później Ślimak zaszedłszy po okowitę do karczmy coś napomknął Joselowi o krowie, a zaraz w poniedziałek przyszli do chałupy dwaj rzeźnicy z miasteczka.

Ślimakowa wcale z nimi nie chciała gadać, a Magda zaczęła szlochać. Wyszedł tedy na dziedziniec Ślimak.

- Ny, co to, gospodarzu - zaczął jeden z rzeźników - chcecie sprzedać krowę?

- Bo jo wiem...

- Która to, pokażcie ino.

Ślimak milczał, aż musiał odezwać się Owczarz:

- Już jak sprzedać, to chyba Łysą...

- Wyprowadźcie no ją - nalegał rzeźnik.

Maciek poszedł do obórki i po chwili wyprowadził nieszczęsną krowę. Zdawała się być zdziwiona, że ją wyciągnęli na dziedziniec w niezwykłej porze.

Rzeźnicy obejrzeli Łysą i poszwargotawszy między sobą zapytali o cenę.

- Bo jo wiem? - odparł Ślimak.

- Co dużo gadać? Sami widzicie, jakie to stare bydlę. Damy piętnaście rubli.

Ślimak znowu umilkł, więc znowu Owczarz musiał go wyręczyć w targu. Żydzi krzyczeli wniebogłosy, zaklinali się, szarpali krowę na wszystkie strony, a w końcu pokłóciwszy się między sobą dali osiemnaście rubli. Jeden założył stworzeniu powróz na rogi, drugi machnął je kijem po łopatce i - w drogę...

Krowa poczuwszy widać zapach krwi nie chciała ruszyć z miejsca. Najprzód skręciła do obory, ale rzeźnicy odciągnęli ją ku gościńcowi; potem ryknęła tak żałośnie, że Owczarz pobladł, a w końcu oparła się wszystkimi nogami o ziemię patrząc na Ślimaka wywróconymi oczyma, w których malował się żal i przestrach.

W izbie słychać było płacz Magdy; gospodyni nie śmiała wyjrzeć na dziedziniec, a Ślimakowi zdawało się, że zapienione i zadyszane bydlątko szepcze do niego:

"Gospodarzu, a dyć spojrzyjcie, co oni ze mną wyrabiają, te Żydy... Przecie oni mnie z tela chcą zabrać i zarżnąć!... Sześć roków byłam u was i coście chcieli, robiłam woma sprawiedliwie. Ujmijcież się teraz za mną w takim nieszczęściu!... Gospodarzu... gospodarzu!..."

Ślimak milczał. Wtedy krowina widząc, że nic jej nie uratuje, obejrzała się ostatni raz po dziedzińcu i - poszła za wrota.

Gdy była na gościńcu, brnąc po błocie w stronę miasteczka, wywlókł się za nią Ślimak. Szedł z daleka, gniótł w pięści żydowskie pieniądze i myślał:

"Gdzieżbym ja cię sprzedawał, nasza karmicielko i dobrodziejko, żebym się nie bał o nieszczęście dla wszystkich?... Nie ja przecie winienem twojej nędzy. Bóg miłosierny zagniewał się na nas i po jednemu wysyła na śmierć..."

Czasem krowa, jakby nie dowierzając, oglądała się za siebie, na dom. Wtedy Ślimak znowu szedł za nią i wahał się w duszy: czyby nie oddać Żydom pieniędzy i nie odebrać stworzenia? Ocaliłby ją, nawet by dopłacił, gdyby mu w tej chwili odstąpił kto paszy na zimę.

Na moście chłop stanął i oparty o poręcz bezmyślnie patrzył w wodę. Ot, zepsuło się coś w zagrodzie!... Roboty nie ma, zboża nikt nie kupuje, w lecie zginął mu syn, w jesieni ginie bydlątko, a co zima przyniesie?

I znowu przemknęło mu przez głowę:

"Jeszcze teraz mógłbym ją, niebogę, wykupić!... Nad wieczorem będzie za późno."

Nagle usłyszał za sobą głos starego Hamera:

- Nie do nas idziecie, gospodarzu?

- Poszedłbym - odparł Ślimak - żebyście mi paszy sprzedali...

- I pasza nie pomoże - mówił stary z fajką w zębach - bo chłop między kolonistami rady sobie nie da. Ale sprzedajcie swoje grunta, a i wam, i mnie będzie z tym lepiej.

- Ni.

- Sto rubli dam za morgę!...

Ślimak aż założył ręce ze zdziwienia i pokiwawszy głową odparł:

- Czy was, panie Hamer, opętało czy co?... Mnie na smutek się zbiera, że z waszej łaski musiałem sprzedać bydlę, a wy jeszcze chceta, żebym wam sprzedał wszystko, całe mienie! Dy ja bym chyba trupem padł u progu, żeby mi się przyszło wyprowadzać z chałupy, a już kiedy bym wyszedł za wrota, to byście mnie musieli odwieźć prosto na cmentarz. Dla was, Niemcy, wyprowadzić się z miejsca to nic, bo wy błędny naród, dziś tu, jutro tam. Ale chłop jest przecie osiędzony jak ten kamień przy drodze. Ja tu każdy kąt wiem na pamięć, wszędy po ciemku bym trafił, każdom grudę ziemi własną ręką obrócił, a wy mi gadacie: "Sprzedaj i idź w świat!" Gdzież ja pójdę, kiedy jak mi wypadnie jechać bodaj za kościół, to ślepnę i trwożę się, bo wkoło mnie wszystko nieznajome. Poźrzę na las - inaczej wygląda niż z domu, patrzę na krzak -takiegom kole nas nie widział; ziemia także jest odmienna, a nawet samo słońce inaczej niż u mnie wschodzi i zachodzi... A co ja bym z żoną robił, co z chłopakiem, żeby mi się przyszło stąd ruszyć? A co bym powiedział, gdyby mi drogę zastąpili ojcowie rzekąc: "Lo Boga, Józek, kaj my cię będziemy szukali, jak nam w czyśóu bardzo dopiece, i czy twój pacierz trafi do naszych grobów, kiedy się wyprowadzasz gdzieści na koniec świata?..." Co ja im odpowiem albo i Staśkowi, który bez was głowę tu położył?

Hamer słuchając drgał z gniewu; mało fajki nie rzucił na ziemię.

- Co mi ty bajdy pleciesz! - zawołał. - Mało to waszych sprzedało gospodarstwa i poszło na Wołyń, gdzie są panami? Ojciec do niego przyjdzie po śmierci!... słyszał kto?... Ty patrz, żebyś przez upór sam nie zginął i mnie nie zgubił. Przez ciebie syn mi się marnuje, pieniędzy nie mam na wypłaty, sąsiedzi mnie dręczą... Czy ty myślisz, że w twojej głupiej górze zakopano skarby? Chcę grunt kupić, bo tu najlepsze miejsce na wiatrak. Płacę sto rubli, niebywałą cenę, a on mi baje, że gdzie indziej żyć nie potrafi!... Verfluchter!...

- Gniwajcie się, nie gniwajcie się, a ja gruntu nie sprzedam.

- Sprzedasz ty go - odparł Hamer wygrażając pięścią - ale już ja nie kupię!... Roku między nami nie wysiedzisz... I odwróciwszy się szedł ku domowi.

- A chłopak twój niech mi się nie włóczy na kolonię - dodał stając.

- Nie dla was sprowadziłem tu bakałarza...

- Wielka rzecz! to i nie będzie chodził, kiedy mu zazdrościcie powietrza w izbie - mruknął Ślimak.

- Tak, zazdroszczę mu powietrza - irytował się Hamer. - Ojciec głupi, niech i syn będzie głupi.

Rozeszli się. Chłop był taki zły, że nawet nie żałował swojej krowy.

- Niech jej tam gardziel poderżną, kiedy tak - mówił sobie. Lecz zorientowawszy się, że bydlątko nie winno jego kłótni z Hamerem, westchnął.

W domu usłyszał lament. To Magda płacze, że gospodyni wymawia jej obowiązek. Ślimak milcząc usiadł na ławie, a tymczasem żona prawiła do dziewuchy:

- Strawy by ci u nas nie zabrakło, to prawda, ale skąd ja ci wezmę pieniędzy na zasługi i na kolędę? Ino sama pomiarkuj. Rośniesz duża, po Nowym Roku patrzyłaby ci się większa zapłata, a u nas jej nie dostaniesz, nawet żadnej. Wreszcie już i roboty nie ma dla ciebie, jakieśmy krowę sprzedali... Idź se zatem jutro albo pojutrze do stryjka - ciągnęła gospodyni -powiedz mu, jaka u nas bieda: że nic się nie sprzedaje, że nie ma zarobku, żeśmy bydlę musieli rzeźnikom oddać. Powiedz mu to i padnij do nóg, żeby ci lepszy obowiązek wynalazł. Im prędzej, tym lepiej. A jak nam kiedy Bóg miłosierny dopomoże, to se wrócisz...

- Oho! - szepnął Owczarz słuchający w rogu izby. - Nie wracać, kiedy człowiek raz odyńdzie... A potem dodał:

- Niezadługo widać skończy się u was i moje panowanie. Po krowie Magda, po Magdzie ja.

- Iii... ty, Maćku, możesz se siedzieć - przerwała mu gospodyni. - Przy koniach zawdy musi ktoś być, a choćbyśmy ci jednego roku zasług nie dali, odbierzesz se w drugim. Z Magdą zaś co innego. Ona młoda, jej dopiero na świat, więc po co ma usychać w biedzie?

- Jużci prawda - potwierdził Owczarz po namyśle. - Nawet dobrzyśta ludzie, że w takim zmartwieniu pomyśleliście nopirwy o tym, żeby nie psuć losu dziewusze.

Ślimak milczał podziwiając rozum żony, która od razu zmiarkowała, że Magda już nie ma co u nich robić. Zarazem strach go zdjął na myśl, że tak prędko rozprzęga się ich gospodarstwo. Całe lata pracowali na trzecią krowę i własną dziewuchę, a dziś jeden dzień wystarczył, ażeby obie wygnać z domu.

"Albo się wezmę do stolarki, albo jegomości zapytam się: co robić? albo już nie wiem... Ale co by ta ze mną jegomość gadał! Choćbym nawet zakupił mszę świętą na intencję dobrej rady, to jegomość mszę wyśpiwa, a rady nie da. Skąd by ją wziął? Może się to na końcu i samo odwróci. Pewnie, że się samo odwróci. Pan Bóg miłosierny to jak ojciec: kiedy weźmie bić, bije, choćbyś prosił się, krzyczał, dopóki ręki se nie zmacha. A potem znowu na człowieka zeszłe łaskę; byle ino cierpliwie swoje odcierpieć..."

Tak medytował Ślimak i zapalił fajeczkę. Żal mu było Magdy, jeszcze więcej krowy, przypomniał sobie łąkę i Staśka, bał się

Niemców, ale - cóż miał robić? Czekać cierpliwie, dopóki się samo nie odwróci.

Więc czekał.

W początkach listopada Magdy już nie było u Ślimaków; poszła do stryjka, a od stryjka na nowy obowiązek. Nawet miejsce po niej w chacie zastygło i tylko gospodyni czasem pytała samej siebie: czy to prawda, że w tej izbie był jaki Stasiek, że przy tym kominie kręciła się jakaś Magda, że w obórce stała trzecia krowa?...

Tymczasem w okolicy mnożyły się kradzieże, a Ślimak co dzień myślał, żeby w miasteczku kupić skoble i kłódki do budynków, to znowu żeby wyciosać drągi i na noc wszystkie drzwi nimi zasuwać.

"Kradną innych, to i mnie mogą okraść" - myślał i niekiedy wyciągał rękę do siekiery chcąc przynajmniej wyciosać zasuwę. Wnet jednak okazało się, że albo siekiera leży za daleko, albo on ma za krótką rękę, więc - dawał spokój.

Innym razem, nasłuchawszy się o złodziejstwach, brał sukmanę i otwierał skrzynię do pieniędzy, ażeby kupić skoble. Cóż, z tego, kiedy jak pomyślał o wydaniu kilku rubli w tych ciężkich czasach, to aż go koło serca zamdliło. Prędko więc chował pieniądze na dno i zdejmował sukmanę, ażeby go nie skusiło.

- Trza czekać - mówił - do wiosny. Bez ten czas może Pan Bóg łaskaw ochroni nas od straty; a wreszcie - upilnuje Owczarz i Burek. Ho! ho! oni czujni!...

Jakby na potwierdzenie tej opinii, Burek wył i szczekał po całych nocach, a Owczarz zrywał się po parę razy na noc i zarzuciwszy sukmanę na ramiona przechodził się po dziedzińcu.

Jednej bardzo ciemnej nocy, kiedy z nieba padał deszcz ze śniegiem, a na ziemi było błota wyżej kostek. Burek naraz popędził w stronę wąwozów i zaczął gwałtownie ujadać. Owczarz zerwał się z barłogu i zmiarkowawszy po zajadłości psa, że ktoś jest za stodołą, zbudził Ślimaka. Uzbroili się obaj w drąg i siekierę, i potykając się w błocie poszli za psem, który kilka razy skowyknął, jakby go potrącono.

- Są złodzieje - szepnął Maciek. Jednocześnie rozległo się stąpanie, jakby dwu ludzi niosło ciężar.

- Na tu, na!... Na tu, na!... -przemawiali oni do Burka, który czując za sobą swoich panów nacierał coraz gwałtowniej.

- Weźmiemy się do nich - spytał Maciek Ślimaka - czy dać spokój?

- Kiej nie wiem, ilu ich jest - odparł Ślimak. W tej chwili od kolonii Hamera zabłysnęło światło, a na gościńcu rozległ się tętent koni i krzyki:

146

- Łapaj! trzymaj!....

- Bywaj!... - zawołał Owczarz, a Ślimak, wysunąwszy się za stodołę, odezwał się:

- Hej, wy! cościе ta za jedni?...

Teraz o kilkanaście kroków przed nim upadło na ziemię coś ciężkiego, a spośród ciemności odpowiedziano:

- Poczekaj, szwabski stróżu!... dowiesz się, co za jedni...

- Huzia go! - krzyknął Ślimak.

- Bij go! - zawołał Owczarz.

I posunęli się na oślep ku jarom. Ale złodzieje uciekli do wąwozów przeklinając Ślimaka.

Wnet przykłusowali konni Niemcy, a Jędrek wybiegł na dziedziniec z łuczywem. Wszyscy zeszli się za stodołą i przy czerwonym blasku łuczywa znaleźli w błocie zakłutego wieprza.

- O, nasz wieprz! - zawołał Fryc Hamer.

- Ukradli wam? - spytał Ślimak.

- Zabili i ukradli, choć w izbie paliło się światło.

- Śmiałe bestie! - mruknął Owczarz.

- My myśleli - odezwał się z konia parobek Hamerów - że to wy kradniecie. - I począł się śmiać.

- Dobrze nam dziękujeta za pomoc! Niech was... - mruknął Ślimak.

- Idźmy za nimi - mówił wzburzony Fryc - może złapiemy którego.

- To se idźta - odpowiedział gniewnie Ślimak. - Widzisz ich!... W chałupie gadają, że my kradniemy, a tu proszą, żeby za nich karku nadstawiać.

- Pójdę z nimi, tatulu - prosił Jędrek.

- Wracaj do dom i Burka ciągnij za łeb! - krzyknął ojciec.

-Takiegośmy wieprza im uratowali, że aż złodzieje nam za to wygrażają, a oni mówią, że my kradli!...

Fryc Hamer uspokajał ich i nawet zwymyślał niezręcznego parobka, lecz chłopi wrócili do domu. Wprawdzie na ich miejsce przybiegło kilku mężczyzn z kolonii, ale Hamer już stracił ochotę do obławy, więc zabrali Niemcy wieprza i w ciemności, po błocie, wrócili na swój folwark.

W kilka dni zjechał strażnik, wysłuchał kolonistów, wybadał Ślimaka, odwiedził Josela, przetrząsnął jary we wszystkich kierunkach, spotniał, zabłocił się, ale - nikogo nie znalazł. Z poszukiwań tych jednak wyciągnął bardzo słuszny wniosek, że złodzieje od dawna uciekli. Więc kazawszy Ślimakowej włożyć do wózka garnuszek masła i żółtą kurę w czarne cętki, wrócił do domu.

Kradzieże na jakiś czas ustały; Ślimak przecie, pomny na pogróżki, wciąż rozmyślał, że trzeba budynki zaopatrzyć w skoble, a stajnię i oborę w zasuwy z drągów. Ułożywszy zaś wszystko porządnie w swojej głowie, czekał, aż mu przyjdzie ochota wydać pieniądze na żelastwo i obciosać drągi. Obie czynności odkładał z dnia na dzień, pamiętając o przysłowiu: co nagle, to po diable, i czekając albo na lepszy pomysł co do zabezpieczenia budynków, albo na stalszą pogodę.

- Skoble kupić trzeba - mówił - ale po co buty marnować w takim błocku?

Tymczasem zima ustaliła się. Na wzgórzach wyrósł kożuch gruby na łokieć. Białkę przykrył lód twardy jak krzemień, gościńce wygładziły się, gałęzie drzew okrył Pan Bóg w koszulki ze śniegu, a Ślimak wciąż medytował o zasuwach i skoblach. Palił fajkę, aż w izbie było dymno, przekładał nogę na nogę albo siedząc przy stole opierał głowę to na prawej, to na lewej ręce, a medytował, wciąż medytował. I właśnie kiedy już był w drugiej połowie swoich medytacyj, wpadł pewnego wieczora do izby Jędrek bardzo zalterowany. Matka, zajęta przy kominie, nie zwróciła uwagi na chłopca; ale ojciec, choć było skąpo światła w chałupie, spostrzegł, że Jędrek ma poszarpaną sukmanę, zwichrzony łeb i sińce pod oczyma.

Ślimak niby niechcący z tej i owej strony obejrzał zasapanego Jędrka, domyślił sobie to, o czym myślał, wytrząsnął fajkę, splunął i rzekł:

- Widzi mi się, chłopak, że ci ktoś w gębę dał?... I to pewnie ze trzy razy...

- Ja jemu lepiej dałem - odparł zachmurzony Jędrek. Matka w ową chwilę była w sieni, więc na razie nie słyszała rozmowy. Ojciec zaś nie śpieszył się z badaniem, bo właśnie zapchany cybuszek przepychał drutem. Dopiero przedmuchnąwszy go pytał dalej:

- Któryż cię tak uczcił?

- A ten hycel Herman - mruknął Jędrek poruszywszy łopatkami, jakby go co kąsało.

- Ten od Hamera? - pytał ojciec.

- Przecie on.

- A cóżeś ty robił u Hamera, kiej zakazano ci tam chodzić?

- Takem se zaglądał do bakałarzów bez okno - odparł zaczerwieniony chłopak i szybko dodał: - A ten ci, niemieckie nasienie, wyleciał z kuchni i drę się: "Co tu podpatrujesz dom, złodzieju?" - "Com ci ukradł?" - ja mówię. " Jeszcze nic - on mówi

-ale pewnie ukradniesz." I zaraz woła: " Poszedł stąd, bo ci dam w zęby!" A jo mówię: "To spróbuj!" A on: "Jużem spróbował." A jo: "Może spróbujesz jeszcze raz?" A on: "Masz jeszcze raz..."

- Pochopny Szwab - mruknął Ślimak. - A ty jemu nic?

- Com mu miał zrobić? - obruszył się Jędrek. - Złapałem polano i śmignąłem go leciutko w łeb... Może ze dwa razy, no... niechby trzy. A ten podlec zara ci pokład się na ziemię i puścił farbę. Chciałem mu jeszcze dołożyć za chytrość, ale z chałupy wyleciały tamte. Nawet Fryc miał fuzję w garści, więcem ucik.

- I nie dognały cię?

- Oho! mieli me dognać, kiedym rwał jak zając.

- Choroba z tym chłopakiem - odezwała się matka wysłuchawszy historii. - Jeszcze go kiedy Szwaby utłuką.

- Co mu ta zrobią - odparł ojciec. - Chybszy on w nogach od nich i zawdy im się wymknie.

Nałożył fajkę i znowu począł rozmyślać o złodziejach, skoblach i zasuwach.

Ale na drugi dzień w samo południe przyszli przed zagrodę Ślimaka Fryc Hamer, jego brat Wilhelm i parobek Herman z głową tak obwiązaną szmatami, że mu ledwie jedno oko było widać. Stanęli we trzech na gościńcu, a Fryc zaczął wołać do Owczarza:

- Hej tam!... Powiedz gospodarzowi, żeby do nas wyszedł. Ślimak usłyszał krzyk i wybiegł przed wrota, z pośpiechu zapinając przez drogę pas na koszuli.

- Czego chceta? - spytał.

- Idziemy ze skargą do sądu na tego zbója - krzyczał rozgniewany Fryc. - O! patrzaj, jak pokaleczył Hermana... A tu mam świadectwo felczerskie, że rany są niebezpieczne - mówił pokazując chłopu arkusz papieru. - Posiedzi on w kryminale, ten wasz Jędrek.

- Do bakałarzówny zachciało mu się umizgać!... Będzie się umizgał za kratą!... - bełkotał niewyraźnie Herman, bo miał gębę aż dwa razy przewiązaną.

Ślimak trochę się zafrasował.

- Wstydzilibyśta się - rzekł - za takie głupstwo chodzić do sądu. Przecie i Herman dał chłopcu ze dwa razy w pysk, a my do sądu nie idziemy.

- Aha! dałem, akurat... - bełkotał Herman. - A gdzie on ma znaki?... gdzie krew?... gdzie świadectwo felczera?...

- Poczciwiśta - mówił Ślimak. - Jakeśmy wam wieprza uratowali, to żaden strażnikowi nie powiedział, że to my. Ale jak Hermana chłopak przez figle ciapnął patykiem, już lecita do sądu...

- To chyba u was wieprz tyle znaczy co człowiek - odparł Fryc. - Ale u nas nie wolno człowieka kaleczyć... Jak posiedzi w kryminale, oduczy się rozboju, chamska szyja!...

I poszli we trzech do gminy.

Po tym wypadku Ślimak zapomniał o złodziejach, skoblach i zasuwach, ale począł medytować: co sąd zrobi z Jędrkiem? Często też wzywał na poradę Owczarza.

- Wiesz ty, Maciek - mówił - jo se kalkuluję, że jak w sądzie postawią takiego małego Jędrka przy takim wielgim Hermanie, to może chłopcu nic nie będzie?

- Pewno, że mu nic nie będzie - potwierdził parobek.

- Zawdy - ciągnął Ślimak - ciekawość, jaka go może spotkać kara za pobicie?

- Jużci głowy mu nie zdejmą - odparł Owczarz - i nawet nic mu wielkiego nie zrobią. Pamiętam, że jak Szymon Krawczyk pobił do krwi Wójcika, to Szymona wsadziły na dwa tygodnie do hareśtu. A jak Potocka, ta Jędrzejowa, skaleczyła garnkiem Makolągwiankę, to kazały jej zapłacić śtraf. Ślimak zastanowił się i rzekł po chwili:

- Jużci prawda. Przecie i u nas ludzie bijali się, a żaden nie poszedł do kryminału. Ino boję się, że Niemiec może kosztowniejszy od chłopa.

- Co by ta miał być kosztowniejszy, taki niedowiarek.

- Ale zawdy... Wspomnij sobie, jak to ich sam wachmistrz obchodzi. Nawet z Grzybem nie będzie ci tak gadał jak z Hamerem.

- Prawda to. Ale i wachmistrz obejrzawszy się powie wam we śtyry oczy, że Niemiec - to parch.

- Niemce mają swego cysorza - rzekł Ślimak.

- Ale ich cysorz przy naszym to poślednia osoba. Wiem przecie, bo jakem siedział we śpitalu z jednym sołdatem, on zawdy gadał: "Kudy jemu!..."

Ostatnia uwaga nieco uspokoiła Ślimaka. Niemniej wciąż rozmyślał o karze, jaka może spotkać Jędrka, a w najbliższą niedzielę razem z żoną i chłopakiem poszedł do kościoła, aby u ludzi, lepiej obeznanych z sądami, zaczerpnąć opinii.

W domu został Owczarz bawiąc się ze znajdą i doglądając garnków na kominie.

Było już po południu, kiedy na podwórzu w gwałtowny sposób zaczął ujadać Burek. Pies szczekał, jakby się kto z nim drażnił. Owczarz wyjrzał przez okno i pod chałupą zobaczył obcego człowieka w miejskim odzieniu. Miał on długi szaraczkowy kubrak i rudy kaptur na głowie, przez co niewiele mu było widać twarzy.

Parobek wyszedł przed sień.

- A czego to?

- Zmiłujcie się, gospodarzu - odparł obcy - poratujcie nas w nieszczęściu. Niedaleko za waszą chałupą sanie nam się zepsuły i nawet nie mogę ich naprawić, bo mi dziś w nocy siekierę z półkoszka ukradli.

Owczarz przyglądał mu się z niedowierzaniem.

- Z dalekaśta? - spytał.

- Sześć mil stąd. Jedziemy z żoną do familii, jeszcze ze cztery mile. Dobrej wódki wam dam i kiełbasy, jak mnie poratujecie. Na wzmiankę o wódce podejrzenia Maćka osłabły. Pokręcił głową parę razy, przeciągnął się, ale w końcu, chcąc poratować bliźniego, zostawił znajdę w izbie i z siekierą poszedł za wędrowcem.

Rzeczywiście, niedaleko zagrody stały sanie, zaprzęgnięte w jednego konia przy dyszlu, a na saniach kuliła się baba, jeszcze lepiej opatulona aniżeli jej mąż. Zobaczywszy Owczarza baba płaczliwym głosem zaczęła go błogosławić, podróżny zaś postąpił o wiele zacniej, bo od razu wypił do Maćka z dużej flaszki.

Parobek, wymówiwszy się dla ceremonii, pociągnął z flaszki, aż mu oczy łzami zaszły, i wziął się do naprawy sanek. Niewiele było przy nich roboty, może na pół godziny; mimo to wdzięczność podróżnych dla parobka nie miała granic. Baba dała Owczarzowi kawał kiełbasy i cztery obwarzanki, a jej mąż tak się rozczulił, że zawołał:

- Zjechałem przecie szmat drogi, ale nigdziem nie spotkał tak uczciwego chłopa jak ty, bracie. Za to - zostawię ci pamiątkę. Nie masz, bracie, butelki?

- W izbie może bym i znalazł - odparł Maciek niepewnym z radości głosem, czując, że mu wódki zostawią.

Podróżny zepchnął babę z siedzenia i wydobył czarną butelkę z grubego szkła.

- Idźmy - rzekł do parobka, - Ty mi za fatygę ofiarujesz kilka bretnali, na wypadek gdyby się jeszcze raz sanie zepsuty, a ja za twoją pomoc dam ci taki kordiał, że kiep wódka!... Bo to jest i wódka w nim, jest i lekarstwo.

Szli żwawo do chaty, a obcy prawił:

- Zaboli cię głowa, zaboli cię brzuch - łyknij kielich tego trunku. Nie możesz spać, czy masz zmartwienie, czy cię febra trząść zacznie, a ty - łykniesz mojego trunku i jak para wyjdzie z ciebie choroba. Szanujże ten trunek - mówi podróżny - i nie dawaj go byle komu, bo to specjał. Jeszcze mój dziad nieboszczyk nauczył się robić go od zakonników w Radecznicy. Nawet na uroki ono bez mała takie dobre jak woda święcona.

Dosięgli zagrody. Maciek wszedł do izby po gwoździe i butelkę, a podróżny został na dziedzińcu, niedbale rozglądając się po budynkach i oganiając się przed Burkiem, który wściekle na niego ujadał. W innym czasie ten psi gniew może zastanowiłby Owczarza, ale dziś trudno było podejrzywać gościa, który za niewielką pracę dał mu wódki, kiełbasy i jeszcze obiecał cudownego trunku.

Wyniósł tedy parobek z izby pękatą butelczynę i uśmiechając się podał ją podróżnemu; ten zaś nalał mu z półtorej kwaterki specjału upominając, aby lada kogo nie częstował i sam używał tylko w ważnych wypadkach.

Wreszcie pożegnali się. Obcy pobiegł do sanek, a Owczarz zatkał swoją butelkę gałgankiem i ukrył w stajni pod żłobem. Brała go ochota pokosztować bodaj kropelkę cudownego trunku, ale - zapanował nad sobą pomyślawszy:

"Czy to raz padnie na człowieka słabość? Lepiej na taki czas odłożyć."

W tej okazji Maciek okazał niepospolitą moc ducha, bo jak na nieszczęście Ślimakowie zasiedzieli się w kościele i biedak nie miał nawet do kogo gęby otworzyć. Zjadł obiad bawiąc się przy nim dłużej niż zwykle, kołysał do snu znajdę, znowu budził i opowiadał jej to o szpitalu, gdzie mu wyreparowali złamaną nogę, to o podróżnych, którzy sprawili mu tak hojny poczęstunek. Lecz pomimo wszelką ostrożność wciąż przychodził mu na myśl ukryty pod żłobem specjał zakonników z Radecznicy. Gdzie spojrzał, wszędzie go widział. Pękata butelka wyglądała spomiędzy garnków na kominie, zieleniła się na ścianie, błyszczała pod ławą, nieledwie pukała do okna, a biedny Maciej tylko mrużył oczy i myślał:

"Dać spokój! przyda się ono na gorsze czasy."

Krótko przed zachodem słońca Owczarz usłyszał na gościńcu wesołe śpiewanie. Wybiegł przed wrota i zobaczył rodzinę Ślimaków powracającą z kościoła. Byli na górze i zdawało się, że ciemne ich sylwetki schodzą na śnieg z czerwonego nieba. Jędrek z zadartą głową i założonymi w tył rękoma sunął po lewej stronie drogi, gospodyni w granatowej katance rozpiętej, że było widać koszulę i piersi, szła po prawej stronie drogi, a gospodarz w czapce na bakier, podkasawszy ręką sukmanę jak do tańca, rwał naprzód, od prawej strony gościńca do lewej i od lewej do prawej, śpiewając:

Za stodołom, za świagrowom,
Dej mi spokój, bo zawołom,
Jak zawołom: "Dyć się wynoś!..."
Aż usłyszy sam jegomość...
Czy zawołasz, nie zawołasz,
Jak się uprę, nie wydołasz.

Aż parobkowi zrobiło się przyjemnie od ich wesołości i śmiał się nie z tego, że za dużo wypili, lecz - że im tak dobrze było na świecie.

- Wiesz, Maciek!... - krzyknął Ślimak z daleka, spostrzegłszy stojącego u wrót - wiesz, Maciek, nic nam Szwaby nie zrobią!...
Dobiegł pędem i ciężko oparł się Owczarzowi na szyi.

- Wiesz, Maciek - prawił gospodarz idąc z nim ku izbie -spotkaliśmy na nabożeństwie Jaśka Grzyba. Hycel chłop, ale dobry!... Jakeśmy mu powiedzieli, że Jędrek przetrącił Hermana, to z radości postawił aż kwartę wódki i przysięgał na szczęśliwe skonanie, że sąd chłopaka uwolni... A Jasiek zna się, bo on pisał przy kancelarii i sam nieraz za różne szprynce bywał pod sądem. Ho! ho! on się zna...

- Jakby mnie, pary, wsadziły do prochowni, to bym ich spalił;.. - dodał zaczerwieniony Jędrek.

- Nie pyskuj! - zgromiła go matka - bo jak się kiedy naprawdę spalą, na ciebie padnie posądzenie...

W takim nastroju ducha weszli wszyscy do chałupy i zasiedli do jadła. Ale im się nie wiodło. Gospodyni podając kapuśniak więcej wylała go na stół aniżeli w miskę; gospodarz nie miał apetytu, a Jędrek zapomniał, w której ręce należy trzymać łyżkę. Przekładał ją z prawej do lewej, pochlapał sukmanę, oparzył ojcu nogę i w końcu - poszedł spać. Przykładu jego nie omieszkali naśladować rodzice i wnet cala rodzina Ślimaków spała jak zarżnięta.

Owczarz znowu został samotny nie mając do kogo przemówić i - znowu przypomniała mu się pękata flaszka pod żłobem. Na próżno dla rozerwania myśli poprawiał dogasające węgle w kominie albo wysuwał knot trzeszczącego kaganka. Chrapanie Ślimaków i jego usposobiło do snu, a unoszący się w izbie zapach wódki napełniał go tęsknotą. Daremnie opędzał się przykrym myślom, które jak ćmy nad światłem krążyły mu nad głową. Ledwie zapomniał o szpitalu, wnet poczynał go trapić smutek nad opuszczeniem znajdy; ledwie zapomniał o nędzy dziecka, wnet napadał go żal nad własną biedą.

- Nie ma co - mruknął - trza i mnie iść spać... Owinął w kożuch znajdę i poszedł do stajni. Tu legł na swoim barłogu, ogrzewany ciepłym oddechem koni, przymykał oczy, ale - wszystko na nic. Sen nie przychodził, bo na sen było za wcześnie.

Nareszcie, przewracając się z boku na bok, mimo woli zawadził ręką o flaszkę z trunkiem zakonników. Odsunął ją, ale flaszka z pogwałceniem prawa bezwładności coraz natarczywiej pchała mu się do ręki. Chciał mocniej wetkać w otwór gałganek, ale ten został mu w palcach, a kiedy machinalnie podniósł butelkę do oczu, aby w mroku zobaczyć, co się z nią dzieje - szyjka dziwnego naczynia skoczyła mu do ust i Maciek nawet nie myśląc, co robi, pociągnął spory łyk uzdrawiającego specjału.

Połknął i skrzywił się w ciemności, bo trunek był nie tylko mocny, ale jeszcze mdły. Zwyczajnie, lekarstwo.

"Było się też na co łakomić!" - pomyślał Owczarz i zatkawszy butelkę wsunął ją głębiej pod żłób. Zarazem postanowił być na przyszłość wstrzemięźliwszym i bez potrzeby nie pić trunku, który nie odznaczał się dobrym smakiem.

Zmówił pacierz i zrobiło mu się cieplej i spokojniej. Przypomniał sobie powrót Ślimaków z kościoła i - dziwna rzecz - stanęli mu jak żywi przed oczyma. Wnet Jędrek gdzieś się podział (Owczarz nie był w tej chwili pewny, czy w ogóle istniał jaki Jędrek na świecie!). Ślimak poszedł spać, ale gdzieś bardzo i bardzo daleko, a została przy nim tylko - gospodyni w rozpiętej granatowej katance, pod którą widać było kilka sznurów korali, odchyloną koszulę i białą pierś.

Owczarz zamknął powieki i jeszcze przycisnął je palcami, aby nie patrzeć. Mimo to wciąż widział Ślimakową, która uśmiechała się do niego w dziwny sposób. Nakrył głowę kożuchem - na próżno. Kobieta wciąż stoi i patrzy na niego tak, że Maćka ognie przechodzą. Serce zaczyna mu bić gwałtownie, w żyłach czuje war gorący. Odwrócił się do ściany, wtem (o straszna godzino!) czuje, że ktoś jest przy nim i szepce: "Posuń się..." Posunął się tak, że już nie ma miejsca, lecz mimo to słyszy znowu ten sam głos, który mówi: "No, posuń się..." "Gdzież ja się posunę, kiej tu ściana?" - pyta Maciek... "Posuńże się" - szepce głos cichy a niecierpliwy i jednocześnie ciepła ręka obejmuje go za szyję.

Teraz Owczarzowi wydaje się, że jego barłóg poczyna się z nim zapadać. Leci... leci... leci... Boże, gdzie on spada?... Nie, on nie spada, on unosi się w powietrzu, lekki jak pióro, jak dym. Otwiera oczy i widzi nad śnieżystym wzgórzem niebo ciemne, roziskrzone gwiazdami. Skąd niebo, przecie on leży w zamkniętej stajni?... A jednak widać niebo. Jakim sposobem?... Nie, już nie widać, znowu otoczyła go ciemność. Chce się poruszyć, lecz nie może. Wreszcie - po co on ma się poruszać, kiedy mu i tak dobrze? Czy jest na świecie rzecz dla której warto by nawet zgiąć palec? Nie ma takiej, a raczej jest tylko jedna - sen, który go w tej chwili ogarnia; sen tak głęboki, że Owczarz nigdy nie chciałby się z niego obudzić. Ach... ach... ciężko dyszy i zasypia, zasypia, zasypia...

Ze snu bez marzeń, który musiał trwać około dziesięciu godzin, obudziło Maćka wrażenie bólu. Uczuł silne wstrząśnienie. Ktoś kopnął go w bok, potem w głowę, później zaczął szarpać za ręce i targać za włosy wołając:

- Wstawaj, złodzieju!... wstawaj!...

Owczarz machinalnie chciał wstać, lecz tylko przewrócił się na drugi bok. Wówczas uderzenia w głowę i szarpania powtórzyły się jeszcze gwałtowniej, a jakiś głos przytłumiony (tak zdawało się parobkowi) wciąż wołał:

- Wstawaj, ty!... Bodaj cię święta ziemia nie nosiła!... Maciek podniósł się i usiadł. Ale że raził go blask dnia, a głowa ciężyła jak kamień, więc znowu zamknął oczy i oparł brodę na rękach, siedząc. Począł zbierać myśli i w pierwszej chwili zdawało mu się, że zagorzał.

Teraz został uderzony pięścią w twarz raz i drugi. Z trudnością odchylił powieki i przekonał się, że bije go - Ślimak. Chłop szalał z gniewu.

- Czego mnie bijecie? - zapytał zdumiony Maciek.

- Gdzie konie, ty złodzieju?... - krzyczał Ślimak.

- Konie?... - mruknął Maciek. Wypełznął na czworakach ze swego barłogu na powietrze i jeszcze raz powtórzył: - Konie... Jakie konie?...

Nagle porwały go wymioty. Nieco oprzytomniał i spojrzał w głąb stajni. Zdawało mu się, że w niej czegoś brak. Potarł czoło, jakby chcąc obudzić leniwe myśli i znowu spojrzał. Stajnia była pusta.

- A gdzie konie? - zapytał teraz Owczarz.

- Gdzie?... - krzyknął Ślimak. - Tam, gdzie ich zaprowadzili twoi bracia, złodzieju!...

Parobek ze zdumienia rozłożył ręce.

- Ja koni nie wyprowadzałem - rzekł - przez całą noc nie ruszyłem się z tela... Chyba cosik mi się stało, bom jest chory...

I zatoczył się, aż musiał uchwycić ręką za futrynę stajni.

- Co ty gadasz?... Udajesz głupiego, czy nie widzisz, że mi konie ukradli?... - mówił kipiący gniewem Ślimak. - A przecie ten, co kradł, musiał bramę otworzyć i przez ciebie stworzenia przeprowadzać.

- Nikt bramy nie otwierał, nikt przeze mnie koni nie wyprowadzał, niech mnie Bóg skarze! - mówił Owczarz bijąc się w piersi. I rozpłakał się.

W tej chwili zza stodół nadbiegli Jędrek i Ślimakowa.

- Tatulu! - wołał chłopiec - za płotem leży Burek zdechnięty...

- Struły go złodzieje - dodała kobieta - bo pies toczył pianę... Aż mu na pysku zamarzła.

Owczarz nie mogąc stać usiadł na progu stajni.

- A dyć i temu coś się stało - odparł Ślimak - bo jest jak nieprzytomny. Ledwiem go dobudził... I jeszcze dostał choroby...

- Śmierci niech doczeka! - krzyknęła Ślimakowa wygrażając pięścią. - Spal w stajni i dał konie ukraść... Bodaj go ziemia wyrzuciła, kiedy zdechnie!

Jędrek obejrzał się za kamieniem chcąc rzucić w Owczarza, ale - zatrzymali go rodzice. Przypatrzywszy się lepiej parobkowi, dostrzegli w nim uderzające zmiany. Miał twarz popielatą, usta blade jak nieboszczyk i zapadnięte oczy.

- Może i jego otruli? - szepnęła gospodyni.

Ślimak wzruszył ramionami, niepewny, co odpowiedzieć. Wreszcie zaczął badać parobka: czy kto nie był wczoraj w zagrodzie podczas ich nieobecności i czy go nie częstował?

Powoli i z trudnością, nic jednak nie ukrywając, opowiedział im Maciek o podróżnym, któremu naprawiał sanie, tudzież o trunku księży zakonników z Radecznicy i zakończył szlochając:

- Jużci zadali mi jakiegoś paskudnego ziela, ażeby konie wyprowadzić...

Ślimak, zamiast ulitować się, znowu wpadł w gniew.

- Aleś ty wziął od niego trunek - wołał - i piłeś go?... I nie przyszło ci do myśli rozpowiedzieć mi o tym, jakeśmy wrócili z nabożeństwa... Co?...

- Cóżem ja miał woma gadać - odparł Maciek - kiej sami by lista odrobinę zaprószeni?...

- Tobie nic do tego! - wrzasnął Ślimak. - Twoje psie prawo nie patrzyć, czym ja pijany, ale kiedym się upił, jeszcze lepiej pilnować... Takiś sam złodziej jak i tamci, nawet gorszy, boś mnie zdradził, choć przygarnąłem cię, kiedy zdychałeś z głodu...

- Oj! nie gadajcie tak... - jęknął Owczarz. Zsunął się z progu i upadł do nóg Ślimakowi.

- Mam u was - szlochał - kilka rubli zasług... Mam kożuszynę, sukmaninę i skrzynkę... Zabierzcie to, ale nie mówcie, żem was zdradził... Przecie pies nie był ode mnie wierniejszy, a także go otruli...

Ale zacięty Ślimak odepchnął go.

- Nie zawracaj mi głowy! - mówił gniewnie. - Skrzynkę mi daje i swoje zasługi, a konie były warte z osiemdziesiąt rubli... Bez cały rok nie zebrałem tyle, żeby sobie nowe kupić... Osiemdziesiąt rubli, o Jezu!... Osiemdziąt rubli muszę wydać bez tego hycla... Żebyś ty był moim rodzonym dzieckiem, nie dopiero przybłędą, jeszcze bym ci nie darował... Oba chłopcy, choć moi synowie, tyle mnie nie kosztowali...

Gniew jego wzrastał. Chłop trząsł się, ściskał pięści i wołał:

- Co ja się wreszcie mam frasować! Zgubiłeś konie - odnajdź ich, a nie, to cię zaskarżę do sądu jak złodzieja... Idź, gdzie chcesz, szukaj, jak chcesz, ale bez koni na oczy mi się nie pokazuj, bo moja śmierć albo twoja!... Takeś mi obmierzł za tę zbrodnię, że jeszcze chwycę siekierę i łeb ci rozwalę... A i tego szczeniaka zabierz, bękarta Zośki, bo tu zdechnie - idźta se precz!... Wrócisz z końmi - wszystko ci odpuszczę. Ale jak masz wracać bez koni, to się lepiej powieś, byłeś mi już nigdy nie stanął na oczach...

- Będę szukał - zawołał Maciek i drżącymi rękoma począł wciągać stary kożuch. - Może mi Pan Bóg dopomoże...

- Diabła proś, żeby ci dopomógł, kiedyś taki podlec, że mienia mnie pozbawiasz! - mruknął Ślimak i odwrócił się idąc do chaty

- A skrzynkę zostaw - rzekł Jędrek.

- Wypłacił się nam za nasze dobre serce! - dodała gospodyni ocierając oczy fartuchem.

I wszyscy troje poszli do izby. Ani jedno nie rzuciło na Maćka łaskawego spojrzenia, choć opuszczał ich może na zawsze.

Maciek został sam, powoli gotując się do drogi. Ubrał znajdę w swoją kamizelkę, owinął w kawałek sukmany, a potem w płachtę. Sam przepasał się pasem i wyszukał na dziedzińcu grubego kija.

Głowa go bardzo bolała i czuł taki brak sił, jak po najcięższej chorobie. Ale mógł myśleć i wyrozumieć położenie. Nie gniewał się na Ślimaka, że go pobił i wygnał z domu, bo jużci gospodarz miał rację; nie lękał się, że od tej chwili nie ma dachu nad sobą, bo tacy jak on nie posiadają go nigdy. Nie troszczył się o przyszłość dla siebie i sieroty, bo świat wielki, a Pan Bóg jest wszędzie. Za to męczył go inny żal: za skradzionymi końmi.

Konie dla Ślimaka były maszynami roboczymi, ale dla Owczarza -

przyjaciółmi i braćmi. Kto za nim tęsknił na tym świecie, kto szczerze witał wchodzącego do stajni albo żegnał wychodzącego, jeżeli nie Wojtek i Kasztan? Tyle lat byli razem, cierpieli biedę, pomagali sobie, rozweselali się w samotności, i oto dziś - już nie ma tych przyjaciół! Ktoś ukradł ich, wywiódł na nędzę, a on, Owczarz, pozwolił na to...

Maćkowi zdawało się, że słyszy ich rżenie. Zmiarkowały nieboraki, co im jest, i wzywają parobka na pomoc. "Idę! idę!" -mruknął. Wziął zawiniętą dziewczynę na jedną rękę, kij w drugą i poszedł kulejąc za stodoły. Nie obejrzał się na chatę; napatrzy się, kiedy powróci z końmi.

Za stodołą zobaczył rozciągniętego Burka, ale nie miał czasu myśleć o nim, bo oto spostrzegł ślady koni, wyciśnięte w śniegu jak w wosku. Tu znać duże kopyto Kasztana - tu zepsute kopyto Wojtka, a tam - wsiedli na nich złodzieje i pojechali stępa. Jacy pewni swego, jacy bezpieczni! Ale owczarz znajdzie was, choć kulawy i osłabiony, bo w nim już ocknęła się chłopska zawziętość. Żebyście uciekli na kraj świata, on pójdzie na kraj świata; żebyście wkopali się w ziemię, on rękami wykopie ziemię; żebyście wylecieli do nieba, on trafi i do nieba i poty będzie milcząc stał u wrót, poty swoją pokorą będzie naprzykrzać się świętym, aż rozbiegną się po niebie i konie mu wydadzą.

Ślady z pola skręciły na gościniec wiodący do wsi kościelnej, ale bynajmniej nie znikły. Maciek widział je doskonale i czytał z nich całą historię wędrówki. Tu Kasztan potknął się, tu spłoszony Wojtek zeskoczył z drogi, a tu złodziej zsiadł z Kasztana i poprawił na nim uzdę. Panowie ci złodzieje! chodzą kraść w nowych butach; szlachcic nie powstydziłby się jechać w takich na polowanie...

Pod wsią kościelną poznał Maciek, że złodzieje zboczyli z gościńca, a co gorsza każdy w inną stronę: ten, co jechał na Kasztanie - w prawo, ten co na Wojtku - w lewo. Owczarz pomedytowawszy chwilę skręcił na lewo; może dlatego, że ślad Wojtka był znaczniejszy, a może - więcej kochał tę szkapę.

Około południa, wciąż idąc za odciskami kopyt znalazł się Maciek niedaleko wsi, gdzie mieszkał sołtys Grochowski, kum Ślimaka. Ponieważ nakład drogi nie był wielki, więc Maciek wstąpił do Grochowskiego licząc, że im jeść dadzą, bo już był głodny, a i sierota popłakiwała na ręku.

Znalazł sołtysa w chacie, akurat, gdy mu wymyślała żona - tak sobie, bez powodu. Olbrzymi chłop, siedząc na ławie pod ścianą, oparł jedną rękę o stół, drugą na oknie i słuchał kobiecego ujadania z taką powagą, jakby mu w gminie raport czytano. Powaga jednak nie była szczera, bo ile razy żona schowała głowę między garnki na kominie. Grochowski przeciągał się i ziewał albo zaciśniętą pięścią bił się w łeb krzywiąc się tak brzydko, jakby mu owo gadanie od dawna obmierzło.

Przy obcych żona folgowała sołtysowi, aby nie wystawiać na szwank jego urzędu. Toteż Grochowski z ukontentowaniem przyjął Owczarza; kazał mu podać gorącej strawy, a dziecku mleka. Gdy zaś jeszcze doniósł parobek, że Ślimakowi skradziono konie i że on, Maciek Owczarz, idąc za śladem złodziejów wstąpił po radę do swego sołtysa, Grochowski - poczęstował go wędzonką i wódką. Gotów był nawet pisać protokół; na nieszczęście, jak mówił, zabrakło mu w izbie urzędowych statków i papieru.

Swoją drogą wziął Maćka na sekretną rozmowę do alkierza, gdzie z godzinę szeptali. Okazało się, że Grochowski od dawna tropi złodziejską bandę, a nawet zna jej dowódców; zrobić im jednak nic nie może, bo żadnego nie złapał na uczynku, a co gorsza, jakieś silne wpływy krępują mu ręce. Powiedział on Maćkowi nazwisko podróżnego, który za naprawę sani tak go wczoraj uczęstował trunkiem zakonników radecznickich, a nadto objaśnił, że jadąca z nim baba, niby żona, nie jest ani babą, ani żoną, ale bratem Joselowego szwagra, przebranym w kobiece szmaty.

Zrozumiał też Maciek, dlaczego wczoraj młody Grzyb z taką ochotą podejmował oboje Ślimaków we wsi kościelnej po nabożeństwie, że wrócili pijani, ale - przysiągł sołtysowi, że do czasu pary z ust o tym nie puści.

- Przed sądem - kończył Grochowski - nic nie zrobimy hyclom, ale sami - damy im radę, byle ino ich na ustroniu przydybać, a najpierwej wszystkich odkryć. I konie się znajdą, niech cię o to głowa nie boli.

Owczarz objął go za nogi i rzekł:

- Wszystko zrobię, co każecie, sołtysie, choćbym miał śmiercią nałożyć.

- Zrób tak - odparł sołtys. - Za śladem koło mojej chałupy nie ma co iść, bo ja już wiem, że on prowadzi do Joselowego szwagra. Ale ciekawi mnie tamten drugi ślad, na prawo od gościńca, bo on może zawiedzie nas do którego z kolonistów, a może do onego Żyda, co resztek lasu pilnuje. Idźże se ty, bracie, tamtym śladem, najdalej jak będziesz mógł; a jeżeli gdzie trafisz, daj mi zara znać. Do jutra powinieneś tu być z powrotem, bo gniazdo złodziejskie nieduże.

- I odbierzemy konie?... - spytał Maciek.

- Z bebechów im wyciągniemy! - odparł sołtys, a oczy groźnie mu błysnęły.

Było około drugiej, kiedy Maciek począł żegnać się odchodząc. Grochowski napomknął, że dobrze byłoby sierotkę zostawić w izbie, ale żona jego tak się obruszyła, iż umilknął. Znowu więc Owczarz zawinął dziewczynę w kawał sukmany i w płachtę, posadził ją na lewej ręce, kij wziął w prawą i poszedł.

Wróciwszy do gościńca od razu odnalazł ślady Kasztanka i po godzinnym chodzeniu zmiarkował, że stajnia złodziejów musi być gdzieś blisko, w okolicy, bo ślad biegł bałamutnie. Z początku oddalał się od gościńca, potem zbliżył się do niego, znowu oddalał, skręcał do lasu, a nareszcie wpadł między jary, z drugiej strony kolejowego nasypu. Mróz ściskał coraz tężej, ale zadyszany Maciek nie czuł zimna; po niebie od czasu do czasu przelatywały chmury, a na ziemię to sypał śnieg, to ustawał; ale Maciek szukał tym pilniej, lękając się, aby nie zatarło śladów. Szedł wciąż, patrzył pod nogi i nawet nie zważał, że robi się ciemno, a śnieg sypie coraz częściej i gęstszy.

Bardzo zmęczony chwilami przysiadał, ale na krótko, bo zdawało mu się, że słyszy rżenie Kasztanka. Raz nawet odezwało się coś tak głośno (może w jego zbolałej głowie), że porzucił ślad i zebrawszy resztę sił począł iść na przełaj za głosem. Im prędzej biegł, tym wyraźniej rżało; więc wdzierał się na wzgórza, zsuwał z drugiej strony, mocował się z zatrzymującymi go krzakami, padał, podnosił się i szedł, wciąż szedł za głosem.

W końcu rżenie umilkło, a wtedy Maciek spostrzegł, że jest między jarami, po kolana w śniegu, i że zapadła noc.

Z wielkim trudem wdrapał się na wzgórze, aby rozpoznać okolicę i nie zbłądzić. Ale zobaczył tylko śnieg, tu i owdzie popstrzony krzakami. Śnieg na prawo, na lewo, śnieg za nim, przed nim i pod nim - a wokoło ciemność. Spoza chmur nie wygląda ani jedna gwiazda, nawet na zachodzie zgasły wieczorne zorze. Nic, tylko ciemność i śnieg poplamiony czarnymi krzakami.

Spróbował zejść ze wzgórza. Tu - wydało mu się zbyt spadzisto, tam było za wiele gąszczu. W końcu trafił na wygodniejsze zejście, macając kijem postąpił parę kroków naprzód i - runął z wysokości kilku łokci. Prawdziwe szczęście, że śniegu w tym miejscu leżało po pas; inaczej zabiłby się razem z dzieckiem.

Przestraszona sierotka zaczęła cicho szlochać (głos miała zawsze słaby), a do Maćkowego serca zakołatał niepokój.

"Zbłądzić, nie zbłądziłem - myślał - bo to przecie znana okolica, nasze jary. Ale jak z nich wyjść?..."

Znowu począł iść, ale już wąwozami mając śniegu to po kolana, to po kostki, to wyżej kolan. Szedł z pół godziny, aż trafił na miejsce wydeptane. Przyklękł, obmacał ręką i poznał, że to jego własne ślady.

- To ci dopiruj mylna droga! - mruknął i skierował się w inny korytarz wąwozów. Znowu szedł przez kilka pacierzy i znalazł jakby wykopisko w śniegu pod górą. Obmacał ręką ścianę góry i formę jamy i pomiarkował, że jest to miejsce, gdzie niedawno upadł z urwiska.

Wytężył ucho, bo zdawało mu się, że słyszy szmer. To krzaki szeleszczą mu nad głową. Tam w górze zerwał się wiatr i naganiał chmurę sypiąc śnieg drobny, lecz ostry, który ciął go po rękach i po twarzy jak rój komarów.

"Czyby już ostatnia godzina nadeszła?..." - pomyślał. - I -ni... - szepnął - przecie muszę pierwej kunie znaleźć, żeby mnie za złodzieja nie mieli.

Otulił sierotę, która bez względu na ruch i niewygodę twardo mu na rękach zasnęła, i począł iść wąwozem bez celu, aby tylko iść.

- Nie głupim siadać - mruczał - bo niechbym ino usiadł, zmarznę, a przecież kuni u złodziejów nie zostawię...

Ostry śnieg padał coraz gęściej i ubielił Maćka od stóp do głów. Słysząc wiatr szumiący po wierzchołkach wzgórz chłop cieszył się, że go zawiejka nie spotkała na polu, tylko w jarach, gdzie zawsze jest trochę cieplej.

- Nawet wcale jest ciepło - ale zawdy nie siądę, ino przechodzę do rana, boby m zmarzł.

Było jeszcze daleko do północka, kiedy Owczarzowi nogi odmówiły posłuszeństwa; nie mógł już nimi śniegu odgarnąć. Więc stanął i począł dreptać w miejscu. Ale że i dreptanie zmęczyło go, więc zbliżył się do jakiegoś urwiska i oparł się plecami o glinianą ścianę.

Punkt ten zdawał mu się wybornym. Był trochę wzniesiony nad wąwóz, posiadał niewielkie wgłębienie, akurat na człowieka; ze wszystkich stron otaczały go krzaki, więc nawet śnieg nie bardzo dokuczał. Na domiar zalet tego miejsca, gdy mu się raz nogi obsunęły, poczuł Maciek, że na prawo, w zagłębieniu, jest jakby szeroki kamień, tej wysokości co stołek.

"Siąść, nie siądę - myślał - bobym zmarzł. Ale przysiąść można. Co prawda - dodał w sobie po chwili - na mrozie to ino spać się nie godzi i ligać, ale siedzieć nie jest rzecz szkodliwa."

Usiadł tedy śmiało, pociągnął czapkę na uszy, mocniej zawinął sierotę, która wciąż spala, i rozmyślał, że - jak chwilę tu odpocznie, to chwilę podrepcze, znowu odpocznie, znowu podrepcze i tak doczeka rana.

"Byle ino nie zasnąć" - mruczał.

W tym zagłębieniu śnieg już go nie dosięgał, a nawet zdawało się, że jest trochę cieplej na dworze. Maćkowi zmarznięte nogi odtajały, a zamiast zimna czul, że mu coś chodzi po podeszwach jakby mrówki. Mrówki owe przełazłszy między palcami poczęły szemrać po całej stopie; potem weszły na złamaną nogę, później na zdrową i dosięgły kolan.

Nie wiadomo skąd jedna taka mrówka poczęła mu chodzić po nosie. Chciał ją zrzucić, ale wnet cały ich rój usiadł mu na tej ręce, gdzie spała znajda, a potem na drugiej. Owczarz nie spędzał ich, raz, że chodzenie to nie pozwalało mu zasnąć, a wreszcie - że robiło mu przyjemność. Aż uśmiechał się czując, że figlarny owad sięga mu do pasa i bynajmniej nie pytał: skąd się mrówki wzięły? Wiedział przecie, że siedzi w jarach, między krzakami, gdzie o mrowisko nietrudno, a o zimie jakoś - zapomniał.

"Byle ino nie zasnąć... Byle nie zasnąć" - powtarzał. Ale nareszcie przyszło mu na myśl: dlaczego nie zasnąć? Jest noc, jest przecie w stajni... Tak, jest w stajni, lecz zaraz mają tu przyjść złodzieje. Więc Maciek czeka na nich z okrutnym kijem w garści i ażeby nie zaspać, nie kładzie się, lecz siedzi na pieńku.

Oho!... słychać szepty... Już idą złodzieje. Już nawet otworzyli bramę stajni i widać śnieg na dziedzińcu. Maciek tuli się do ściany i ściska swój kij... To im da!...

Ale złodzieje pomiarkowali widać, że Maciek czuwa, i odeszli. Bogać tam odeszli! naprawdę uciekli i pędzą, aż szumi... Owczarz roześmiał się i pomyślał, że już teraz może zasnąć, a przynajmniej zdrzemnąć spokojnie. Poprawił się na siedzeniu, wtulił się w kąt i obu rękoma przycisnął znajdę do piersi, aby mu nie spadła. Potrzebuje tylko chwili snu, gdyż jest bardzo znużony. Potem zaraz obudzi się, bo ma coś robić; ale co?...

"Co ja miałem robić?... - marzył. - Orać?... - Ni - przecie już zorane... Kunie napoić?... Jużci, że kunie..."

Po północy wiatr rozegnał chmury i na niebie ukazał się skrawek księżyca. Mdły jego blask padł prosto w oczy Maćkowi, ale chłop - nie ruszył się. Wkrótce księżyc schował się za wzgórza, nadciągnęły nowe chmury ze śniegiem, ale Maciek jeszcze się nie ruszył. Siedział we wgłębieniu góry, z głową opartą o ścianę, obejmując rękoma znajdę.

Nareszcie słońce wzeszło, ale Maciek i teraz nie ruszył się. Zdawało się, że zdziwiony patrzy na plant drogi żelaznej, która leżała o kilkadziesiąt kroków od niego.

Słońce stało wysoko, kiedy na plancie kolei ukazał się dróżnik. Spostrzegł chłopa, i zawołał; ale że Maciek milczał, więc dróżnik zbiegł z nasypu i zbliżył się do siedzącego. Obszedł go z daleka, krzyknął parę razy: "Hej! hej! ociec, czyście się upili?..." -a nareszcie, jakby nie wierząc własnym oczom, wszedł w zagłębienie wzgórza i dotknął Maćka ręką.

Twarz chłopa była twarda jak wosk i twarz dziecka była twarda jak wosk; szron siedział na rzęsach chłopa, a na ustach dziecka szkliła się zamarznięta ślina.

Dróżnikowi ręce opadły ze zdziwienia. Chciał krzyczeć, ale widząc, że jest sam, zwrócił się i począł pędem uciekać w stronę, skąd przyszedł. Zaraz za wzgórzem widniały wesoło ścielące się po niebie dymy tej wsi, gdzie była kancelaria gminna. Tam pobiegł dróżnik.

W parę godzin sprowadził sanie z sołtysem i strażnikiem i zabrano zwłoki. Ale że Maciek zmarzł, jak siedział, i nie można mu było z powodu dużego mrozu ani rąk otworzyć, oni nóg wyprostować, więc włożono go na furę, jak był. I tak jechał, i tak zajechał do kancelarii gminnej, niby siedząc z dzieckiem na ręku, z głową opartą o tylną poręcz sanek, z twarzą zwróconą do nieba, jak gdyby, skończywszy z ludźmi rachunki. Bogu opowiadał swoje krzywdy i nędzę.

Gdy żałosny kondukt stanął na miejscu, przed kancelarią zebrała się garść bab i chłopów, paru Żydków, a oddzielnie od nich wójt, pisarz i sołtys Grochowski. Grochowski, który od razu domyślił się, kto to zmarł z dzieckiem, poznał Owczarza i markotny opowiedział zebranym historię parobka.

Słuchając ludzie żegnali się, baby jęczały, nawet Żydki pluły na ziemię, a tylko Jasiek Grzyb, syn bogacza Grzyba, palił sześciogroszowe cygaro i uśmiechał się. Trzymał ręce w kieszeniach barankowej kurtki, wystawiał naprzód to jedną, to drugą nogę, ozutą w buty wyżej kolan, dymił cygarem i uśmiechał się. Chłopi patrzyli na niego z niechęcią, mrucząc, że nawet dla śmierci nie ma uszanowania. Ale baby, choć zgorszone, nie miały do niego nienawiści, bo chłopak był jak malowanie. Wysoki, barczysty, zgrabny, na twarzy krew z mlekiem, oczy jak chaber, wąsy i bródka blond jak u szlachcica. Rządcą mógł być tak śliczny chłopak albo choć gorzelanym, a tymczasem ludzie szeptali między sobą, że jest to hycel, który kiedykolwiek zginie przy drodze.

- Musi, że Ślimak niedobrze zrobił, co wygnał nieboraków na taki ziąb - odezwał się wójt, uważnie obejrzawszy zwłoki.

- Jużci niedobrze - zaszemrały baby.

- No, zeźlił się, bo mu konie ukradli - wtrącił jeden z chłopów.

- Konie mu się i tak nie wrócą, a co dwie dusze zgubił, to zgubił! - krzyknęła starsza z bab.

- Od Niemców tego się nauczył! - dodała druga.

- Sumienie będzie go gryzło do śmierci! - rzekła trzecia.

Grochowskiemu było coraz markotniej, więc odezwał się:

- I... nie tyle go ta Ślimak wygnał, ile on sam rwał się, żeby wytropić złodziejów, co nam konie kradną...

I brzydko, choć nieznacznie spojrzał na Jaśka Grzyba, który odzerknąwszy mu, odciął:

- Tak będzie z każdym, co się nadto za koniarzami ugania. Ich nie połapie, a sam zginie.

- Przyjdzie i na nich termin -,rzekł Grochowski.

- Nie przyjdzie!... Bo to jakieś pary sprytne - odparł Jasiek Grzyb.

- Da Bóg, że przyjdzie - upierał się Grochowski.

- Nie gadajcie tak głośno, bo i was kiedy okradną - zaśmiał się Jasiek.

- Może i okradną, ale niech Boga proszą, żeby na mnie twardy sen spuścił.

W czasie tej rozmowy strażnik odszedł do kancelarii, pisarz gminny z wielką uwagą oglądał nieboszczyków, a wójt krzywił się, jakby pieprz gryzł. Wreszcie odezwał się wskazując na sanie:

- Trza tych nieszczęśników od razu zawieźć do sądu. Tam je naczelnik, felczer i niech se robią z nimi, co wypada... Jedź, stójka - zwrócił się do właściciela sani - a ja was z pisarzem dogonię. Pierwszy raz zdarzyło mi się, żeby w gminie tak zamarzli...

Właściciel sani poskrobał się w głowę, ale musiał słuchać -Wreszcie do sądu było ledwie parę wiorst. Wziął więc lejce do ręki i zaciął konie, sam obok sanek idąc piechotą i nie bardzo oglądając się na swoich pasażerów. Wraz z nim poszedł sołtys i jeszcze jeden chłop, który miał w sądzie sprawę o zepsucie wiadra u cudzej studni. Strażnik widząc, że już ruszyli, wybiegł z kancelarii i dopędził ich konno.

W tym czasie, kiedy wójt z gminy wyprawił do sądu nieboszczyków, powiat ciupasem odsyłał gminie "głupią Zośkę". W

parę miesięcy po zostawieniu dziecka na opiece Owczarza Zośka
dostała się do więzienia. Za co? - jej nie było wiadomo. Zarzucano
zaś jej żebraninę, włóczęgostwo, nierząd, zamiar podpalenia i po
odkryciu każdego nowego występku przeprowadzano ją z
więzienia do aresztu, z aresztu do więzienia, z więzienia do
szpitala, ze szpitala znowu do aresztu, i tak przez cały rok.

W wędrówkach tych Zośka zachowywała się całkiem obojętnie.
Tylko gdy ją przeprowadzono do nowego lokalu, przez kilka
pierwszych dni troszczyła się: czy dostanie robotę? Następnie
wpadała w apatię i większą część doby przesypiała albo na
tapczanie, albo pod tapczanem, albo w korytarzu, albo na
podwórku więziennym. Zresztą było jej wszystko jedno.

Niekiedy budziła się w niej tęsknota do swobody i myśl o
porzuconym dziecku, a wówczas wpadała w furię. Raz w takim
stanie nie jadła przez tydzień, drugi raz chciała się obwiesić na
chustce, a za trzecim razem o mało nie podpaliła więzienia.
Oddano ją więc do szpitala i wyleczywszy zastarzałą ranę w nodze,
po upływie kilku miesięcy (w ciągu których poznała parę nowych
więzień) odesłano na miejsce urodzenia, pod dozór.

Szła tedy Zośka z powiatu do rodzinnej ziemi, pod opieką dwu
chłopów, z których jeden niósł o niej pismo, a drugi mu
towarzyszył. Szła gościńcem mając na jednej nodze but, a na
drugiej sandał, na grzbiecie dziurawą sukmanę, a na głowie
chustkę jak rzeszoto. Ani silny mróz, ani widok znanej okolicy nie
wywierały na niej wrażenia. Patrząc przed siebie nie wiadomo na
co, podkasała sukmanę, wysunęła się przed swoich dozorców i
szła tęgim krokiem, jakby jej do domu było spieszno. Gdy nadto
wybiegła naprzód, dozorca wołał za nią: "A co tak lecisz?"
Wówczas zatrzymywała się i stała jak słup na gościńcu, dopóki
znowu iść nie kazano.

- Musi, że ona zupełnie głupia - rzekł jeden z towarzyszących jej
chłopów, ten, co niósł pismo z powiatu.

- Taka zawdy była, choć do prostej roboty nie najgorsza -odparł
drugi, który Zośkę znał od dawna, bo pochodził z tej samej gminy.

I znowu poczęli rozmawiać o czym innym. Do kancelarii gminnej
nie było dalej jak wiorsta i spoza śnieżystego wzgórza już
przeglądały ciemne kominy chałup, kiedy naprzeciw Zośki i jej
dozorców ukazał się konny strażnik, a za nim sanki ze zwłokami
Owczarza i dziecka. Zośka, wciąż idąc naprzód, wyminęła
korowód, ale dozorcy spostrzegłszy niezwykłe widowisko
zatrzymali ją i poczęli rozmawiać z sołtysem.

- O la Boga! - zawołał jeden - a cóż to za nieszczęśnik?

- Owczarz, parobek Ślimaka - odparł sołtys. - Zośka! -zwrócił się do konwojowanej - a dyć to twoja dziewucha z Owczarzem!

Zośka zbliżywszy się do sani poczęła zrazu obojętnie przypatrywać się zwłokom. Powoli jednak spojrzenie jej nabrało ludzkiego wyrazu.

- Co to na nich padło? - rzekła.

- Zmarźli.

- Czegóż oni zmarźli?

- Bo ich Ślimak wygnał z domu.

- Ślimak?... Ślimak wygnał z domu?... - mówiła przebierając bezmyślnie palcami. - Jużci to Owczarz, a to... musi, że moja dziewucha... Moja!... ino trochę od tych czasów urosła... Słyszał kto, żeby zaś takie dziecko zamrozić?... No, prawda, że jej od razu zły koniec był sądzony... Jak mi Bóg miły, tak, to moja dziewucha!.... Patrzajta się!... Moja dziewucha, no - i utrupili ją... Chłopi kiwając głowami przysłuchiwali się gadaniu Zośki. Wreszcie odezwał się sołtys:

- Trza nam w drogę, bywajta zdrowi. Jedźta, kumie Marcinie.

Kum Marcin zebrawszy lejce podniósł w górę bat, a w tej samej chwili Zośka póczęła wsiadać na sanie, do nieboszczyków.

- Co ty robisz? - krzyknął dozorca i schwycił ją za sukmanę.

- Przecie to moja dziewucha! - zawołała Zośka rwąc się na sanki.

- Co z tego, że twoja? - rzekł sołtys. - Tobie inna droga, a jej inna...

- Moja dziewucha!... moja dziewucha!... - poczęła krzyczeć Zośka trzymając się oburącz sani.

Konie nagle ruszyły i Zośka upadła na śnieg; ale schwyciła się płozów i sanie pociągnęły ją za sobą.

- O, nie wariowałabyś! - zawołał dozorca i pobiegł za Zośką z sołtysem i swoim towarzyszem.

- Moja dziewucha!... Dajcie mi moją dziewuchę!... - krzyczała szalona nie wypuszczając płozów.

Chłopi ledwie ją oderwali, a sanie ruszyły. Chciała podnieść się i biec za dzieckiem, ale jeden z dozorców przykląkł jej na nogach, a drugi schwycił za ramiona.

- Co ci z tego, głupia? - perswadowali. - Przecie dziecka nie ożywisz...

- Moja dziewucha!... Ślimak ją zamroził!... Bodaj go Bóg skarał!... Bodaj on tak zmarzł!... - krzyczała Zośka wyrywając się dozorcom.

W miarę jednak oddalania się sani głos jej cichnął, sina z gniewu twarz przybierała barwę miedzianą, a blaski oczu przygasły.

W końcu uspokoiła się i wpadła w zwykłą apatię. Gdy zaś i szmer odjeżdżających ucichnął, podniosła się ze śniegu i obojętna, jak pierwej, tęgim krokiem poczęła iść ku gminnej kancelarii, niekiedy ciężko wzdychając.

- Już zapomniała - mruknął chłop niosący za nią papiery.

- Inny raz to głupiemu najlepiej na świecie - odparł jego towarzysz.

Potem obaj umilkli przysłuchując się skrzypiącemu pod nogami śniegowi.

ROZDZIAŁ DZIESIĄTY

Strata koni niemal do obłędu doprowadziła Ślimaka. Wprawdzie zbił, skopał i wygnał z domu Owczarza, ale to jeszcze nie wyczerpało jego gniewu. Duszno mu było w izbie, więc wybiegł na dziedziniec i chodził po nim wzdłuż i wszerz, blady, z zaciśniętymi pięściami, z krwią nabiegłymi oczyma, upatrując spode łba, na czym by mógł wywrzeć zemstę.

Przypomniał sobie, że trzeba krowom rzucić paszy. Wszedł do obórki, potrącił stworzenia, a gdy jedno z nich, zatrwożone, udeptało go w nogę, schwycił widły i bez miłosierdzia pobił obydwie krowiny. Potem jak bez pamięci wybiegł za stodołę, a zobaczywszy zwłoki Burka, skopał psa, już twardego jak drewno, klnąc na czym świat stoi.

- Żebyś ty, psie nasienie, z cudzej garści chleba nie pożądał, nie straciłbym ja koni... Gnij tutaj i cierp do wiosny, potępiona bestio!... - rzekł mu na zakończenie i jeszcze raz kopnął, aż pękło w zmarzniętym zwierzęciu.

Wróciwszy do izby ciskał się tak, że pienek obalił. Jędrek widząc to parsknął śmiechem, a wówczas Ślimak zdjąwszy rzemienny pas zaczął walić nim chłopaka, aż ten wlazł pod ławę i krwią się zalał.

Chłop mimo to jeszcze pasa nie zapiął. Chodził po izbie z rzemieniem w ręku, czekając, rychło odezwie się żona, ażeby i ją skatować. Kobieta jednak milczała, niekiedy chwytając się ręką za okap komina, jakby jej sił brakło.

- Co się taczasz?... - mruknął chłop. - Nie wywietrzała ci jeszcze wczorajsza wódka?...

- Cosik mi niedobrze - odparła cicho żona. Ślimak zastanowił się i przepasał rzemień.

- Cóż ci? - spytał.

- Takie mi czarne kręgi stają w oczach i szumi w uszach... O!... czy może tak w izbie piszczy?... - mówiła, bezładnie ukazując rękoma.

- Nie chlaj wódki, to ci nie będzie szumieć - odburknął Ślimak i wyszedł znowu na podwórek spluwając.

Zdziwiło go, że kobieta ani odezwała się za ciężko pobitym Jędrkiem. Ponieważ jednak gniew znowu uderzył mu do głowy, więc nie mając kogo bić porwał siekierę i zaczął rąbać drzewo. Rąbał do wieczora, w jednej koszuli, wcale nie jedząc obiadu.

Zdawało mu się, że tu, u jego nóg, leżą ci, co mu konie ukradli; więc rzucał się jak wściekły, aż mu drzazgi i polana wylatywały nad głowę rozsypując się po dziedzińcu.

Nareszcie omdlały mu ręce, zabolał krzyż, a koszula przemokła od poru; zarazem gniew go opuścił.

Wróciwszy do chałupy, w pierwszej izbie nie zastał nikogo. Zajrzał do alkierza. Ślimakowa leżała na łóżku.

- Co ci to? - spytał.

- Trochę mnie rozebrało - odparła kobieta jak obudzona ze snu. - Ale to nic.

- Na kominie wygasło.

- Wygasło? - powtórzyła. Ciężko podniosła się z pościeli i z niemałym trudem na nowo rozpaliła ogień do wieczerzy.

- Widzisz!... - mówił Ślimak, z uwagą przypatrując się żonie.

- Zgrzałaś się wczoraj w karczmie, potem wypiłaś wody z żydowskiej kwarty i jeszcześ se w drodze rozpięła katankę. Zaziębiło cię widać.

- Nic mi nie będzie - odparła opryskliwie. Może nawet lepiej jej się zrobiło, bo odegrzała obiad i dała im na kolację.

Jędrek wyszedł z kąta i wziął do ręki łyżkę, ale zamiast jeść tak płakał, że Ślimakowi zrobiło się przykro. Matka jednak nie zważała na jego łzy i, potoknąwszy byle jako naczynie, poszła spać.

W nocy, prawie o tej samej godzinie, kiedy nieszczęsny Owczarz dogorywał w jarach, Ślimakową porwały dreszcze. Zbudzony mąż okrył ją kożuchem i dreszcze powoli przeszły. Na drugi dzień wstała jak zwykle do roboty, chwilami narzekając na ból głowy i krzyża. Mimo to krzątała się, ale Ślimak po oczach jej zmiarkował, że jest niedobrze, i zesmutniał.

Ku wieczorowi zatrzeszczały na gościńcu sanie i stanęły u ich wrót. Po chwili wszedł do izby szynkarz Josel. Żyd miał tak dziwny wyraz twarzy, że Ślimaka aż kolnęło w serce, gdy go ujrzał.

- Pochwalony - rzekł Josel.

- Na wieki wieków - odparł chłop. Nastała chwila milczenia.

- Nic się nie pytacie?... - odezwał się Żyd.

- Co ja się mam pytać?... - odparł Ślimak patrząc mu w oczy i -pobladł, choć nie wiedział dlaczego.

- Jutro - mówił z wolna Josel - jutro Jędrka powołają do sądu za to, co pokaleczył Hermana...

- Niewiele mu zrobią - rzekł Ślimak.

- Zawdy trochę posiedzi w kozie.

- Niech posiedzi. Na drugi raz nie będzie się bił. W izbie znowu zaległo milczenie, tym razem dłuższe. Żyd kiwał głową, a Ślimak patrzył na niego czując, że budzi się w nim niepokój. Nareszcie zebrawszy siły zapytał się szorstko:

- Macie jeszcze co?

- Co tu dużo gadać? - odparł Żyd machnąwszy zaciśniętą pięścią. - Owczarz i dziecko zmarźli na śmierć...

Ślimak uniósł się na ławie, jakby chcąc rzucić się na Josela, ale opadł i oparł się o ścianę. Gorąco go oblało, potem nogi mu się zatrzęsły, a potem było mu niby dziwno, że go taki strach ogarnął.

- Gdzie... kiedy?... - spytał głucho.

- Gdzie?... - mówił Josel. - W jarach, z tamtej strony kolei i nawet niedaleko gminy. A kiedy?... kiedy?... Sami wiecie, że tej nocy, boście go wczoraj wypędzili...

Chłop podniósł się gniewny.

- Uu!... już tak szczekacie, Joselu, że się kurzy za wami... Zmarzł!... Cóż to on ode mnie w jary poszedł?... Nie ma chałup na świecie czy co?...

Szynkarz wzruszył ramionami i cofając się do drzwi odparł:

- Wierzcie, nie wierzcie - mnie wszystko jedno. Sam widziałem, jak zmarzniętego Owczarza z dzieckiem odwozili do sądu, pewnie na egzenterunek. A wy możecie nie wierzyć!... Bądźcie zdrowi, gospodarzu...

- Wielga rzec!... A cóż mi za to będzie, że on zmarzł!... -wykrzyknął Ślimak.

- Od ludzi nic, ale... Pan Bóg... Wy już i w Boga nie wierzycie, Ślimaku?... - spytał Żyd zza progu i od ognia na kominie błysnęły mu oczy.

Zamknął drzwi izby, potrącił się o coś w sieni i wyszedł na podwórek. Ślimak słyszał jego ciężki chód, stopniowo cichnący aż do bramy; potem usłyszał, jak siadł do sanek i krzyknął: "wio!" -na konia. I jeszcze słyszał, jak sanki skrzypiały coraz dalej i dalej, aż do mostu.

Otrząsnął się, spojrzał po izbie i z drugiego kąta zobaczył utkwione w siebie oczy Jędrka. Jakaś posępność osiadła mu na myśli.

"Cóżem winien, że on zmarzł?" - mruknął do siebie. W tej chwili przypomniał sobie jedno kazanie, które wikary powtarzał w kościele co roku. I zdawało mu się, że słyszy jego zmęczony ze starości i jękliwy głos wołający: "Byłem głodny, nie nakarmiliście mnie; byłem nagi, nie przyodzialiście mnie; nie miałem dachu nad głową, nie przygarnęliście mnie... Idźcież, przeklęci, w ogień wieczny, zgotowany diabłu i sługom jego..."

- Łże Żyd, jak Bóg na niebie... - rzekł Ślimak czując, że go przechodzi mrowie. I powiedziawszy to, byłby przysiągł, że teraz właśnie jest w stajni Owczarz z dzieckiem, oboje żywi i zdrowi. Był tak pewny, iż powstał z ławy, aby wezwać parobka na kolację. Lecz gdy ujął ręką za klamkę drzwi, nagle - cofnął się. Bał się wyjrzeć na podwórko...

Powoli strach go ominął. Chłop wyszedł na dziedziniec, zajrzał do pustej stajni, potem krowom rzucił garść siana i gdy zapadł mrok, spać się położył. Żonę znowu porwały dreszcze, więc okrył ją kożuchem, jak wczoraj, mrucząc:

- To ci podły Żyd ten Josel!

Żadną miarą nie mogło pomieścić mu się w głowie, żeby Owczarz z dzieckiem zmarźli. Owszem, im dłużej o nich myślał, tym większej nabierał pewności, że Josel nastraszył go, może z zamiarem jakiego oszustwa. Rano zaś ze śmiechem opowiadał o tym żonie dziwiąc się bezczelności szynkarza i usiłując odgadnąć: po co Żyd opowiedział mu takie łgarstwo?

Ale po obiedzie zajechał do nich miejscowy sołtys z piśmiennym wezwaniem od sądu do Jędrka w sprawie o pokaleczenie Hermana.

- Kiedy on tam ma być? - spytał Ślimak.

- Jego dzieło jutro - odparł sołtys. - Ale co ma lecieć piechotą tyli szmat drogi. Niech siada ze mną, to go odwiozę.

Jędrek nieco pobladł i milcząc zaczął odziewać się w półkożuszek i nową sukmanę.

- Dużo mu tam zrobią? - spytał markotnie ojciec.

- Iii!... posiedzi kilka dni, może z tydzień - rzekł sołtys. Ślimak westchnął i począł wydobywać rubla z węzełka.

- Ale, ale... - odezwał się. - A słyszeliśta, sołtysie, co ten, para, Josel gada, że Owczarz z dzieckiem oboje zmarźli?

- Com nie miał słyszeć? - odparł niechętnie sołtys. - Przecie to prawda...

- Zmarźli?... zmarźli?... - powtórzył Ślimak.

- Jużci tak. Ale - dodał - kużden rozumie, że to nie z waszej winy. Nie dopilnował koni, wy w złości wygnaliśta go, ale przecie nikt mu nie kazał schodzić z gościńca między jary. Upił się czy co i nieborak zginął bez własne głupstwo.

Jędrek już był gotów i żegnając się z rodzicami kolejno obejmował ich za nogi. Ślimakowi łzy zakręciły się w oczach. Ścisnął syna za głowę i dał mu rubla na wszelki wypadek polecając go opiece boskiej. Zdziwił się jednak bez miary widząc, że matka traktuje chłopca obojętnie.

- Jagna! przecie Jędrek jedzie do sądu i do haryśtu... -reflektował ją mąż.

- To i co - odparła patrząc błędnymi oczyma.

- Bardzoś chora?...

- Ni. Ino mnie trochę głowa boli i we wnętrzu pali, i... sił jakoś nie mam...

To powiedziawszy odeszła do alkierza i legła na łóżku. Jędrek z sołtysem opuścili chatę.

Ślimak został sam w izbie, a im dłużej siedział, tym niżej głowa opadała mu na piersi. Zdawało mu się, że drzemie, to znowu, że siedzi nad jakimś szarym polem, w każdą stronę bardzo rozległym, na którym nie ma ani krzaków, ani badylów, ani nawet kamienia - nic. Tylko gdzieś z boku (chłop nie śmiał spojrzeć na tamtą stronę) stoi Owczarz z dzieckiem na ręku i uparcie patrzy mu w oczy.

Ślimak wstrząsnął się. Nie, na tym polu nie ma Owczarza, a jeżeli jest, to gdzieś tak z boku, na krawędzi, tak gdzieś daleko, że go nawet dojrzeć niepodobna i widać tylko kraj jego sukmany, a może i tego nie...

Myśl o Owczarzu zaczęła być dokuczliwą. Chłop podniósł się z ławy, przeciągnął, aż mu w stawach zatrzeszczało, i wziął się do mycia kuchennych statków.

- Oto, na co mi zeszło! - mruknął. - Ech!..., albo to raz bieda padnie na człowieka, a musi się nie dawać?

Uwaga ta orzeźwiła go i zaczął kręcić się około domu. Świniom wyniósł kartofli i pomyj, dla krów zdjął paszę z góry, narznął sieczki, potem kilkoma nawrotami chodził po wodę do rzeki. Tak już dawno nie robił nic podobnego, że zdawało mu się, iż odmłodniał - i nabrał otuchy. I byłoby mu nawet całkiem raźno pomimo choroby żony i wzięcia do sądu Jędrka, gdyby nie wspomnienie o Owczarzu. Przecie to Owczarz jeszcze dwa dni temu nosił wodę. Owczarz ciął sieczkę, Owczarz karmił bydło...

W miarę zapadającego mroku Ślimak robił się posępniejszy.

Najbardziej trapiło go milczenie w izbie, cisza tak głęboka, że obudzone szczury zaczęły biegać po powale i gryźć. Im robiło się ciemniej, tym chłop widział wyraźniej, że mu czegoś brakuje; wielu, bardzo wielu rzeczy brakuje. Im było ciszej, tym wyraźniej słyszał drżący i płaczliwy głos wikarego, który bijąc pięścią w ambonę wykrzykiwał: "Byłem głodny, nie nakarmiliście mnie; byłem nagi, nie przyodzialiście mnie; nie miałem dachu nad głową, nie przygarnęliście mnie... Idźcie, przeklęci, w ogień wieczny, zgotowany diabłu i sługom jego..."

- Hycle Szwaby! co tu przez nich narodu zmarniało... -mruknął chłop, koniecznie usiłując zapomnieć o Owczarzu. I ustawiwszy rękę naprzeciw okna, tak aby dobrze widzieć palce, zaczął rachunek:

- Utopił mi się Stasiek, to jeden... Niemce byli przy tym... Musiałem oddać krowę na rzeź, to dwa, bo mi bez Szwabów paszy zabrakło... Konie mi ukradli, to już styry, za to, żem złodziejom odebrał niemieckiego wieprza... Burka struli - to pięć... Jędrka mi wzięli do sądu za Hermana - to sześć... Owczarz i sierota - to osiem... Osiem narodu zgładzili!... A jeszcze Magda przez nich odejść musiała, bom zbiedniał, i jeszcze mi żona choruje pewno ze zgryzoty, to dziesięć... Chryste Panie!... Chryste Panie!...

Nagle chwycił się oburącz za włosy i zaczął drżeć jak dziecko z trwogi. Nigdy jeszcze tak się nie bał, nigdy, choć parę razy śmierć zaglądała mu w oczy. W tej chwili dopiero, po tym rachunku osób i stworzeń, których mu zabrakło w domu, Ślimak poznał i ulągł się niemieckiej potęgi... Toż te spokojne Niemce obaliły mu jak wicher całe gospodarstwo, całe szczęście, całą pracę życia. I żeby choć sami kradli albo rozbijali... Nie, oni mieszkają jak inni ludzie, orzą trochę szerzej, modlą się, uczą dzieci. Nawet ich bydło szkody w polu nie robi, cudzej trawki nie uszczknie!...

Nic, no nic złego zarzucić im nie można, a przecie zubożyli go, opustoszyli mu chatę samym sąsiedztwem. Jak dym wydobywa się z cegielni, i suszy zioła, tak ich kolonie dymią nieszczęściem, gubiąc ludzi i stworzenia. Co wreszcie on tu znaczy? Alboż ci sami Niemcy nie wycięli starego lasu, nie porozbijali odwiecznych kamieni w polu, nie wysadzili dziedzica ze dworu?... A ilu to ludzi dworskich straciwszy miejsce wpadli w nędzę albo rozpili się, albo nawet kradną?...

I dopiero dziś, pierwszy raz, wymknęło się z ust Ślimaka desperackie zdanie:

- Za blisko nich siedzę... Dalszych gospodarzy oni tak nie

uszkodzili...

A po chwili dodał:

- Co z tego, że zostanie grunt, jak ludzie na nim wyginą?... Nowa ta myśl wydała mu się tak wstrętną, że i od niej chciał się uwolnić. Zajrzał do żony - zdaje się, że śpi. Dorzucił łuczywa na komin, a potem począł przysłuchiwać się szczurom gryzącym powałę. Wtedy znowu uderzyła go cisza w domu i w szumie wiatru, ciągnącego ode drzwi do komina, znowu usłyszał jękliwy głos księdza: "Byłem głodny, nie nakarmiliście mnie; byłem nagi..."

Wtem na podwórku rozległy się kroki. Chłop wyprostował się i czekał. "Jędrek?... - przemknęło mu. - Może Jędrek..." Skrzypnęły drzwi w sieni, zamknęły się i jakaś, widocznie cudza, ręka zaczęła szukać wejścia do izby. "Josel?... Niemiec?..." -myślał chłop. Nagle cofnął się przerażony; w głowie mu się zakręciło. Na progu izby stanęła - Zośka.

Zrazu oboje milczeli, wreszcie Zośka odezwała się:

- Niech będzie pochwalony...

I poczęła rozcierać zziębnięte ręce zwróciwszy się do ognia. Ślimakowi mieszały się wyobrażenia Owczarza, sieroty i Zośki; patrzył na nią jak na człowieka z tamtego świata.

- Skądżeś się tu wzięła? - spytał stłumionym głosem.

- Z kryminału wysłali me do gminy, a w gminie powiedzieli, żebym poszukała roboty, bo nie mają pieniędzy na darmozjadów.

I zobaczywszy pełne garnki na kominie zaczęła oblizywać się jak pies.

- Chcesz jeść? - spytał Ślimak.

- Jużci.

- To se nalej miskę krupniku. A o tu jest chleb. Zośka spełniła, co kazano. Zacząwszy jeść spytała:

- A nie potrzeba wam dziewuchy?

- Nie wiem jeszcze - odparł Ślimak. - Kobieta mi chora.

- Patrzajcie!... Tak tu u was pusto. A Magda gdzie?

- Odeszła.

- Chy!... A Jędrek?

- Wzięli go dziś do sądu.

- Widzieliście!... A Stasiek?

- Utonął noma tego lata - szepnął chłop i zmartwiał na myśl, że Zośka zapyta go o Owczarza i córkę.

Ale ona jadła ze zwierzęcym apetytem, nie wypytując się o nic więcej.

"Wie, czy nie wie?..." - myślał chłop.

Zośka skończywszy jeść głęboko odetchnęła i uderzyła ręką w kolano tak wesoło, że i Ślimak nabrał otuchy. Nagle spytała się:
- Przenocujeta mnie?
Chłopa targnął niepokój. W tej pustce każdy gość byłby dla niego błogosławieństwem, ale Zośka!... Jeżeli nie wie o Owczarzu, jakie nieszczęście przygnało ją dziś do chaty? jeżeli wie - po co tu przyszła?
I gdy tak myślał, trwożąc się w sercu, izbę znowu zaległa cisza i chłop znowu usłyszał głos wikarego: "Byłem głodny - nie nakarmiliście mnie, nie miałem dachu nad głową-nie przygarnęliście mnie... Idźcie, przeklęci, w ogień wieczny..."
- To se tu ostań - rzekł - ino śpij w izbie.
- Choćby w szopie - odparła.
- Ni, w izbie.
Nie wiadomo skąd trwoga już go opuściła, ale tym mocniej czuł ciężar niepokoju. Zdawało mu się, że niewidzialna ręka chwyta go za płuca, dotyka serca, szarpie za kiszki. Czuł dokoła siebie nieszczęście, a to go najwięcej mordowało, że nie wie, ani jakie ono jest, ani kiedy uderzy. I znowu przyszły mu do myśli słowa:
",Co z tego, że zostanie grunt, jak ludzie na nim wyginą?..."
A potem dodał:
"Czyżby już śmierć szła na nas?... No, a jeżeli śmierć, to i cóż?"
Ogień dogasał, Zośka umyła miskę i w łachmanach legła spać na ławie. Ślimak wszedł do alkierza, ale nie myślał rozbierać się; usiadł w nogach żony i postanowił czuwać bodaj całą noc. Dlaczego? - nie wiedział. Nie wiedział i o tym, że ten dziwny stan jego duszy nazywa się zdenerwowaniem.
A jednak rzecz szczególna. Ślimak odgadywał, że Zośka przyniosła mu jakby część łaski do chaty; od chwili bowiem jej przybycia cień Owczarza i sieroty bledną mu w wyobraźni. Natomiast tym natrętniej przypominali mu się Niemcy i towarzysząca im siła nieszczęścia.
- Stasiek - jeden - mruczał chłop. - Krowina - to dwa... Konie - śtyry... Owczarz i dziecko - to sześć... Magda - siedem... Jędrek - osiem... Burek i kobieta - dziesięć... Tyle narodu!... choć jeszcze na mnie palca żaden nie podniósł... Już widać zmarniejemy wszyscy...
I tak rachując czuł, że mu głowę ściska jakby żelazna obręcz. Był to sen, ciężki sen, towarzysz głuchej boleści. Marzył, że z niego robi się dwu ludzi. Jednym był on sam. Ślimak, który siedzi w alkierzu u nóg żony, a drugim był Maciek Owczarz (ale nie tamten, co zmarł, tylko jakiś nowy Owczarz), który stał za oknem alkierza, w

ogródku, gdzie latem rosły słoneczniki. Ten nowy Owczarz był wcale inny od starego: posępny i mściwy. "Co ty sobie myślisz - mówił gość zza okna, marszcząc się - że ja ci daruję moją krzywdę? Nie to, żem zmarzł, bo zmarznąć może i pijak, ale żeś mnie z domu wygnał jak psa. Ino pomiarkuj, co byś ty sam powiedział, żeby cię tak sponiewierali za nic? Żeby cię wypędzili na mróz chorego, bez łyżki strawy? Tożeś ty nade mną nie miał ani trochy miłosierdzia za tyle lat roboty... A co tobie winna znajda, żeś ją zgubił?... Nie chowaj głowy, nie odwracaj się, ino sam powiedz: co ja mam z tobą zrobić za twoją niecnotę? Sam powiedz, bo przecie masz rozum, że taka sprawa nie ujdzie ci darmo i święty Boże nie pomoże..."

"Cóż ja mu powiem, nieszczęsny? - myślał Ślimak oblewając się potem. - Jużci gada prawdę, żem hycel. Niech se już chyba sam jaką pomstę wymyśli, to może prędzej się ulituje i nie będzie mnie trapił po śmierci."

W tej chwili chora żona poruszyła się na łóżku i Ślimak ocknął się. Otworzył oczy, ale wnet je przymknął. Przez okno wpadał do alkierza różowy blask; na szybach iskrzyły się kwiaty mrozu.

"Świta?..." - pomyślał chłop i machinalnie powstał z łóżka. Wnet jednak poznał, że to nie świt, bo różowe światło drgało.

- Czy pali się?... - mruknął czując swąd, który był tak silny, że odurzał.

Ślimak wyjrzał do drugiej izby, ale Zośki na ławie nie było.

- A co, nie mówiłem!... - zawołał i pędem wybiegł na podwórko. Już otrzeźwiał.

Istotnie był to pożar jego własnej chałupy. Paliła się część dachu od strony gościńca. Z powodu grubej warstwy śniegu, okrywającego strzechę, ogień rozszerzał się powoli. Nawet w tej chwili można go było ugasić, ale Ślimak nie myślał o gaszeniu.

Wrócił do alkierza, targnął żonę i zawołał:

- Wstawaj, Jagna!... pali się izba!...

- O, daj mi ta spokój!... - odparła nieprzytomna kobieta okrywając głowę kożuchem.

Ślimak schwycił ją i potknąwszy się o dwa progi zaniósł owiniętą w kożuch pod szopę. Potem wyniósł jej odzienie i pościel, wybił drzwi do komory i wyciągnął skrzynię, gdzie leżały pieniądze; nareszcie wywaliwszy okno począł wyrzucać sukmany, kożuchy, woreczki z leguminą, stołki i naczynia kuchenne. Zmęczył się, pokaleczył ręce, spotniał, ale jeszcze nie stracił odwagi, bo wiedział, z jakim walczy nieprzyjacielem.

Tymczasem cały dach stanął w płomieniu, a przez szczeliny w

powale zaczął pokazywać się w izbach dym i ogień. Wtedy dopiero Ślimak cofnął się na oświetlone podwórko ciągnąc za sobą ławę. Odniósłszy ją pod szopę, chciał jeszcze wrócić się po stół. Nagle spojrzał na stodołę i - skamieniał. Z wnętrza stodoły także poczęły wydobywać się płomienie i lizać śnieg na dachu. Obok budynku stała Zośka wygrażając pięściami i krzycząc na całe gardło:

- Macie, Ślimaku, podziękowanie za moją dziewuchę!... Teraz wy zmarniejecie jak ona!...

Pobiegła ku jarom i wdrapawszy się na wzgórze, poczęła przy blasku ognia tańcować i klaskać w ręce.

- Pali się!... pali się!... - wołała.

Ślimak zakręcił się na miejscu jak postrzelone zwierzę. Potem z wolna poszedł do szopy, usiadł na kłodzie i zasłonił twarz rękoma. Nie myślał o ratunku widząc w tym początek kary boskiej za śmierć Owczarza i znajdy.

- Wszyscy zmarniejemy! - mruknął.

Już oba budynki paliły się jak słupy ogniste, aż mimo mrozu Ślimakowi w szopie było gorąco i śnieg zaczął tajać na podwórku, kiedy od kolonii Hamera doleciał go krzyk i tętent. To Niemcy biegli mu z pomocą.

Wnet na podwórzu zaroili się parobcy, baby, dzieci, z wiadrami i bosakami, przytoczyli nawet ręczną sikawkę i uszykowawszy się we dwie gromady, pod komendą Fryca Hamera zaczęli rozrywać ściany budynków i zalewać pożar. Szli w ogień jak na tańce, śmiejąc się i wyprzedzając; odważniejsi wdrapywali się z toporami na nie zajęte części stodoły, a baby i dzieci znosiły wodę z rzeki,

Na wzgórzu ukazała się znowu Zośka.

- Zmarniejeta, Ślimaku, choć was Niemce wzięły w opiekę!... - krzyczała wygrażając pięściami.

- Kto to?... Co to?... Łapać ją!... -zaszemrali koloniści. Dwu bliższych pobiegło na wzgórze, ale Zośka skryła się w jarach. Fryc Hamer zbliżył się do Ślimaka.

- Podpalili was? - spytał.

- A jużci - odparł chłop.

- Tamta? - dodał Fryc pokazując ręką na wzgórze.

- Przecie ona.

- Nie lepiej to było nam sprzedać grunt?... - rzekł Fryc po chwili. Chłop spuścił głowę i milczał.

Pomimo silnego ratunku stodoła spaliła się, z chaty jednak uratowano część ścian. Jedni z kolonistów zalewali wodą zgliszcza, inni otoczyli kołem Ślimaka i jego chorą żonę.

- Gdzież się teraz podziejecie? - zaczął znowu Fryc.

- Usadowimy się w stajni - odparł chłop.

Niemki szeptały między sobą, ażeby zabrać ich na folwark, a koloniści kręcili głowami mówiąc, że choroba Ślimakowej może jest zaraźliwa. Fryc skwapliwie przyłączył się do tej ostatniej opinii i kazał chorą przenieść w półkoszku do stajni.

- Przyszlemy wam tu - rzekł Fryc - wszystkiego, co potrzeba, a potem zobaczymy...

- Niech Bóg wynagrodzi - odparł Ślimak i schyliwszy się objął go za nogi.

Koloniści poczęli się rozchodzić. Fryc jedną z bab zostawił przy chorej, jednemu z parobków kazał przywieźć słomy dla pogorzelców, a Hermanowi szepnął, aby natychmiast jechał do Woli po młynarza Knapa.

- Dziś chyba skończymy z nim interes - mówił do Hermana. -Wielki czas!...

- Bez tego - odparł Herman wskazując głową na zgliszcza - nie wytrzymalibyśmy do wiosny.

Fryc zaklął. Mimo to życzliwie pożegnał się ze Ślimakiem radząc, aby do żony sprowadził felczera, bo jest źle. Lecz gdy schyliwszy się nad chorą rzekł:

- Ona jest całkiem nieprzytomna...

Ślimakowa nie otwierając oczu odparła dziwnie stanowczo:

- Aha... nieprzytomna, nieprzytomna!... Fryc cofnął się zmieszany. Po chwili szepnął:

- Bredzi!... ma gorączkę...

I uścisnąwszy Ślimakowi rękę poszedł za innymi na kolonię.

Zrobił się dzień, z kolonii przywieźli słomę, bułkę chleba i butelkę mleka, a Ślimak wciąż chodził po dziedzińcu, po którym rozścielały się cuchnące dymy pogorzeliska. Splotły mu się po desperacku zwieszone ręce, a on chodził, oglądał i nasycał się goryczą bólu. Tu pod szopą leży stołek i ława... Jakie one stare!... Siadywał na nich będąc dzieckiem i niekiedy wyrzynał cygankiem karby i krzyże... o! właśnie te same. A tu skrzynia, nawet z kluczem w zamku. Chłop otworzył ją i wydobył mniejszy woreczek ze srebrem i większy z bankocetlami i oba ukrył w rogu stajni pod zeschłą mierzwą. Ukończywszy tę czynność wpadł znowu w apatię i znowu tułał się po dziedzińcu. Oto kupa popiołów, spomiędzy których sterczą czarne, dymiące belki: to jego stodoła i całoroczne zbiory! A tam leży Burek; już go nawet zaczęły szarpać wrony i spod żółtych kudłów wyglądają krwawe żebra. A tu jego chata - bez okien, bez drzwi, bez dachu; tylko spomiędzy okopconych ścian sterczy komin. "Jaka ta chałupa mała i jaki wysoki komin!..." - pomyślał Ślimak.

Odwrócił się i wszedł na wzgórze, tknięty przeczuciem, że w tej chwili mówią o nim we wsi, a może przyjdą mu z pomocą. Ale ze wsi nikt nie nadchodził. Na bezgranicznej płachcie śniegu nie było ani jednej żywej istoty, tylko tu i owdzie spomiędzy drzew błyskały ognie rozpalone w chałupach.

"Śniadanie gotują" - mruknął do siebie.

Zmęczony umysł i podniecona fantazja sprawiały, że chwilami marzył na jawie. Oto znowu jest wiosna i Ślimak bronuje owies. Przed nim idą machające ogonami kasztanki, nad nim świergocą wróble, tam Stasiek przegląda się w rzece, a tam pański szwagier jedzie na koniu, którego nie może utrzymać. Spod mostu, gdzie żona pierze bieliznę, rozlega się łoskot kijanki, w ogródku wykrzykuje Jędrek, a Magda odpowiada mu z izby...

W tej chwili Ślimak poczuł swąd pogorzeliska i nagle wszystko mu obmierzło. I ta rzeka zamarznięta, w której już nigdy nie przejrzy się Stasiek, i te wzgórza pokryte śniegiem, i ta chałupa ciasna, pusta, bez dachu, z kominem szkaradnie sterczącym. Wszystko mu obmierzło, wszystko i - pierwszy raz w życiu zapragnął uciec stąd gdzieś tak daleko, w takie odmienne strony, gdzie by mu już nic nie przypominało ani Staśka, ani Owczarza, ani koni, ani tej przeklętej zagrody.

Co mi ta!... - mruknął uderzając pięścią w powietrze. -Co mi niewola tu siedzieć?... Mam trochę grosza, tyle samo wezmę od Niemców i kupię inny grunt. Mam się tu budować, żeby mnie zowu spalili? tu gospodarzyć, żebym nic nie sprzedawał? tu siedzieć, żeby mnie inni pozbawiali zarobku?... Wolę nie być chłopem, a żyć jak Niemiec, co kupuje ziemię najtaniej, a sprzedaje najdrożej i ma pieniądze."

Zeszedł ze wzgórza do stajni i położył się na słomie niedaleko żony która jęczała w malignie. Wnet zasnął. W południe na progu stajni ukazał się stary Hamer, a za nim Niemka, z dwojniakami gorącej strawy. Widząc, że chłop śpi, Hamer szturgnął go parę razy laską.

- Hej, hej! wstawajcie tam! - zawołał.

Ślimak ocknął się, usiadł na słomie i przetarł zdziwione oczy. Zobaczywszy zaś, że jakaś baba stoi nad nim z dwojniakami, poczuł głód i milcząc wziął od niej naczynie i łyżkę. Potem chciwie zaczął jeść.

Stary Hamer usiadł na progu, popatrzył na chłopa, pokiwał głową, następnie wydobył z kieszeni porcelanową fajkę na giętkim cybuchu i zapaliwszy ją mówił:

- Byłem teraz w waszej wsi. Byłem u Grzyba, u Orzechowskiego i jeszcze u kilku gospodarzy, ażeby dali wam jakąś pomoc. Przecie to chrześcijański obowiązek...

Puścił z wolna kłąb dymu czekając na podziękowanie chłopa. Ale Ślimak nie spojrzał na niego, tylko jadł.

- Mówiłem im - ciągnął stary - żeby was przyjął który na stancję albo choć wysłał konie po felczera dla żony. No, a oni -nic. Oni pokiwali głowami i powiedzieli, że was Bóg skarał za śmierć tego parobka i znajdy, więc oni w takie sprawy nie chcą się mieszać. Oni nie mają chrześcijańskiego serca.

Ślimak kończył jeść, a wciąż milczał. Hamer jeszcze kilka razy pociągnął dym z cybucha i nareszcie rzekł:

- No, co wy teraz będziecie robić w tej pustce? Chłop otarł usta i odpowiedział:

- Sprzedom.

Hamer zaczął poprawiać tytuń w fajce.

- Macie kupca? - spytał.

- Wam sprzedom - rzekł Ślimak.

Hamer zamyślił się i znowu coś majstrował przy fajce. Wreszcie odparł:

- Phy! kupić, kupię, kiedy wpadliście w taką biedę, ale mogę dać tylko siedemdziesiąt rubli za morgę.

- Niedawno dawaliście sto...

- Po cóżeście nie brali?

- To prawda - rzekł chłop. - Każdy, jak może, korzysta.

- A wy nigdy nie korzystaliście? - spytał Hamer.

- I ja korzystałem.

- Wreszcie budynki spalone.

- Wybudujecie sobie lepsze. Hamer znowu zamyślił się.

- Więc bierzecie? - spytał Ślimaka.

- Co nie mam brać?

- I jutro pojedziemy do rejenta?

- Pojedziemy.

- A dziś wieczorem ugodzimy się u mnie.

- Można i dziś.

- No, kiedy tak - rzekł Hamer po chwili - to ja wam coś powiem. Ja wam dam siedemdziesiąt pięć rubli za morgę i ja nie dopuszczę, ażebyście tu zginęli. Waszą żonę odwieziemy na kolonię i pomieścimy w szkole. Tam ciepło. Oboje przezimujecie u nas, a ja za robotę będę wam płacił jak naszym parobkom.

Aż podrzuciło Ślimaka słówko - parobek. Milczał jednak.

- Bo wasi gospodarze - kończył Hamer podnosząc się z progu - oni wam nie dadzą pomocy. Oni nie mają chrześcijańskiego serca. To bydło... Bywajcie zdrowi.

- Szczęśliwa droga - odparł chłop.

Hamer odszedł. Przed zachodem słońca zajechały sanki i nieprzytomną Ślimakową odwiozły na kolonię. Ślimak jeszcze został na pogorzelisku. Przede wszystkim wydobył spod mierzwy woreczek ze srebrem, drugi z banknotami i ukrył je w kieszeniach sukmany. Potem zniósł do stajni resztę odzieży i sprzętów ocalonych z pożaru, a nareszcie - rzucił paszy krowom. Zdawało mu się, że nieme stworzenia patrzą na niego z wyrzutem, jakby pytając:

"Co wy najlepszego robicie, gospodarzu?..."

"Cóż mam robić?... - myślał chłop. - Jużci zostało mi trochę grosza, nawet sporo, ale co z tego? Choćbym się odbudował i konie kupił, to znowu coś wypadnie, bo miejsce nieszczęśliwe. Niemiec, jak tu osiędzie, złe odczyni; ja nie potrafię."

Wieczór zapadł, ale Ślimak jeszcze kręcił się między zgliszczami czując, że go coś tak trzyma w miejscu, jakby mu nogi przymarzły do ziemi. Więc zaczął pobudzać się do gniewu i sam przed sobą obmierzać swoją chudobę.

- Uu!... psiakość... - mruczał. - Miałbym też czego żałować! Grunt jałowy, do ludzi daleko, zarobków nijakich, a czego nie wypali słońce, zniszczy woda. Po to bym chyba siedział, żeby się na mnie dorabiali złodzieje.

Gniew naprawdę w nim zakipiał; chłop plunął na ziemię, potrącił złamane wrota i tęgim krokiem poszedł w stronę mostu nie oglądając się na zagrodę. W drodze spotkał dwu niemieckich parobków, którzy z wesołą rozmową szli nocować do jego sadyby. Na widok Ślimaka zamilkli, ale minąwszy go poczęli się cicho śmiać.

- Ja bym też z wami zimował, hycle?... - mruknął Ślimak. -Niech ino mi chłopak wróci z aresztu i baba ozdrowieje, a pójdę w taki świat, że was nigdy oczy moje nie zobaczą...

Na pogodnym niebie zapalały się gwiazdy i księżyc począł wynurzać się spoza lasu. Za mostem chłop skręcił na lewo i wkrótce stanął przy kolonii Hamera.

U wrót czernił się i pokaszliwał jakiś cień ludzki.

- To wy, panie bakałarzu? - spytał Ślimak.
- Ja. Cóż, zgodziliście się sprzedać grunt?
Chłop milczał.
- Może to i lepiej... Pewnie, że lepiej - ciągnął bakałarz. -Sami na tym kawałku niewiele byście zwojowali, bo wam się nie wiedzie, a tak - przynajmniej uratujecie innych.
Obejrzał się i prawił zniżonym głosem:
- Ale potargujcie się u rejenta z Hamerami, bo im robicie łaskę. Jak z wami skończą, Knap odda córkę Wilhelmowi, wypłaci posag i jeszcze dopożyczy pieniędzy. Bez tego Hirszgold wygnałby ich na święty Jan i sprzedałby folwark Grzybowi... Ciężki kontrakt podpisali z Żydem.
- To Grzyb kupiłby po nich kolonię? - spytał Ślimak.
- Któż by inny? - szepnął bakałarz. - Grzyb chce kupić dla syna... Już tu Josel kręci się od miesiąca i Bóg wie, co by było, gdybyście się nie zgodzili na sprzedaż swego kawałka.
- Grzyb?... - powtórzył chłop. - Ady wolałbym diabła na sąsiada niż tego chorobę! Stu Niemców tak nie dopiecze jak ten stary Judasz.
- Zawsze się z nimi trochę potargujcie - dorzucił bakałarz. - Nie będą twardzi, bo już przyjechał Knap i muszą z nim skończyć.
Na folwarku skrzypnęły drzwi. Bakałarz nagle zmienił temat rozmowy.
- Wasza kobieta - mówił głośno - leży w szkole. Chodźcie tędy...
- Czy to Ślimak? - zawołał z dziedzińca Fryc Hamer.
- Ja.
- No, to zajrzyjcie do żony, ale nocujcie w kuchni. Chorej dopilnuje Augustowa, a wy musicie wyspać się, bo jutro przed świtem jedziemy.
Cofnął się za róg domu i drzwi znowu skrzypnęły. Widać wrócił do izby.
- A wy gdzie siedzicie, panie bakałarzu? - spytał chłop.
- Zwyczajnie siedzimy we szkole, ale dziś nocujemy z córką przy stajni.
Ślimak zadumał się i odparł:
- Pewnie, że moją kobietę tylko do jutra położyły w izbie. A jutro nas wyrzucą do stajni... Nie ma tu co długo wysiadywać.
Weszli do ciemnej sieni. Gdzieś z głębi domu rozlegała się huczna rozmowa, przerywana grubymi wybuchami śmiechu i brzękiem szkła. Bakałarz ujął chłopa za ramię i pociągnął do drzwi na lewo. Otworzył. W wielkiej izbie, zastawionej ławkami i oświetlonej małą lampką, leżała na tapczanie Ślimakowa; jakaś stara kobieta

przykładała jej mokre chusty na głowę. Izbę napełniał ostry zapach octu.

W chłopie serce zamarło. Teraz dopiero, kiedy poczuł woń octu, zrozumiał, że żona musi być bardzo chora.

Gdy stanął nad tapczanem, Ślimakowa zaczęła mu się przypatrywać mrużąc oczy. Nagle odezwała się schrypniętym głosem:

- To ty, Józek?...
- Jużci ja.

Chora przymknąwszy oczy zaczęła miętosić rękoma kożuch, którym ją przykryto. I znowu odezwała się, tym razem silniej:

- Co ty robisz, Józek?... Co ty robisz?...
- Przecie widzisz, że stoję.
- Aha! stoisz... Wiem ja, co ty robisz... Nie bój się!... Wszystko wiem...
- Idźcie stąd, gospodarzu - przerwała stara Niemka popychając chłopa ku drzwiom. - Idźcie, bo ona niepokoi się, a to niedobrze... Idźcie... I wypchnęła go z izby.
- Józek!... - krzyknęła Ślimakowa. -Józek! wróć się... Cosik ci powiem... Chłop wahał się.
- Nie ma po co - szepnął bakałarz - ona bredzi i irytuje się. Jak jej zejdziecie z oczu, może zaśnie.

Zaprowadził go na drugą stronę sieni, do kuchni, gdzie zaraz wpadł Fryc Hamer i pociągnął Ślimaka do dalszej izby.

Przy jasnej lampie, za stołem pełnym kufli, wśród kłębów dymu z fajek, siedział stary Hamer, a obok młynarz Knap. Był to człowiek potężny jak wór mąki, z twarzą wielką, czerwoną i połyskującą. Siedział bez surduta, trzymając w jednej ręce kufel piwa i ocierając spocone czoło mankietem drugiej. Spod rozpiętej koszuli, w której lśniły się złote spinki, widać było piersi duże jak u kobiety, zarosłe gęstym włosem.

Na prawo od stołu leżała na krzyżulcach spora beczułka, z której Wilhelm Hamer nalewał coraz nowe kufle piwa.

- Jak się nazywasz, ojciec? - wesoło krzyknął Knap grubym głosem, z silnym akcentem niemieckim.
- Ślimak.
- No, prawda, to ten sam!... - huknął Knap i roześmiał się. -A sprzedajesz nam twój grunt z górą pod wiatrak?
- Bo jo wiem?... - odparł chłop nieśmiało. - Musi, że sprzedam...
- Ha! ha!... - huczał Knap. - Wilhelm!... - ryknął, jakby Wilhelm był o wiorstę drogi - nalej mu piwa, temu chłopu... Pij za moje zdrowie,

ja za twoje zdrowie... Ho! ho! ho!... Chociażeś ty do mnie nigdy zboża nie przywoził, trącam się z tobą... Ty bądź zdrów i ja bądź zdrów... A czemu ty dawniej nie sprzedał nam twój grunt?

- Bo jo wiem? - odparł chłop, chciwie wypiwszy piwo.

- Wilhelm!... nalej mu!... - ryczał Knap. - A ja tobie powiem, czemu nie sprzedał. Temu, że ty nie umiesz być silnie postanowionym. Ho! ho!... silne postanowienie to fundament. Ja powiedziałem : będzie młyn we Wólce - i jest młyn we Wólce, choć mi go dwa razy palili Żydzi. Nieprawda, Hamer?... I jeszcze ja powiedziałem: mój Konrad będzie doktor! - i Konrad będzie doktor. I jeszcze ja powiedziałem: ty, Hamer, twój Wilhelm musi mieć wiatrak! - i Wilhelm musi mieć wiatrak. Bez silne postanowienie człowiek jak młyn bez wody jest... Wilhelm!... lej mu piwo... Prawda, jak dobre piwo!... Mój zięć Krauze robi takie piwo... Ho! ho!...

- Co to?... - zawołał pochylając się w stronę beczułki. - Co to, nie ma piwa?... Basta!... idziemy spać...

Ruszyli się zza stołu. Fryc popchnął Ślimaka do kuchni i zamknął drzwi.

Chłop był odurzony, nie wiadomo czym więcej: piwem czy hałaśliwą rozmową Knapa. Przy blasku kaganka dojrzał w kuchni dwa tapczany; na jednym ktoś spał, drugi był próżny. Ślimak usiadł na próżnym; poczuł, że mu jest wesoło, i zaczął kiwać się w prawo i w lewo, w prawo i w lewo...

Nie myślał o niczym; raczej przysłuchiwał się rozmowie, którą w sąsiedniej izbie prowadzono po niemiecku. Po upływie jakiegoś czasu usłyszał głośne pocałunki, nowy szereg wykrzykników, odsuwanie stołu i krzeseł i śmiech Knapa. Potem kuchnię zalała jasność i przeszli przez mą Fryc z Wilhelmem.

- Spać, spać!... - zawołał do niego Fryc. - Skoro świt jedziemy...

Młodzi Hamerowie wyszli do sieni, z sieni na dziedziniec, kroki ich ucichły gdzieś przy stodole, a Ślimak wciąż kiwał głową w prawo i w lewo. Upłynął znowu jakiś czas, w ciągu którego rozlegały się w obszernej izbie ciężkie stąpania, a potem gruby głos Knapa, mówiący:

- Vater unser, der Du bist im Himmel...

Młynarz w ciągu modlitwy zzuwał buty, rzucał je daleko od siebie i nareszcie powtarzając: "amen... amen..." - układł się na łóżku, które pod nim zgrzytnęło.

W końcu umilkł, a w kilka minut później zaczął chrapać dziwnymi głosami, jakby go duszono i zarzynano.

W kuchni kaganek przyćmił się, zaskwierczał, parę razy błysnął i zgasł wydając przykry swąd spalonej tłustości. Przez zamarznięte szyby zajrzał księżyc i na glinianej podłodze rozłożyła się tafla mdłego światła, przecięta na sześć tafelek cieniem okiennej ramy.

Młynarz chrapał i jęczał straszliwie. Chłop, odurzony piwem, chwiał się na prawo i na lewo, uśmiechał się nie wiadomo do kogo i medytował:

"No, sprzedam!... To i co? Albo mi to nie wolno? Przecie lepiej pójść w inne strony i kupić z piętnaście morgów rzetelnej ziemi niż siedzieć na dziesięciu kiepskich i jeszcze sąsiadować z Jaśkiem Grzybem. Ady oni by mnie tu ze starym oba upiekli... Sprzedać to sprzedać, byle wnet..."

I powstał, jakby chcąc iść do rejenta. Ale przypomniał sobie, że do rejenta daleko, upadł na siennik i cicho śmiał się sam do siebie. Mocne piwo, wlane w pusty żołądek, rozmarzało go coraz bardziej.

Wtem na jasnej tafli szyb zarysowała się ludzka sylwetka. Ktoś ze dworu usiłował zajrzeć do kuchni.

Chłop machinalnie podsunął się do okna. Popatrzył... wytrzeźwiał... i wybiegł z kuchni... Na skrzyp drzwi śpiący parobek przewrócił się i zaklął, ale Ślimak nie zważał na niego. Trzęsącymi rękoma odszukał klamkę w sieni, targnął ją i owiany mroźnym powietrzem znalazł się na dworze.

Przed domem stała kobieta zaglądając w okno. Ślimak przypadł do niej, schwycił za ramiona i szepnął z trwogą:

- To ty, Jagna?... Ty?... Boga się bój, co robisz? Kto cię odział? Istotnie była to Ślimakowa.

- Samam się odziała, ino butów nie mogłam dozuć i krzywo mi siedzą... Chodzi do dom - rzekła ciągnąc go za rękę.

- Gdzie do dom? - odparł Ślimak. - Adyżeś ty, Jagna, taka chora, że nie wiesz, co nam się dom spalił i stodoła?... Gdzie pójdziesz na taki mróz?

W dziedzińcu odezwały się brytany Hamera; Ślimakowa zwiesiła się mężowi na ręku i nalegała uporczywie:

- Chodzi do dom... chodzi do dom! Nie chcę umierać w cudzej izbie jak komornica... Ni!... Ja gospodyni... Nie chcę bratać się ze Szwabami, bo mi jegomość nawet trumny nie pokropi święconą wodą...

Ciągnęła, a on szedł. I tak szli oboje do wrót, potem za wrota, potem w stronę zamarzniętej rzeki, aby jak najrychlej dostać się do sadyby. Za nimi biegły psy i z wściekłym ujadaniem szarpały ich za odzież.

Szli w milczeniu. Dopiero nad rzeką przystanęła zmęczona

kobieta i chwilę odpocząwszy poczęła mówić:

- Myślisz, że ja nie wiem, co cię Niemcy skusiły i chcesz im sprzedać grunt?... Może nieprawda?... - dodała dziko patrząc mu w oczy.

Ślimak spuścił głowę.

- Ty zdrajco!... ty zaprzańcu!... - wybuchła nagle wygrażając mu pięścią. - Ty grunt sprzedajesz?... A to byś ty samego Pana Jezusa Żydom sprzedał'... To ci się już-sprzykrzyło, żeś jest uczciwy gospodarz, jako twój ojciec, i chcesz zejść na poniewierkę między ludzi? A co zrobi Jędrek?... Będzie chodził za cudzą sochą... A mnie jak pochowasz?... Jak gospodynię czy jak komornicę?...

Pociągnęła go i weszli na lód. Gdy znaleźli się na środku rzeki, Ślimakowa znowu wybuchła:

- Stój tu, Judaszu!... - zawołała chwytając go za obie ręce. -Ty jeszcze myślisz sprzedać grunt? Ja ci już nic nie wierzę... Słuchaj - mówiła w gorączkowym rozdrażnieniu - ino sprzedasz, Pan Bóg przeklnie ciebie i chłopaka... Ten lód załamie się pod tobą, jak nie wyrzekniesz się diabelskich myśli... Ja po śmierci nie dam ci spokoju... Nigdy nie zaśniesz, bo choćbyś zasnął, wstanę z grobu i oczy będę ci odmykała...

Słuchaj!... - krzyknęła w napadzie szału. - Jak sprzedasz grunt, nie przełkniesz Najświętszego Sakramentu, bo uwięźnie ci w gardle albo rozleje ci się krwią...

- Jezu!... - szepnął chłop.

- Gdzie stąpisz, trawę spali ci pod nogami... - klęła nieprzytomna kobieta. - Na kogo spojrzysz, rzucisz urok i spotka go nieszczęście...

- Jezu! Jezu!... - jęknął chłop. Wyrwał się jej z rąk i zatkał uszy.

- Sprzedasz? sprzedasz?... - pytała zbliżając swoją twarz do jego twarzy.

Ślimak potrząsnął głową i rozłożył ręce.

- Niech się, co chce, dzieje - odparł - nie sprzedam.

- Choćbyś miał zdechnąć na barłogu?

- Choćbym zdechł.

- Tak ci Boże dopomóż?...

- Tak mi Boże dopomóż i niewinna męka Jego... Ślimakowa zachwiała się. Mąż pochwycił ją wpół i prawie zaciągnął do stajenki, gdzie spali dwaj parobcy Hamera.

Chłop posadził żonę na progu, a sam począł bić pięściami we drzwi.

- Kto tam? - zapytano rozespanym głosem.

- Otwórzta!... Wstawajta!... - odparł Ślimak.

Wen z parobków otworzył drzwi.

_ To wy. Ślimaku? - rzekł zdziwiony, owijając się kożuchem.

- Idźta na swoją kolonię, bo muszę tu kobietę ułożyć.

Parobek zaczął drapać się po kudłatej czuprynie.

Kpicie czy co?... Przecie ten grunt już nie wasz...

- Ino czyj?... - wrzasnął rozgniewany chłop i ująwszy go za piersi, wyciągnął na podwórze.

- Poszły!... - dodał usuwając się drugiemu parobkowi, który z butami w rękach opuszczał stajenkę.

Wygnani mrucząc poczęli się ubierać; Ślimak wziął żonę na ręce i ułożył ja na ciepłym jeszcze barłogu. Kobieta ciężko dyszała.

- Będzie z tego interesu proces! - odezwał się starszy parobek. - Tak nie można oszukiwać ludzi. Stary na wasze słowo sprowadził Knapa, żonę wam jak należy opatrzył, a wy po nocy od kontraktu uciekacie. Uczciwy z was kupiec!...

- Pewno Gede go podjudził - wtrącił drugi parobek.

- Gede nie jest taki podły - odparł starszy - on dotrzyma układu. To Żydem pachnie... Musieli go namówić Josel z Hirszgoldem, oba psubraty, co nas wszystkich w nieszczęście wciągnęli.

Rozdrażniony Ślimak zatrzasnął drzwi stajenki. Obaj Niemcy podnieśli głos:

- Zapłacisz ty za szachrajstwo!...

- Gruntu ci nie wystarczy...

- Zobaczysz, jak cię Żydki wykwitują.

- Z głodu zdechniesz albo będziesz wyciągał rękę pod kościołem.

- Całujta mnie!... - odkrzyknął im Ślimak.

Odwrócili się i odeszli w stronę kolonii grożąc pięściami i wymyślając po polsku i po niemiecku na przemian. Gdy umilkły ich gniewne głosy. Ślimak wyszedł ze stajni i począł błąkać się po podwórku nasłuchując, czy nie jedzie kto gościńcem.

"Nic nie pomoże - myślał - trza sprowadzić jaką babę i felczera..."

Niekiedy otwierał skrzypiące drzwi stajenki i zaglądał do żony. Zdawało mu się, że śpi, nieco uspokojona, bo już nie chrapała.

Tak przewałęsał się do rana. Po wschodzie słońca rzucił paszy krowom i napoił je, a gdy się całkiem rozwidniło, wszedł do stajni chcąc się trochę przespać.

Zastanowił go spokój żony. Więc choć mu się oczy kleiły i huczało w głowie, podszedł do niej i obejrzał skupiając resztę uwagi. Targnął ją za rękę, dotknął ust - nie ruszyła się. Umarła i już nawet ostygła

- Ot, masz!... - mruknął. - A... a... niech już wszystko diabli wezmą!...

186

Zamknął się w stajni i zgarnąwszy trochę słomy do kąta, legł na niej. Po kilku minutach twardo zasnął.

Było już po południu, kiedy zbudził go blask i krzyk. Otworzył oczy i zobaczył nad sobą starą Sobieską.

- Wstawaj, Ślimaku!... A dyć wasza umarła .. Na szczęt umarła...

- Cóż ja poradzę? - odparł chłop. Obrócił się brzuchem do ziemi i jeszcze lepiej naciągnął kożuch na głowę.

- Trzeba kupić trumnę... Dać znać do parafii...

- Niech se ta inni dają znać.

- Kto da?... -krzyczała baba.-We wsi gadają, że was sam Pan Bóg pokarał za Owczarza i sierotę... Niemce na was pomstują, że hal... bo ten gruby młynarz z Wólki pokłócił się z nimi i odjechał... Nawet mnie Josel nie kazał tu iść i mówi, że wam teraz wyłażą bokiem kurczęta, coście kolejnikom tamtych lat sprzedawali. Zawzięty Żyd, maleńko, żem mu ukropem ślipiów nie zalała... No, ruszta się, Ślimaku!... - mówiła baba szarpiąc go za kożuch.

- Ej!... niechaj mnie - odezwał się chłop stłumionym głosem - bo jak cię kopnę, to wszystka wódka z ciebie wyciecze...

- O ty bezbożniku!... psiawiaro!... odszczepieńcze od Kościoła boskiego!... Adyżeś ty naprawdę sumienie stracił, iże się wylegujesz, kiedy twoja rodzona czeka chrześcijańskiego pogrzebu... Upamiętajcie się. Ślimaku...

- Całuj mnie!... - wrzasnął chłop i machnął w powietrzu nogą, aż impet wionął na Sobieską. Baba podniosła ręce do góry i lamentując pobiegła na wieś...

Ślimak pchnął drzwi i znowu zasłonił się kożuchem. Serce jego opanowała nieugięta, chłopska zaciętość, bo już był pewny, że ginie bez ratunku. Nie skarżył się, niczego nie żałował, a myślał tylko o jednym: ażeby zasnąć i umrzeć we śnie. Wrogowie go przeklęli, znajomi opuścili, najbliżsi zstąpili do grobu. Nie miał nic i nikogo; jak świat duży, nie było ludzkiej ręki, która by go wydźwignęła z rozpaczy, a bodaj podała mu skorupkę wody, choć palony gorączką, pragnął. Uratować mogło go tylko miłosierdzie boskie; lecz on już w miłosierdzie boskie nie ufał.

Kiedy tak leżał twarzą do ziemi, aby nie spojrzeć na trupa żony, słońce opuściło się za zachodnie pagórki; od wsi kościelnej doleciał głos wieczornego dzwonu, a w chatach pobożne kobiety zaczęły szeptać: "Anioł Pański". Jednocześnie w górze na gościńcu ukazał się czarny, zgarbiony cień. Szedł on wprost ku zagrodzie Ślimaka, powoli, z worem na plecach, z kijem w garści, otoczony blaskami słońca. Właśnie jak anioł Pański, którego miłosierny

Ojciec zsyła ludziom w ostatniej potrzebie.

Był to Jojna Niedoperz, najstarszy i najbiedniejszy Żyd w okolicy. Wszystko robił i wszystkim handlował, ale nigdy nic nie miał. Z liczną rodziną mieszkał w ustronnej chacie, której jeden róg zapadł w ziemię, brakło czwartej części dachu, a w oknach, zabitych deszczułkami i pozaklejanych papierem, tylko gdzieniegdzie błyszczała rozbita szybka.

Jojna szedł do wsi, gdzie miał nadzieję, że połata jaką sztukę odzienia Grzybowi albo Orzechowskiemu, a w najgorszym razie załatwi jaki interes szynkarzowi Joselowi, który często nim się posługiwał i licho płacił. Mroźny wiatr trząsł jego pejsami, targał poszarpaną brodę, szczypał krwią nabiegłe powieki i usiłował wedrzeć się pod kapotę, popstrzoną gęstymi łatami. Żyd chuchał w sine palce, przekładał swój wór z ramienia na ramię i idąc medytował o familijnych kłopotach. Czy też jego żona, stara Liba, doczeka się kiedy szczupaka-na szabas? Co porabia jego syn Menachem, który uciekł przed wojskiem do Niemiec i już zgolił brodę, odział się w krótki surdut, ale nie miał pieniędzy? Kiedy też wróci najsprytniejszy z jego zięciów, Bencyjon Sufit, który obecnie siedzi w więzieniu za jakieś akcyzne przestępstwo? Czy drugi zięć, Wolf Krzykier, zostanie kiedy szkólnikiem, choć już od dziesięciu lat nic nie robi, tylko czyta święte księgi? Czy jego córka Ryfka, brzydka stara panna, wyjdzie kiedy za mąż, a jego wnuki i wnuczki, Chaim, Fajwel i Mordko, Elka, Łaja i Mirla, czy będą kiedy miały po dwie całe koszule?

- Aj waj! - mruknął Żyd. -1 jeszcze te gałgany zabrały mi trzy ruble...

Owe trzy ruble zrabowali Niedoperzowi złodzieje jeszcze w jesieni; ale on do tej pory nie mógł o nich zapomnieć. Była to bowiem jedna z większych sum, jaką kiedy posiadał.

W tej chwili spojrzenie Jojny padło na komin spalonej chaty Ślimaka i nagle Żyd ciężko westchnął. Aj! co by to było, gdyby tak na jego chałupę Pan Bóg zesłał ogień i gdzie by się podziała żona, córki, zięć, wnuki i wnuczki?...

Wzruszenie jego spotęgowało się, gdy usłyszał ryk krowy w obórce. Znaczy, że Ślimakowie są w zagrodzie. Jużci są, na wieś nikt by ich nie przyjął, bo więcej niż od roku wszyscy się na nich gniewali. Za co się gniewali?... No, a za co wszyscy gniewają się na niego, na starego Jojnę, i jeszcze mówią, że on szachraj?... Ludzie mają swoje wstręty, taki porządek świata i on go nie poprawi.

Krowa drugi raz ryknęła (obie na przemian porykiwały od

południa) i Jojna skręcił do siedziby zobaczyć, co się dzieje u Ślimaka.

"Może co zarobię?" - pomyślał.

Wszedł na dziedziniec, rozejrzał się i kręcąc głową, od razu poszedł do stajenki.

- Ślimaku!... Panie gospodarzu!... Pani gospodyni, czy państwo są tutaj?... - wołał pukając w ścianę. Bał się otworzyć drzwi, ażeby w razie nieobecności gospodarzy nie posądzono go o przeglądanie cudzych kątów.

- Kto tam? - odezwał się Ślimak.

- Ja, stary Jojna - odparł. Uchyliwszy zaś drzwi spytał zdziwiony:

- Co to państwu?... Co wam. Ślimaku?... Co gospodyni?...

- Umarła.

- Jak to umarła?... - cofnął się Żyd. - Po co gadać takie żarty! Aj waj!... może i umarła?... - dodał przypatrzywszy się z uwagą leżącej.

- Taka dobra gospodyni! - mówił dalej. - Wielkie na was nieszczęście padło, niech Pan Bóg ubroni... Tfy! - splunął. - A wy co tak leżycie, Ślimaku, przecie trzeba zrobić pogrzeb.

- Będzie dwa od razu - mruknął chłop.

- Jak to może być dwa?... Czyście wy słabi?

- Ni.

Żyd kręcił głową, spluwał i rozmyślał.'

- Tak przecie nie może być - rzekł - a jak wy się nie ruszycie, to ja dam znać. Ino powiedzcie, do kogo pójść? Ślimak milczał, ale krowa znowu ryknęła.

- Czego ono tak ryczy te bidło? - spytał ciekawie Jojna.

- Musi tego, że nie pojone.

- To po coście ich nie napoili?

Chłop znowu nie odpowiedział. Żyd postał chwilę, wreszcie stuknąwszy się palcem w czoło, rzucił worek, laskę i spytał:

- Gdzie wy macie ceber, gospodarzu? Gdzie wiadro?...

- Dajcie mi ta spokój - mruknął chłop gniewnym głosem. Ale Jojna nie ustąpił. Znalazł ceber i konewkę w oborze, przyniósł kilka razy wody z przerębli, napoił krowy i jeszcze pełną konew postawił obok Ślimaka. Dla krów Jojna miał osobliwe współczucie, od pół wieku bowiem nadaremnie marzył, aby kiedy posiadać własną krowę, a przynajmniej kozę.

Żyd odpocząwszy po tej pracy, tak ciężkiej na jego siły, znowu zapytał Ślimaka:

- No, jakże będzie?

Chłopa wzruszyła jego litość, ale nie dodała mu energii. Więc tylko podniósł głowę i rzekł:

- Jak się ta kiedy spotkacie z Grochowskim, nakażcie mu ode mnie, żeby nie pozwolił sprzedać gruntu, dopóki Jędrek nie urośnie.

- A we wsi co teraz powiedzieć?... bo tam idę.

Lecz chłop już nakrył się kożuchem i zaprzestał rozmowy. Żyd stał, oparł brodę na ręku i długo dumał. Wreszcie zamknąwszy stajenkę zabrał swój wór i kij i poszedł, ale nie za most, do wsi, tylko gościńcem w górę. Współczucie nędzarza dla cudzej nędzy było tak silne, że w tej chwili zapomniał o swoich kłopotach, a myślał o ratowaniu Ślimaka. Właściwie nawet nie myślał o Ślimaku, tylko wprost nie umiał go odróżnić od siebie. Zdawała mu się, że to on sam, Jojna, leży w stajni obok umarłej żony i że za wszelką cenę musi wydobyć się z nieszczęścia.

Szedł więc, o ile mu pozwalały stare nogi, najprzód do Grochowskiego. Było już ciemno, około szóstej wieczorem, kiedy stanął przy jego zagrodzie. Uderzyło go, że w chacie nie ma światła. Zaczął pukać, nie odpowiedziano. Wyczekawszy z kwadrans u progu, obszedł chatę dokoła i kiedy zdesperowany zabierał się już do powrotu, nagle stanął przed nim jakby spod ziemi Grochowski.

- Tyś tu po co, Żydu?... - gniewnie zapytał go olbrzymi chłop, starannie chowając za siebie jakiś długi przedmiot.

- Po co?... - odparł wystraszony Jojna. - Ja tu umyślnie przyleciałem do was od Ślimaka... Wy wiecie, że oni się spalili, Ślimakowa umarła, a on sam leży przy niej bez rozumu?... Gada tak, jakby mu po głowie chodziły paskudne myśli, i nawet krów nie napoił. Ja się boję za to, co on zrobi dziś w nocy.

- Słuchaj, Żydu - odezwał się surowo chłop - ino mi gadaj prawdę. Kto cię tego krętactwa nauczył? Boś ty sam nie złodziej, ale widno cię tu złodzieje nasłali...

- Jakie złodzieje? - krzyknął Jojna. - Ja przecie wracam prosto od Ślimaka...

- Nie łgaj, nie łgaj... - odparł Grochowski. - Bo mnie stąd nie wyciągniesz, żebyś nałgał drugie tyle, a oni ci nawet twoich pieniędzy nie oddadzą...

Pogroził Jojnie i cofnął się między budynki. Teraz dopiero spostrzegł Żyd, że Grochowski ma w ręku fuzję. Widocznie spodziewał się złodziejów.

Widok broni tak przestraszył Jojnę, że w pierwszej chwili o mało nie upadł, a następnie zaczął uciekać do gościńca. Przy słabym świetle księżyca zdawało się Żydowi, że każdy krzak i każdy słup jest zbójcą, który go najprzód obedrze, a potem wystrzeli z fuzji. Jojna chyba umarłby od huku.

Ale nie zapomniał Ślimaka i dostawszy się na gościniec poszedł do wsi kościelnej, na probostwo.

Tutejszy proboszcz dopiero od kilku lat rządził parafią. Był to człowiek średniego wieku, bardzo piękny. Posiadał wyższe ukształcenie i maniery dobrze wychowanego szlachcica. Co rok sprowadzał więcej książek aniżeli wszyscy jego sąsiedzi i dużo czytał; nie przeszkadzało mu to hodować pszczół, polować, bywać na sąsiedzkich zebraniach i pełnić duchownych obowiązków.

Posiadał ogólną sympatię. Szlachta kochała go za rozum i hulackie skłonności, Żydzi za to, że nie pozwalał ich krzywdzić, koloniści, że - na probostwie ugaszczał pastorów, chłopi, że odnowił kościół, obmurował cmentarz, mówił ładne kazania, urządzał świetne nabożeństwa, a ubogich nie tylko darmo chrzcił i grzebał, lecz nawet wspomagał.

Ale stosunki między prostym ludem a proboszczem nie były dosyć ścisłe. Chłopi szanowali go, ale nie mieli śmiałości. Patrząc na niego wyobrażali sobie, że Bóg jest to wielki pan i szlachcic, łaskawy i miłosierny, który jednak z byle kim nie gada. Proboszcz czuł to i szczególnie było mu przykro, że jeszcze żaden chłop nie prosił go do siebie na wesele czy chrzciny, żaden o nic się nie radził. Chcąc przełamać ich nieśmiałość czasami wdawał się w rozmowę; ale wnet spostrzegał bojaźń na twarzy chłopa, a w sobie zakłopotanie i - urywał.

"Nie mogę udawać demokraty!..." - myślał zgryziony. Niekiedy, w porze złych dróg, kiedy ksiądz przepędził kilka dni bez towarzystwa, budziły się w nim wyrzuty sumienia.

- Lichy jestem pasterz - mówił sobie - nędzny uczeń Chrystusa. Nie po to przecie zostałem kapłanem, ażeby dotrzymywać placu szlachcie, ale żeby służyć maluczkim... Gałgan jestem, faryzeusz.

Wówczas zamykał się na klucz, klękał na gołej podłodze i prosił Boga o apostolskiego ducha. Ślubował, że rozdaruje wyżły, wyrzuci z piwnicy butelki, odda ubogim eleganckie sutanny i zamiast grać w karty z dziedzicami będzie pocieszał strapionych, nauczał nieumiejętnych i radził wątpiącym. I właśnie kiedy dzięki postowi i modlitwie już... już budził się w nim duch pokory i zaparcia, szatan zsyłał na probostwo gości.

- Jestem potępiony... Boże, bądź miłościwi... - mruczał z rozpaczą, zrywając się z klęczków, aby wydać dyspozycję co do kuchni i piwnicy. W kwadrans później śpiewał świeckie piosenki i pił jak ułan.

Tego wieczora, kiedy Jojna zbliżał się do plebanii, proboszcz wybierał się z wizytą do sąsiednich dziedziców. Miało być kilkanaście osób, inżynier z Warszawy z najnowszymi wiadomościami, preferans, doskonała kolacja i wyjątkowe wina, bo inżynier konkurował o córkę gospodarza. Ksiądz już od kilku dni siedział sam; toteż z gorączkową niecierpliwością oczekiwał chwili wyjazdu. Tak nudził się, widząc z jednego okna dziedziniec, na którym tłusty parobek rąbał drzewo, a z drugiego ogród przywalony śniegiem i gołe drzewa, na których wrzeszczały gawrony - tak tęsknił za ludźmi, że prawie nie mógł doczekać się wieczoru. Rachował już nie godziny, ale kwadranse, a gdy myśląc, że upłynął kwadrans, spoglądał na zegarek, przekonywał się ze zdumieniem, że upłynęło zaledwie kilka minut.

Wikary mieszkał w innym domu i zaraz po zachodzie słońca szedł spać ubierając się do łóżka w sukienny, watowany czepek. To jeszcze jedno pocieszało proboszcza, który nie lubił swego pomocnika. Aby zaś w jakikolwiek sposób dotrwać do wyjazdu, zażądał samowara i paląc fajkę marzył:

"Będą dziś państwo Teofilowie, czy nie będą?... No, on jest człowiek rzadkiej głupoty, ale ona... Boże miłosierny, co też mi się snuje po głowie!..."

Lecz pomimo narzekań ciągle widział zielonawe oczy pani Teofilowej, utkwione niby z żalem w niego, i ten szczególny wyraz twarzy, z jakim niedawno powiedziała:

- Księże proboszczu, w życiu bywają silniejsze dramaty niż na scenie.

On wówczas nie odpowiedział jej, tylko poczuł, że coś ścisnęło go za piersi. Ale dzisiaj, siedząc tu sam i rachując powolne kołatanie zegara, przyznawał, że w życiu bywają nie tylko silne, ale straszne dramaty.

Cóż to za piekło kryć się przed samym sobą ze swoimi myślami! Mocniej pociągnął fajkę i nagle drgnął.

Przywidziało mu się, że jego sutanna dotyka jedwabnej sukni.

- Jezu, zmiłuj się nade mną! - szepnął odsuwając się od stołu. Ale jakkolwiek usiadł, zawsze widział zielonawe oczy i czuł palące dotknięcie jedwabnej sukni.

- Ach, żeby już prędzej wyjechać... Mróz otrzeźwi... Zresztą cały wieczór będę grał w preferansa...

Tak myślał i nie wierzył sobie. Wiedział, że kobiety zatrzymają go w salonie i że naprzeciw siebie zobaczy, jak zwykle, te dziwne oczy i melancholijną twarz, na której prawie wyrzeźbiło się zdanie: "Księże proboszczu, w życiu bywają dramaty!..."

Wtem zapukano do drzwi. Wszedł Jojna i skłonił się do ziemi.

- Dobrze, żeś przyszedł - zawołał proboszcz. - Miałem właśnie posyłać do ciebie, bo zebrało się trochę garderoby do odnowienia.

- Chwała Bogu! - odparł Żyd. - Już tydzień nie miałem roboty. Ale jeszcze pani gospodyni mówiła, że w kuchni zepsuł się zegar...

- To ty umiesz i zegary naprawiać?...

- Jakże, mam nawet statki.

- Doskonały!... krawiec i zegarmistrz.

- Ja także jestem parasolnik, a także znam rymarstwo i umiem rondle pobielać.

- No, jeżeli tak, to możesz u mnie zimować. A kiedy przyjdziesz do roboty?

- Zaraz usiędę.

- Na noc? - spytał proboszcz.

- Ja robię po całych nocach. Ja już niewiele mogę sypiać.

- Jak chcesz. To idźże do oficyny i zadysponuj sobie kolację. Herbatę zaraz ci przyniosą.

- Przepraszam jegomości - ukłonił się Żyd - ale ja proszę, żeby cukier był osobno.

- Pijesz bez cukru?

- Owszem, ja nawet lubię bardzo słodko, ino ja herbatę piję tak, a cukier chowam dla wnuków.

- Pij z cukrem! dla wnuków dostaniesz oddzielnie - odparł ksiądz śmiejąc się z przebiegłości Żyda.

- Walenty, podaj mi futro - zwrócił się pośpiesznie do służącego usłyszawszy, że już zajechały sanki. Żyd znowu ukłonił się.

- Z przeproszeniem jegomości - rzekł - ale ja tu przychodzę od Ślimaka...

- Od Ślimaka?... - powtórzył ksiądz. - Aha! od tego, co się spalił.

- Nawet nie od niego, bo on by mnie nie śmiał tu wysyłać. Ale jemu żona dziś umarła i on ma jakoś kiepsko w głowie, i tak oboje leżą w stajni, i nawet nie ma im kto wody podać. Nawet krów nie poili bez cały dzień.

Proboszcz cofnął się.

- Jak to, więc nikt ze wsi ich nie odwiedził?...

- Przepraszam jegomości - skłonił się Żyd - ale we wsi gadają, że na niego spadł gniew boży. I bez ten interes to oni muszą zginąć, jeżeli ich kto nie poratuje.

Mówiąc to patrzył w oczy księdzu, jakby chciał powiedzieć, że do niego należy ratunek Ślimaka.

Proboszcz uderzył cybuchem o podłogę, aż pękła fajka.

- To ja, proszę jegomości, już pójdę do oficyny - zakończył Żyd. Zabrał kij, worek i wyszedł.

Przed gankiem odzywały się dzwonki sanek przypominając księdzu, że pora jechać do sąsiada. Walenty stał w pokoju z futrem w rękach.

"Tam czekają mnie - myślał proboszcz gnąc o podłogę cybuch. - Jest przecie ten inżynier... Może będę potrzebny do zaręczyn... (Może przez tydzień nie zobaczysz pani Teofilowej?... - dodał w nim głos cichszy od myśli.) No, a ten przecie wytrzyma do jutra; zresztą zmarłej kobiety nie wskrzeszę..."

Ach, jak to boleśnie wahać się między świetnym rautem i nocną wizytą u pogorzelca, który pospołu z trupem leży w stajni... Dawaj futro! - rzekł proboszcz. - Zaraz... - dodał i wyszedł do swojej sypialni.

"Jest ósma - myślał. - Jeżeli pojadę do niego, nie mam już po co jechać do nich."

I znowu w pustym pokoju zobaczył zielonawe oczy, smutną twarz i usłyszał wyrazy: "W życiu są dramaty..."

- Futro!... Zaraz... Zobacz, Walenty, czy konie już są?

- Stoją u ganku - odparł sługa.

- Aha... Noc widna?

- Widna, proszę jegomości.

- Aha! Pójdź jeszcze do gospodyni i każ, ażeby nakarmiła Żyda. Niech mu da jasną lampę, jeżeli zechce robić w nocy. Walenty wyszedł.

- Nie mogę być niewolnikiem wszystkich pogorzelców i kobiet, które umarły. Jutro będzie sam czas. Nieszczególny musi to być człowiek, skoro nikt ze wsi nie pośpieszył mu z pomocą.

Machinalnie spojrzał na rozpiętą figurę Chrystusa i zadrżał. Zdawało mu się, że i Ukrzyżowany ma zielonawe oczy.

- Rany Boskie! - szepnął - co się ze mną dzieje?... I to ja, obywatel, kapłan, waham się między zabawą i pocieszeniem nędzarza... Kapłan!... Obywatel!...

Ujął się oburącz za głowę i chodził po pokoju. Walenty wrócił.

Proboszcz podniósł na niego wy bladłą twarz.

- Weź koszyk - rzekł zmienionym głosem - włóż mięso z obiadu, chleb, butelkę miodu i postaw w sankach.

Sługa zdziwił się, ale spełnił rozkaz.

"Może umiera? - myślał ksiądz. - Może by jeszcze z

Sakramentami?... - Niepodobna!... - szepnął, znowu ujrzawszy owe oczy. - Jestem na wieki potępiony... Boże, bądź miłościw..."

Bił się w piersi i wątpił o swoim zbawieniu zapominając, że miłosierny Ojciec nie rachuje liczby rautów ani wypitych butelek, lecz te ciężkie walki, jakie stacza ze sobą ludzkie serce.

ROZDZIAŁ JEDENASTY

W pół godziny spasione konie proboszcza stanęły przed zagrodą Ślimaka. Ksiądz zapalił wydobytą spod kozła latarkę i ze światłem w jednej, a koszykiem w drugiej ręce, poszedł do stajni.

Pchnął drzwi nogą i zobaczył trupa Ślimakowej; Spojrzał w prawo - na barłogu siedział chłop przysłaniając oczy od blasku.

- Kto to? - spytał Ślimak.

- Ja, proboszcz.

Chłop zerwał się z ziemi i zarzucił na ramiona kożuch. Na twarzy jego widać było zdumienie; nie mógł zrozumieć, co się dzieje. Chwiejnym krokiem przeszedł próg i stanąwszy naprzeciw księdza przypatrywał mu się z otwartymi ustami.

- Czego tu chceta, jegomość? - rzekł cichym głosem.

- Przynoszę ci błogosławieństwo boskie. Wdziej kożuch, bo zimno, i pokrzep się - odparł ksiądz. Ustawił kosz na wysokim progu stajni i począł wydobywać chleb, mięso i butelkę miodu.

Ślimak zbliżył się do proboszcza, spojrzał mu w twarz, dotknął rękoma futra i nagle upadł mu do nóg szlochając:

- Jaki ja biedny, mój jegomość... jaki ja biedny... Oj! jaki ja biedny...

- Benedicat te omnipotens Deus - błogosławił go proboszcz. Ale wnet, zamiast przeżegnać, ujął go w ramiona i usiadł z nim na progu. I tak siedzieli długą chwilę - nędzny, płaczący chłop w objęciach eleganckiego księdza.

- No, uspokój się, bracie... będzie dobrze... Bóg nie opuszcza swoich dzieci...

Pocałował go i otarł mu łzy. Ślimak z rykiem upadł mu do nóg po raz drugi.

- Niechże już zginę... - szlochał. - Niech pójdę do piekła za moje grzechy, kiej mnie takie szczęście spotkało, że sam jegomość ulitowaliście się nade mną... A czy ja wart Tego, ady żebym ja sto lat żył, żebym na kolanach do Ziemi Świętej poszedł, to jeszcze się nie odsłużę...

Odsunął się na klęczkach i bił czołem w ziemię u nóg księdza, jak przed ołtarzem. I dużo czasu upłynęło, nim proboszcz zdołał go o tyle uspokoić, że chłop podniósł się i wdział kożuch.

- Napij się - rzekł ksiądz podawszy mu kielich miodu.

- Kiej nie śmiem, mój serdeczny jegomość...

- No, więc ja piję do ciebie - i dotknął ustami kielicha. Ślimak ujął miód drżącymi rękoma i, znowu uklęknąwszy, z trudnością wypił.

- Cóż, smakuje ci? - zapytał ksiądz po chwili.

O, dobre! Kieb arak... - odparł chłop innym głosem i pocałował proboszcza w rękę. - Korzeni musi być tu sporo - dodał.

Namówiony zjadł kawałek mięsa z chlebem i wypił drugi kielich miodu. Posiłek ten widocznie go pokrzepił.

- Powiedzże mi, bracie, co się z tobą stało - zaczął ksiądz. -Boć pamiętam, żeś był gospodarz dostatni.

- Dużo by gadać, mój dobrodzieju. Jeden syn mi utonął, drugi w haryście, żona umarła, konie mi ukradli, spaliły me... A wszystkie moje nieszczęścia zaczęły się od tych czasów, jak dziedzic sprzedał wieś, jak zaczęli budować kolej i jak przyszły Niemce. Bez tych najpierwszych kolejników, co na naszych polach tyki ustawiali, rozeźliła się na mnie cała wieś. Buntował też ich, bo buntował Josel za to, że mierniki kupowali u mnie kurczęta i insze tam rzeczy. Do dziś dnia ich buntuje...

- A wy do niego ciągle chodzicie po radę - wtrącił ksiądz.

- Gdzież pójść - dopraszam się łaski dobrodzieja? Przecie chłop nieumiejętny, a Żyd zna się na wszystkim i nieraz mądrze poradzi.

Ksiądz poruszył się. Chłop, podniecony miodem, prawił dalej:

- Jak pana nie stało, urwały mi się dworskie zarobki i jeszczem musiał oddać Niemcom dwa morgi łąki, com arendował od dziedzica.

- Aaa!... - przerwał proboszcz. - Czy nie tobie chciał dziedzic sprzedać za sto dwadzieścia rubli łąkę wartającą ze sto sześćdziesiąt?

- Jużci mnie.

- I dlaczegożeś nie kupił? Nie wierzyłeś mu. Wam się zdaje, że panowie tylko o waszej krzywdzie myślą...

- Kto ich wie, co oni myślą, dobrodzieju? Między sobą świargocą jak Żydy, a z człowieka ino se kpinkują. Przecie pamiętam, kiedy z okazji tej łąki zaczął pan z panią i świagierkiem nade mną wydziwiać, tom się tak zaląkł, żebym i za sto rubli tego kawałka nie wzion. Wreszcie gadali ludzie w onych czasach, że mają grunta rozdawać.

- I tyś uwierzył?

- Czy ja się na tym rozumiem, kiedy ze wszystkich stron idzie

samo bałamuctwo, a rzetelnej prawdy nikaj się człowiek nie
dowie? Nowięcej to się rozumieją Żydy; ale raz gadają tak, drugi
raz inak, a chłop wierzy w to, z czym mu lepiej.

- Hm! a przy kolei nie miałeś zarobków?
- Nawetem grosza nie widział, tak mnie odepchnęły Niemce.
- Nie mogłeś to przyjść do mnie! - obruszył się proboszcz.

-Przecież u mnie cały czas mieszkał naczelny inżynier...

Dopraszam się łaski dobrodzieja, czym to ja wiedział? Wreszcie i
chodzić na plebanię nie miałbym śmiałości.

- Hm! hm! Czy i Niemcy ci dokuczali?
- Oj! oj! - westchnął chłop. - Od swego przyjścia tutaj mordowały
mnie, żeby im grunt sprzedać. Tak mnie nachodziły, tak się
przypominały, że kiedy zesłał Pan Bóg ogień, tom nareszcie uległ i
z żoną przeniosłem się do nich...

- I sprzedałeś?...
- Bóg uchronił i moja nieboszczka. Wstała ze śmiertelnej pościeli,
wyciągnęła mnie od nich i tak zaklęła, że już wolę zginąć niż
sprzedać. Ale też zrobią oni mi zemstę... - dodał Ślimak, smutnie
zwieszając głowę.

- Nic ci nie zrobią.
- Nie oni, to stary Grzyb. Bo jakby Hamer stąd wyszedł, to Grzyb
folwark po nim obejmie. A on gorszy od Niemca.

"O, tom dobry pasterz! - pomyślał ksiądz. - Moje owce gryzą się
między sobą jak wilki, Niemcy ich trapią. Żydzi im radzą, ja zaś
jeżdżę na zabawy!..." - Zostańże tu, mój bracie - rzekł głośno - a ja
wstąpię na wieś.

I podnosił się z progu. Ślimak jeszcze raz ucałował mu nogi i
odprowadził do sani.

- Jedź za most - zwrócił się proboszcz do furmana.
- Za most?... Już tam nie pojedziemy? - dziwił się woźnica, taki
pyzaty, jakby go pszczoły pokąsały.
- Ruszaj, gdzie ci każę! - odparł ksiądz niecierpliwie i rzucił się na
siedzeniu.

Sanie odjechały. Ślimak został sam i oparłszy się na płoche jak
niegdyś za lepszych czasów, przysłuchiwał się milknącym
dzwonkom i myślał:

"Skąd dobrodziej o nas się dowiedział? Widać, że przed księdzem
to jak i przed Panem Bogiem nic się nie skryje... Strach!... Bo jużci
ludzie mu nie donieśli ani Niemce, ani Sobieska... Może by Jojna?
Dobry on Żyd i litościwy, nawet krowy mi napoił, ale gdzie by mu
się chciało latać po nocy stąd aż na plebanię! Wreszcie on szedł do

wsi. Niebywała rzecz, sam dobrodziej zajechał do chłopa, nakarmił go, napoił i jeszcze utulił. O la Boga, aż mi markotno, żebym ja zaś obłapiał się z taką osobą... Ech! nawet do organisty nie miałbym śmiałości."

Stał, myślał i szeptał:

- Musiało tęgo zmienić się na świecie, kiedy taki duchowny nie wstydził się siadać z chłopem za pan brat i jeszcze na progu pod stajnią. Czyby znowu grunta dawano?... Czyby już szlachtę ze wszystkim skasowali?... Ale uczciwy dobrodziej, serdeczny. Rychtyg jak ten święty biskup, co Łazarza własnymi rękami podnosił i rany mu opatrywał. On chyba także będzie święty i nawet już jest, kiedy ma jasnowidzenie i widzi, co się o pumili dzieje. Teraz mi nikt nie da rady, boby go spotkało nieszczęście... Oj! żeby mnie jeszcze dobrodziej rozgrzeszył z nieboraka Owczarza i znajdy, już bym się niczego nie bojał.

Westchnął i przez długą chwilę patrzył na niebo zasypane gwiazdami.

- Ciekawość - mruknął - czy w niebie bez noc gromnice palą, czy ono tak samo świeci?

Z daleka, od mostu, znowu zadźwięczały dzwonki, parskały konie i wkrótce przed zagrodą zatrzymały się sanki proboszcza. Chłop wybiegł na gościniec.

- Ty, Ślimaku?

- Jo, dobrodzieju.

- Będzie jutro u ciebie stary Grzyb z pomocą. Pogódźcież się i więcej nie swarzcie. A ku wieczorowi trzeba zrobić pogrzeb nieboszczce. Po trumnę już posłałem do miasteczka.

- O, mój wybawicielu!... - jęknął chłop.

- Ruszaj, Paweł, co koń wyskoczy - rzekł ksiądz do furmana. Wydobył repetier, a usłyszawszy, że jest trzy kwadranse na dziesiątą, mruknął:

- Spóźniłem się, ale jeszcze zdążę!... I znowu zobaczył przed sobą zielonawe oczy to na powierzchni śniegu, to między gwiazdami, to na plecach otyłego furmana.

- Boże, bądź miłościw... Boże, bądź miłościw... - szeptał ksiądz pasując się z nagabaniami szatana.

Ślimak stał na gościńcu, dopóki w ciemności nie rozpłynęły się sanki. Gdy zaś w powietrzu zaległa cisza, poczuł znużenie i nieprzepartą chęć do snu. Z wolna powlókł się do stajenki, ale - nie wszedł tam. Bał się spać obok zmarłej żony i legł w oborce.

Sny miał posępne, jakim zwykle człowiek ulega po silnych

wstrząśnieniach. Marzyło mu się, że gdzieś spada, to znowu, że topi się w bardzo zimnej wodzie, to, że błąka się po okolicy, w której nigdy nie było dnia, tylko wieczny półzmrok - a w końcu, że żona opuściwszy stajenkę usiłuje wedrzeć się do obory, już to otwierając po cichu drzwi, już to odsuwając deskę w ścianie.

Obudził się zmęczony i smutny i nawet przez chwilę zdawało mu się, że nocna wizyta proboszcza była tylko przywidzeniem. Z trwogą zajrzał do stajenki i uspokoił się dopiero wówczas, gdy spostrzegł chleb, mięso i napoczętą butelkę miodu, którą ksiądz zostawił wczoraj. Blask świtającego dnia padł na nieboszczkę i odbił się dwoma mdłymi promieniami w jej nie domkniętych oczach.

"Ni, jużci ona nie ruchała się w nocy" - pomyślał chłop i westchnął za duszę zmarłej.

Nagle jakieś sanki przejeżdżające gościńcem zatrzymały się u wrót. Niebawem weszli na podwórko dwaj ludzie z wielkim koszem. Ślimak zdumiał się zobaczywszy, że ów kosz dźwiga stary Grzyb i jego parobek.

- Jedź tera, Kuba, do miasta po trumnę, ino wnet - odezwał się Grzyb do parobka, gdy postawili kosz niedaleko obory.

Parobek odszedł, Grzyb zwrócił się do Ślimaka, ale siwa głowa trzęsła mu się i niespokojnie biegały żółtawe oczy.

- Moja wina - rzekł uderzając się w piersi. - Moja wina!... I co... jeszcze się gniewata?...

- Niechże wam Bóg da wszystko najlepsze, iżeście mnie w takiej zgryzocie nawiedzili - odparł Ślimak i nisko mu się ukłonił.

Staremu chłopu podobała się ta pokora. Schwycił Ślimaka za rękę i mówił nieco życzliwszym tonem:

- Jo woma godom: moja wina! bo tak mi kazał dobrodziej. Toteż pierwszy do was przyszedem, chociem stary, i godom: moja wina! Ale też i wy, kumie (czego nie wymawiam), tęgoście mi dokuczyli.

- Wybaczcie mi wszyćko, com ino komu zrobił złego - rzekł Ślimak schylając się do ramienia Grzybowi ~- ale co prawda, już i me pomnę, w czym bym was samych uszkodził?

- Jo przecie do was nie zakładam żadnej pretensji. Zawdy z kolejnikami handlowaliśta beze mnie...

- I tylem zhandlowal... - westchnął Ślimak wskazując na pogorzelisko.

- No, Bóg, nasz Ojciec niebieski, ciężko was spróbował, i dlatego ja mówię: moja wina! Aleście wy też mogli wtedy przed kościołem, co to nieboszczka fulary se kupiła (wieczne jej odpocznienie!),

mogliście choć pukwaterek postawić na szczęście, nie zaś tak
hardo odpowiadać mnie staremu...

- Haj!... prawda, żem pyskował niepotrzebnie.

- I z Niemcamiśta się bratali bez potrzeby - pochwycił Grzyb. -
Jędrek nawet z nimi pił (pamiętacie, wtedy co zaczęli miejsce na
dom wytykać?), a wyśta się z nimi modlili za pan brat...

- Inom czapkę zdjął. Przecie Bóg jest jeden ich i nasz. Grzyb
potrząsnął ręką około swego ucha.

- Tak się mówi, że jeden - odparł. - A ja se gadam, że ich Bóg musi
być inakszy, kiej do niego trza po niemiecku świargotać... Ale co
tam - nagle zmienił ton - przeszło, skończyło się i nie wróci. A
dobrodziej wczora mi powiedział, że macie zasługę, boście
Niemcom ziemi nie wydali. I prawdę rzekł. Bo już był u mnie
wczoraj Hamer, że na święty Jan chce sprzedać swój folwark.

- Może i tak!...

- A jużci. Hycle Szwaby - pogroził stary pięścią - rok temu gadały,
że nas wszystkich po trochu wykurzą z tela, gęsi mi strzelały na
łące, bydło mi raz zajęły, a tera masz!... Wywróciły się bestie na
dziesięciomorgowym chłopie, z wielką swoją ambicją!... Za to
samo. Ślimaku, warciście łaski boskiej i przyjaźni ludzkiej. Cóż
nieboszczka?

- Leży w stajni.

- Niech z Bogiem spoczywa, nim ją w poświęconym miejscu
pogrzebiemy. Nieraz ona was przeciwko mnie buntowała, ale ja ta
do nikogo żalu ni mom... A tu - zmienił Grzyb rozmowę - tu wam
przywiózem ze wsi, od nas wszyćkich, trochę prowizji. Macie
krupy - mówił wskazując jeden woreczek - mąkę, groch, krzynkę
słoniny...

Na gościńcu, tym razem z góry, rozległ się tętent i skrzyp sani,
które znowu zatrzymały się obok zagrody.

- Czyby dobrodziej?... - pytał Grzyb, uważnie nasłuchując.

- Ni, to chłop - odparł Ślimak. - A idzie coś tak ciężko, jakby sołtys
Grochowski.

Istotnie ukazał się Grochowski, który na widok Grzyba zawołał:

- O!... i wyście tu? Bo do was jechałem...Aż tobą co, Józek? -zwrócił
się do Ślimaka.

- Kobieta mi zmarła, i tyło.

- Pedział mi to Jojna wczoraj, alem mu nie uwierzył. Patrzajta
się!... I gdzież ona?... A m...

Zobaczywszy nieboszczkę sołtys zdjął czapkę i ukląkł na śniegu.
Grzyb zrobił to samo. Przez chwilę słychać było szept pacierzy i

ciche szlochanie Ślimaka. Potem chłopi podnieśli się, powzdychali, pochwalili cnoty nieboszczki, wreszcie sołtys zwrócił się do Grzyba.

Ptaka wam wieżę - rzekł - ino trochę postrzelonego, ale nie bardzo.

- Hę? - spytał Grzyb.

- Co hę?..- Jaśka waszego przywiózem, bo mi dziś w nocy konie krad i dostał parę śrucinów.

- O hycel!... Gdzie on?...

- Siedzi w sankach na gościńcu.

Grzyb pobiegł ciężkim kłusem w tamtą stronę. Usłyszano parę uderzeń, krzyk i wnet ukazał się stary prowadząc za czuprynę Jaśka, który pomimo swego wzrostu i urody płakał jak dziecko.

Jego wyszywana kurtka była podarta, wysokie buty unurzane w gnoju; na lewej ręce miał skrwawioną szmatę, a na twarzy plaster.

- Kradeś konie sołtysowi?... - pytał rozgniewany starzec.

- Com nie miał kraść? kradem.

- Ale mu się nie udało - wtrącił Grochowski. - Za to całkiem ukrad konie Ślimakowi i udało mu się.

- Tyś ukrad?... - wrzasnął Grzyb i począł syna okładać pięściami.

- Jużci, że ja, ino się nie gniewajcie, tatku - płakał Jasiek.

- La Boga, co się dzieje! - wołał Grzyb.

- Co się ma dziać? - odparł lekceważąco Grochowski. -Chłopak zdrów, dobrał sobie kamratów i w kolej wszystkich okradał, dopókim go wczoraj nie ustrzelił.

- I cóż teraz będzie? - zawołał Grzyb, znowu okładając Jaśka pięściami.

- Już ja się, tatku, poprawię... Już się ożenię z Orzechowszczanką i osiądę na gospodarce...

- Rychło w czas! Teraz pora iść do kryminału, nie do wesela -odparł Grochowski.

Stary Grzyb zadumał się.

- Jakże, to wy go oskarżycie? - spytał sołtysa.

- Wolałbym nie skarżyć, bo się z tego interesu w całej okolicy zakotłuje. Ale jak mnie nie odszkodujeta, to zaskarżę. Grzyb znowu pomyślał....No, a cóż by to kosztowało?

- Od stu pięćdziesięciu rubli grosza nie odstąpię - odparł sołtys rozkładając ręce.

- O, la Boga! - oburzył się Jasiek. - Strzeliliście do mnie z jednej lufy, a już chcecie tyle pieniędzy jak za armatę.

- Kiedy tak - wtrącił Grzyb - to niech se idzie do kryminału, bo ja za hycla sto pięćdziesiąt rubli nie zapłacę.

- Mnie sto pięćdziesiąt za sekret - rzekł Grochowski - a Ślimakowi osiemdziesiąt rubli za skradzione konie. Grzyb znowu zaczął bić chłopaka.

- Ty rozbójniku!... Gadaj, kto cię do tego namówił?...

- Wiadomo, że Josel... Dajcie spokój - lamentował Jasiek - bo już i wstyd przed obcymi ludźmi, że się ino bijecie i bijecie.

- A tyś po co Josela słuchał?..,

- Bom mu winien sto rubli!

- Chryste Panie! - jęknął Grzyb targając się za włosy.

- No, nie macie czego dopuszczać sobie do głowy - odezwał się Grochowski. - Razem trzysta trzydzieści rubli dla mnie, dla Ślimaka i dla Josela. Niewielga to u was rzecz.

- Ni, ja tyle nie zapłacę! - wołał Grzyb.

- Ja przecie sam zapłacę, jak się ożenię z Orzechowszczanką -odparł Jasiek.

- Chorobę zapłacisz!... Niedoczekanie twoje!... - jęczał stary.

- Ha, kiedy tak - rzekł rozgniewany sołtys - to chodź, Jasiek, do sądu. Tyś nas kradł nie na żarty, i ja z tobą nie będę żartował. Zabieraj się!

I ujął olbrzymiego chłopca pod rękę.

- Tatku, zmiłujcie się!... przeciem ja u was jeden - biadał Jasiek.

Stary Grzyb kolejno spoglądał to na syna i Grochowskiego, to na Ślimaka.

- A tożeście, tatku, skąpi!... Za marny grosz gubita mnie na całe życie! - mówił Jasiek.

- Widzisz, że ci rura zmiękła - drwił sołtys. - Pamiętasz, jakeś przy kancelarii ciągnął cygar i kpinkował, że mnie okradną?... Ja zaś gadałem, że nie okradną, i stanęło na moim, a ty teraz płaczesz jak baba. Kpinkujże se... No, chodź. Zobaczymy, czy twój ojciec nie dopędzi nas w drodze.

- Zara, zara!... - odezwał się Grzyb widząc, że sołtys naprawdę ciągnie chłopca do sanek.

Odchodzący zatrzymali się. Grzyb skinął na Ślimaka i obaj odstąpili do szopy.

- Ja wam cosik poradzę, kumie - zaczął Grzyb zniżonym głosem. - Jeżeli między nami ma być sąsiedzka zgoda, to wiecie, co zróbcie...

- Bo jo wiem? Skąd j o mogę wiedzieć?

- Ożeńta się z moją siostrą.

- Z Gawędziną? - zapytał Ślimak.

- Jużci. Wy wdowiec i ona wdowa, wy macie dziesięć morgów, a ona piętnaście i jest bez dzieci. Ja wezmę jej grunt, bo dotyka mego, a wam oddam piętnaście morgów z części Hamera i będziecie mieli dwadzieścia pięć morgów w jednym kawałku.

Ślimak zamyślił się.

- Kiej mnie się zdaje - rzekł - że tamta ziemia, niby Gawędziny, jest lepsza od Hamerowskiej,

- To wam dam więcej łąki. Zgoda?... - nalegał Grzyb.

- Bo jo wiem? - odparł Ślimak drapiąc się w głowę.

- No, to zgoda - pochwycił Grzyb. - Ale wy za moją dobroć zapłacicie sto pięćdziesiąt rubli Grochowskiemu i sto Joselowi.

Ślimak zawahał się.

- Jeszczem swojej kobiety nie pochował, a już z drugą mam się żenić? - westchnął.

Wahanie to oburzyło starego.

- Nie bądźże głupi! - krzyknął. - Cóż to?... obejdziesz się bez baby na gospodarstwie? Nie ożenisz się to nodali za puroku? Nieboszczka zmarła i kaput! Ale żeby mogła się tera ozwać, sama by ci pedziała: "Żeń się, Józek, nie kręć nosem na takiego dobrodzieja jako Grzyb!"

- Czego się ta swarzycie? - spytał podchodząc do nich Grochowski.

- Gadam mu, żeby się ożenił z moją siostrą, z Gawędziną, a on mi się przekomarza - odparł Grzyb.

- Ba! ale chceta, ażebym z własnej kieszeni spłacił Grochowskiego i Josela - odpowiedział Ślimak.

- A piętnaście morgów mienia, a śtyry krowy, a para koni i wszelaki domowy dostatek, to co? - zaperzył się Grzyb.

- No, jużci warto - wtrącił Grochowski. - Ino jakże on będzie gospodarował na dwu ziemiach?

- Jo im wymienię - pochwycił Grzyb. - Siestrzyne grunta wezmę na siebie, a im dam piętnaście morgów, tu, przy Ślimakowej chudobie.

- Przecie to Hamerowe - rzekł Grochowski.

- Jakie ta Hamerowe! - zawołał Grzyb. - Dziś mi sprzedadzą, a nopóźniej po niedzieli zajedziemy do rejenta i kupię od Hamerów cały folwark. Dla tego hycla!... - dodał pokazując głową na Jaśka.

- To oni już uciekają z tela? - spytał Grochowski.

- Iii.... siedzieliby do końca świata - odpowiedział Grzyb - ale że im Ślimak nie odstąpił swoich gruntów, więc im się wszyćkie rachuby pomieszały. To bankruty...

Grochowski medytował.

- No, to się żeń, Józek, nie ma co - rzekł nagle do Ślimaka.

-Będziesz miał dwadzieścia pięć morgów i niczego żonkę.

- Phi!... Rozłożysta kobieta - dodał Grzyb.

- I dostatki ma - rzekł Grochowski.

- I jeszcze może mieć ze sześcioro dzieci - pochwycił Grzyb.

- Będziesz pan całą gębą - zakończył Grochowski. Ślimak westchnął.

- Ach! - odparł. - Nowięcy mi szkoda, że moja Jagna widzieć tego nie będzie...

- Przecie jakby ona widziała, ty nie miałbyś dwudziestu pięciu morgów - zreflektował go Grochowski.

- No, zgoda czy nie? - spytał Grzyb.

- Wola boska! - westchnął Ślimak.

- Szkoda, że nie ma czym przepić - zauważył Grochowski.

- Mom ci ja tu odrobinę miodu od dobrodzieja - rzekł Ślimak i wolnym krokiem, ze zwieszoną głową, poszedł do stajenki. Po małej chwili przyniósł butelkę, zielonawy kieliszek i nalawszy go zwrócił się do Grzyba:

- No, kumie - mówił kłaniając się. - No, kumie, przepijam ja do was, żebyśmy się już od tych pór nigdy nie gniewali. Proszę też was jak brata, owszem jak ojca, żebyście się za mną do waszej siostry, do Gawędźmy, wstawili, jako chciałbym się z nią żenić za waszym pozwoleniem i błogosławieństwem boskim.

Wypił, schylił się Grzybowi do kolan i następnie podał mu pełny kieliszek.

- A jo ci mówię, bracie Ślimaku - odpowiedział Grzyb - że moja kochana siostra juże wczoraj, jak był u nas dobrodziej, pomyślała o tobie. Dziś przysłała ci największy woreczek krup, pszenną bułkę i osełkę masła i gadała mi, żebyś u niej mieszkał, pokąd se nie odbudujesz własnej chałupy. Jo ci też z serca rad jestem jak najrodzeńszemu bratu, boś ty jeden z całej wsi oparł się niedowiarkom i niemało we wojnie z nimi ucierpiałeś, co ci Bóg nagrodzi.

Wypił i podał kielich Grochowskiemu.

- Bardzom kuntenty - rzekł sołtys, gdy mu nalano miodu - bardzom kuntenty, że się tak wszyćko na dobre odwróciło. Zatem, życę tobie, bracie Ślimaku, szczęścia z nowej żony i z Jędrka, co go dziś mają z kozy wypuścić. A wam, bracie Grzybie, życę szczęścia z nowego świagierka i z tego oto niecnoty Jaśka, żeby się choć raz bestyja ustatkował. A tobie, Jaśku, żebyś na nowym gospodarstwie lepiej gospodarował niżeli Niemce, a do cudzych stajen nie zaglądał, bo wiem, że na was chłopy się już zmawiają i w łeb byś dostał przy nopirszy okazji, amen.

- Po niedzieli kupuję folwark od Hamera, a po świętach zrobię dwa wesela! - zawołał uradowany Grzyb.

Po tych słowach czterej chłopi zaczęli się ściskać i całować, a Ślimak widząc, że już zabrakło miodu, wysłał parobka Grochowskiego na wieś do Josela po butelkę wódki i butelkę araku.

- Za mało, bracie! - ozwał się Grochowski. - Nakaż, żeby ci Josel przysłał ze trzy garnce wódki i beczułkę piwa, bo na dzisiejszy pogrzeb nieboszczki pewno zwali się kupa ludu. Ślimak posłuchał roztropnej rady sołtysa i zrobił dobrze. Gdy bowiem ku wieczorowi przywieziono trumnę z miasteczka, zebrało się na pogrzeb Ślimakowej takie mnóstwo ludzi, jakiego najstarsi nie pamiętali w okolicy.

- -

Umowę, zawartą między chłopami, spełniono jak najściślej. Grzyb w ciągu tygodnia nabył folwark Hamerów, a jeszcze przed wielkim postem odbyły się wesela Jaśka Grzyba z Orzechowską i Ślimaka z Gawędziną.

Równo z początkiem wiosny przybył na wieś jeometra i przeprowadził wymianę gruntów pomiędzy Grzybem i Ślimakiem. W tej samej godzinie, kiedy na polach zatknięto pierwszą tykę mierniczą, z kolonii wyjechały fury uwożące ruchomości Hamerów.

Also Available from JiaHu Books

Ziemia obiecana

Faraon

Ludzie bezdomni

Quo vadis?

Pan Taduesz

Na wzgórzu róż

Kariera Nikodema Dyzmy

Utwory wybrane – Maria Konopnicka

Osudy dobrého vojáka Švejka za světové války

Válka s molky

R.U.R.

Hordubal

Krakatit

Továrna na absolutno

Povětroň

Obyčejný život

Babička

Hiša Marije Pomočnice

Judita

Dundo Maroje

Suze sina razmetnoga

Чорна рада - 978-1-909669-52-9

Горски вијенац - 978-1-909669-56-7

Стихотворения и Проза Ботев 978-1-909669-86-4

Под игото — 978-1-78435-055-0

Епопея на забравените - 978-1-78435-087-1

Az arany ember

Szigeti veszedelem